그란츠 전기
Grants
SAGA

드베른 산맥

죽음의 숲

직참시

이즈드 지척 영지

조엘

나드

레인 백작 영지

하카네나무 숲

홀즈번드

묘즈

묘즈 백작 영지

빈

키아노 백작 영지

바이사운 후작기

쾀카저가

엘리엇시

무른

카즈

채슨 성

이르미스 왕성

국왕직영지

펠시

콜로시

코린트 백작 영지

실란

맥클라인 후작 영지

미구엘 지척 영지

스케이어 성

네슨 지척 영지

엘트저

시드 지척 영지

펠남 성

이베스트 지척 영지

이베스트 성

그로이켄 백작 영지

그로이켄

카브레노 백작 영지

던

카브레라 공작 영지

오닉스 성

보쉐 지척 영지

포로비 지척 영지

리드 성

카렉 성

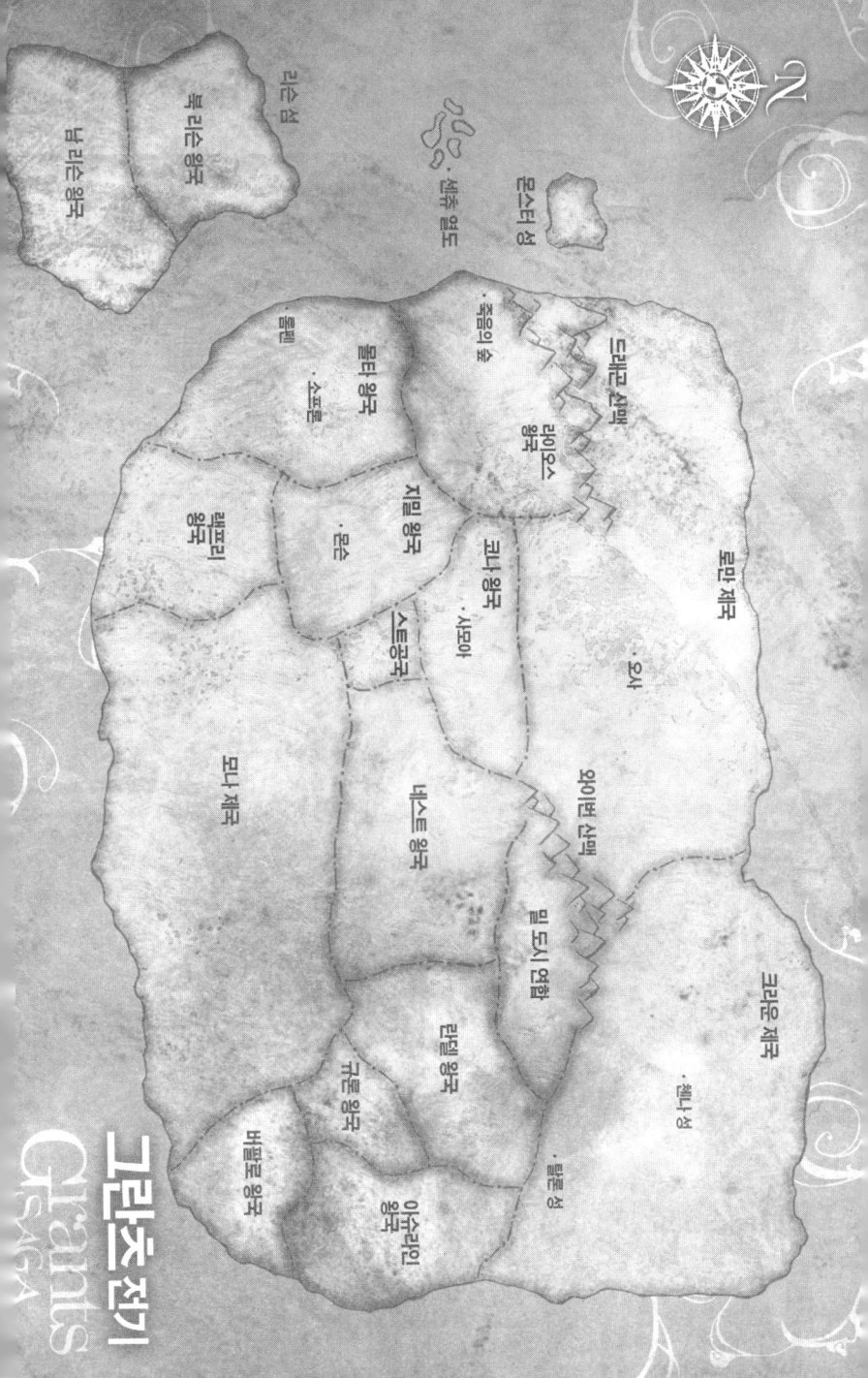

그란츠전기

큰바우 판타지 장편 소설
FANTASY FRONTIER SPIRIT

그란츠전기 3

큰바우 판타지 장편 소설

초판 1쇄 찍은 날 § 2007년 11월 20일
초판 1쇄 펴낸 날 § 2007년 11월 28일

지은이 § 큰바우
펴낸이 § 서경석

편집장 § 문혜영
편집책임 § 심재영
편집 § 유경화

펴낸곳 § 도서출판 청어람
등록번호 § 제1081-1-89호
등록일자 § 1999. 5. 31
어람번호 § 제1-0914호

주소 § 경기도 부천시 원미구 심곡1동 350-1 남성B/D 3F (우) 420-011
전화 § 032-656-4452 팩스 § 032-656-4453
http://www.chungeoram.com
E-mail § eoram99@chollian.net

ISBN 978-89-251-1032-5 04810
ISBN 978-89-251-0970-1 (세트)

※ 파본은 구입하신 서점에서 교환하여 드립니다.
※ 저자와 협의하여 인지를 붙이지 않습니다.

Grants SAGA

 [파국]

그란츠 전기

큰바우 판타지 장편 소설

FANTASY FRONTIER SPIRIT

도서출판 청어람

Grants SAGA

Contents

Chapter 1. 지밀 왕국의 총공세   7

Chapter 2. 아르미스 왕성을 구하라!   44

Chapter 3. 지밀 왕국군 뒤통수를 치자!   126

Chapter 4. 지밀 왕국을 몰아내다   162

Chapter 5. 왕국의 분열   188

Chapter 6. 피로 얼룩진 생일 파티   238

Chapter 7. 불타는 아르미스 왕성 그리고 탈출   277

Grants Saga

1. 지밀 왕국의 총공세

　국왕인 가스파 폰 지밀을 설득해서 총공세에 필요한 병력을 데려가기 위해 지밀 왕국의 왕성인 몬슨 왕성에 도착한 호킨 왕자는 서둘러 왕궁에 입궁해서 가스파 국왕을 알현했다.

　"국왕 전하! 호킨 폰 지밀 왕자님이 오셨습니다!"

　"오! 그래, 어서 들라 하라!"

　왕국의 유력한 귀족들과 담소를 나누고 있던 가스파 국왕은 호킨 왕자의 도착을 알리는 시종의 말에 반색을 했다. 시종들이 문을 열자 화려한 무늬가 들어간 은색 갑옷을 입은 호킨 왕자가 늠름한 모습으로 방 안에 들어왔다.

　"아바마마! 그동안 별고없으셨습니까? 소자 방금 몬슨 왕성에 도착했사옵니다."

"오! 그래, 어서 오너라! 그동안 전쟁터에서 고생이 많았다고?"

웃는 얼굴로 자신을 따뜻하게 대해주는 가스파 국왕의 모습에 호킨 왕자도 웃으면서 이야기를 계속했다.

"아닙니다. 아바마마께서 이토록 걱정해 주시는데 아직까지 아르미스 왕성을 함락시키지 못해 송구스러울 뿐입니다."

"아니다! 처음부터 라이오스 왕국을 쉽게 가질 수 있다고 생각하지 않았다. 지금은 많이 쇠락했지만 그래도 한때는 대륙 서부를 호령하던 패권국이었던 왕국이니 아르미스 왕성을 점령하는 일이 쉽지는 않을 거야!"

가스파 국왕의 말에 호킨 왕자는 진지한 얼굴로 입을 열었다.

"아바마마, 제가 라이오스 왕국과의 전쟁에 관련해서 부탁드릴 일이 있습니다."

"무슨 일인데 그렇게 진지하게 말을 하느냐?"

"얼마 전에 코나 왕국이 우리와 라이오스 왕국이 전쟁을 하고 있는 틈을 이용해서 라이오스 왕국 동부를 침공한 이야기는 알고 계실 것이라 생각합니다."

호킨 왕자의 말에 가스파 국왕은 고개를 끄덕였다.

"물론이다. 옆에 앉아 있는 다코비치 공작이 보고를 해서 알고 있단다."

"그럼 잘 아시겠지만 저희는 오넥스 성에 막혀서 제대로 진격을 못하고 있는 사이에 코나 왕국군은 저희와 싸우느라 전력이 다 빠져나간 라이오스 왕국 동부를 손쉽게 휩쓸고 있는 상황입니다. 이러다가는 그동안 왕국의 모든 힘을 동원해서 라이오스 왕국과 싸운 저희보다 중간에 끼어들어 온 코나 왕국이 라이오스 왕국의 노른자위 땅들을 모조리 다 차지할 가능성이 많습니다."

호킨 왕자의 말에 가스파 국왕도 표정이 많이 어두워졌다.

"흐음… 그 정도로 상황이 심각하다는 말이냐?"

"예! 송구스러운 말이지만 오넥스 성에 있는 라이오스 왕국군의 저항이 너무 완강해서 하이노넨 백작이 여러 가지 방법을 동원해서 계속 공성전을 벌이고 있지만 쉽게 함락시키기 힘든 상황입니다."

"끄응… 이미 코나 왕국이 전쟁에 끼어든 이상 라이오스 왕국 동부 지역 일부가 코나 왕국에게 넘어가는 것은 어쩔 수 없다고 해도 그 이상은 아무리 동맹국이라고 해도 절대 용납할 수 없는 일이다!"

"맞습니다. 저희가 그동안 저희 왕국이 들인 공을 생각하더라도 그런 일이 일어나는 것은 무슨 일이 있더라도 막아야 합니다."

가스파 국왕의 말에 옆에 앉아 있던 다코비치 공작도 찬성하고 나서자 호킨 왕자는 내심 회심의 미소를 지으며 본론을 꺼냈다.

"그래서 더 늦기 전에 오넥스 성을 함락시키기 위해서 대대적인 공세를 하려고 합니다!"

"그래, 훌륭한 생각이다!"

"그런데 한번에 오닉스 성을 함락시키고 코나 왕국보다 빨리 아르미스 왕성을 함락시키기 위해서는 지금 전선에 투입되어 있는 병력으로는 많이 부족합니다. 그래서 전선으로 지원군을 보내주셨으면 합니다."

"지원군이라… 하긴 고착 상태에 빠진 전황을 한번에 타개하려면 충분한 병력이 필요하겠지. 그래, 얼마나 필요하겠느냐?"

"전쟁을 한 번에 끝내기 위해서는 최소한 4만 명은 필요합니다, 아바마마!"

"뭐라고? 4만 명이라고?"

이미 라이오스 왕국과의 전쟁에 10만 명이 넘는 병력이 투입된 상황인데 추가로 최소 4만 명의 병력이 더 필요하다는 호킨 왕자의 말에 가스파 국왕은 너무 놀라서 다시 한 번 물어보았다. 하지만 다시 돌아오는 호킨 왕자의 대답은 처음과 똑같았다.

"예, 아바마마. 최소한 4만 명의 병사들이 더 있어야 합니다."

"끄응! 4만 명이라……."

계속해서 4만 명의 병사들이 추가로 필요하다는 호킨 왕자의 말에 가스파 국왕이 곤혹스러워하자 옆에 있던 다코비치 공작이 굳은 표정으로 말을 했다.

"호킨 왕자님, 죄송한 말이지만 지금 왕국 사정에서는 병사

4만 명을 라이오스 왕국과의 전쟁에 추가로 보내기 힘든 상황입니다. 하지만 4만 명까지는 어렵더라도 2만 명이라면 어떻게든 준비할 수 있을 겁니다."

"다코비치 공작, 지금 왕국에 여유 병력이 부족하다는 것은 나도 잘 알고 있습니다. 하지만 코나 왕국보다 먼저 아르미스 왕성을 함락시키기 위해서는 한 번에 라이오스 왕국군을 몰아붙일 수 있는 충분한 병사들이 필요합니다. 충분한 병력이 지원되지 않는다면 계속 지금처럼 소모적인 전투가 이어질 뿐입니다."

"대규모 공세로 코나 왕국보다 먼저 아르미스 왕성을 함락시켜야 한다는 호킨 왕자님의 말씀은 저도 충분히 이해하지만 현실적으로 전선에 투입할 병사들이 없지 않습니까? 4만 명에 달하는 병사들을 추가로 전선에 투입하려면 최소한 한 달은 걸립니다."

"한 달 후라면 너무 늦습니다. 지금 이 시간에도 코나 왕국군은 조금씩 아르미스 왕성으로 다가가고 있는데 저희들은 한 달이나 지나서 병사를 움직인다면 그때는 이미 모든 일이 다 끝난 뒤일 겁니다."

"하지만 다코비치 공작의 말처럼 현실적으로 전선에 보낼 병력이 없질 않느냐?"

"다코비치 공작께서는 전선에 보낼 병력이 없다고 하셨지만 제가 보기에는 왕국에 여유 병력이 아주 없는 것은 아닙니다."

전선에 보낼 병사들이 왕국에 아직 남아 있다는 호킨 왕자의 말에 가스파 국왕은 무슨 말이냐는 표정을 지었고 국왕 옆에 앉아 있던 다코비치 공작은 호킨 왕자의 말을 잠시 생각하더니 이내 놀란 표정으로 급히 입을 열었다.

"호킨 왕자님, 혹시 전선으로 빠져나간 왕국 정규군을 대신해서 왕성에 올라와 있는 귀족들의 사병들로 이루어진 병사들을 말씀하시는 겁니까?"

놀라는 다코비치 공작의 모습을 보면서 호킨 왕자는 차분한 모습으로 말을 이어갔다.

"다코비치 공작님, 정확하게 보셨습니다. 지금 왕성에 4만 5천 명에 달하는 귀족들의 사병들이 정규군을 대신해서 올라와 있다고 알고 있습니다. 그들을 전선으로 보내주셨으면 합니다."

"하지만 왕자님, 그 부대를 전선으로 보내 버리면 왕성을 지키는 병력이 부족해집니다."

"물론 저도 그 문제는 잘 알고 있습니다. 하지만 현실적으로 다른 왕국의 침공에 대비해서 국경에 배치되어 있는 병력을 빼오지 못한다면 왕성에 있는 귀족들의 사병들이 유일하게 가용할 수 있는 병력들입니다. 그리고 왕성을 지키는 일은 임시적으로 라이오스 왕국을 침공하느라 바쁜 코나 왕국 쪽 국경에 있는 병력 일부를 이동시켜서 대신하게 하고 다코비치 공작님의 말처럼 한 달 안에 새로 징집을 실시해서 훈련을 시킨다면 어느 정도까지는 근심을 해결할 수 있을 겁니다."

호킨 왕자의 말에 가스파 국왕과 다코비치 공작은 한참 동안 말없이 고민을 하면서 쉽게 결정을 내리지 못했다. 시간이 어느 정도 흐르자 결정을 내렸는지 다코비치 공작이 먼저 입을 열었다.

"으음… 국왕 전하, 당분간 코나 왕국 쪽 국경이 취약해지겠지만 호킨 왕자님의 의견에도 일리가 있는 것 같습니다. 그리고 어차피 전선에 보낼 지원군을 더 모집할 계획이었지 않습니까?"

다코비치 공작까지 호킨 왕자의 의견에 찬성을 하자 가스파 국왕도 마침내 지원군을 보내기로 결정을 내렸다.

"이렇게 다코비치 공작까지 찬성을 하니 네 의견대로 지원군을 보내주겠다. 하지만 무리해서 일을 추진하는 만큼 이번에는 확실하게 라이오스 왕국을 제압해야 한다!"

"알겠습니다, 아바마마! 이번에는 꼭 아르미스 왕성을 함락해서 아바마마께 바치겠습니다!"

자신만만한 얼굴로 대답하는 호킨 왕자의 모습에 가스파 국왕은 얼굴 가득 미소를 지었다.

"그래, 그 자신감이라면 믿을 수 있겠구나! 지원군 파견에 관련해서는 다코비치 공작과 상의를 해서 일을 추진하고, 이제 그만 눈이 빠지게 널 기다리고 있는 왕비에게 가보거라!"

"알겠습니다, 아바마마! 그럼 이만 물러가겠습니다."

"그래, 네가 전쟁터에 나가 있는 동안 왕비가 네 걱정을 정말 많이 했단다. 어서 가서 따뜻하게 위로해 주거라!"

"알겠습니다. 그럼!"

호킨 왕자가 인사를 하고 방을 나가자 가스파 국왕은 걱정스러운 얼굴로 호킨 왕자가 나간 문을 계속 쳐다보면서 말을 했다.

"호킨이 과연 잘해낼 수 있을지 모르겠네."

"너무 걱정하지 마십시오, 전하. 어렸을 때부터 유달리 총명하셨던 분입니다. 그리고 호킨 왕자님 옆에는 하이노넨 백작이 든든하게 지키고 있으니 이번 전쟁에서 그렇게 큰 실수는 없을 겁니다."

다코비치 공작의 위로에 가스파 국왕은 그때서야 얼굴을 풀었다.

"그래, 다코비치 공작의 말처럼 신중한 하이노넨 백작이 호킨 왕자의 곁에 있으니 잘해낼 수 있을 거야!"

"물론입니다, 전하! 너무 걱정하지 마십시오. 잘해내실 겁니다."

이렇게 가스파 국왕을 설득해서 지원군을 받아오는 데 성공한 호킨 왕자는 삼 일 후에 모든 준비를 끝마치고 예정보다 많은 4만 5천 명의 병사들을 데리고 보무도 당당하게 한창 전투가 벌어지고 있는 오넥스 성으로 출발했고 그와 동시에 이번에 호킨 왕자가 데려간 병사들의 공백을 메우기 위해서 가스파 국왕의 명으로 왕국 전체에 대대적인 징집이 실시되었다.

한편 호킨 왕자가 미리 보낸 전령을 통해 소식을 전해 들은 스코페 자작은 서둘러서 이베스트 성에 5천 명 정도의 수비 병력만 남겨두고 가용한 모든 병사들을 이끌고 오넥스 성으로 달려갔다.

정찰병들을 통해 계속해서 병력이 늘어나는 지밀 왕국군의 모습을 확인한 카브레라 공작은 무언가 심상치 않은 느낌에 계속 아르미스 왕성으로 전령을 보내 지원 병력을 요청했지만 왕성에서는 당장 오넥스 성에 보내줄 수 있는 병력이 없었다.

하지만 카브레라 공작의 서신을 받고 무언가 특단의 조치가 필요하다고 생각한 군부대신 바이사흐 후작은 왕성에 있는 주요 귀족들과 하마스 국왕을 힘들게 설득해서 왕성에 주둔 중인 근위군단 일부를 급하게 오넥스 성으로 보내고 추가로 귀족들에게 반강제적으로 돈을 모아서 용병을 모집하고 왕국 각지에 강제적으로 징집을 실시해서 전투에 투입할 새로운 병력을 급조하고 있었다.

계속되는 전쟁과 버거운 세금 때문에 많이 황폐해진 다른 영지들과는 달리 풍부한 자금력과 노동력으로 계속 하루가 다르게 발전하고 있던 카미넬 영지에도 하마스 국왕의 이름으로 강제 징집령이 내려왔다.

그란츠의 명령대로 광산 기술자를 데려와서 영지 북쪽 드래곤 산맥 근처를 탐사한 결과 엄청난 매장량의 금광과 철광산을 발견하고 광산을 개발해서 두 달 전부터 엄청난 생산량을 자랑하며 채굴이 한창인 광산 지역을 둘러보던 크레인 행정관은 아르미스 왕성으로부터 강제 징집령이 내려왔다는 소식에 서둘러 영주성으로 돌아왔다.

영주성에는 징집령이 내려왔다는 소식을 듣고 영지 곳곳에 흩어져서 각자 맡은 일을 하고 있던 카미넬 영지의 가신들이 모두 회의실에 모여 있었다.

크레인이 회의실에 들어가자 삼삼오오 모여서 자기들끼리 이야기를 나누는 가신들이 보였고 그중에서 콜만이 문을 열고 들어오는 크레인을 발견하고 먼저 인사를 건넸다.

"오! 크레인 행정관, 북쪽 드래곤 산맥에 새로 만든 광산을 둘러보러 가셨다고 하더니 생각보다 빨리 돌아왔군요?"

"예! 아르미스 왕성에서 징집령이 내려왔다는 소식을 듣고 바로 달려오는 길입니다."

"그렇군요. 그렇지 않아도 다들 그 소식을 듣고 모여서 크레인 행정관이 오기를 기다리고 있었소이다."

"그러셨습니까? 우선 다들 자리에 앉아서 대책을 논의해 보지요."

"그럽시다! 자, 이제 크레인 행정관도 왔으니 모두 자리에 앉아서 회의를 진행합시다!"

역시 기사다운 콜만의 우렁찬 목소리에 회의실 여기저기에 흩어져서 이야기를 나누던 가신들이 각자 자기 자리를 찾아서 앉기 시작했고 어느 정도 회의실이 정리가 되자 임시적으로 영지를 총괄하고 있는 크레인이 먼저 입을 열었다.

"모두들 다 잘 아시겠지만 아르미스 왕성에서 하마스 국왕 전하의 이름으로 강제 징집령이 떨어졌습니다. 징집령의 내용을 살펴보면 왕국 내의 모든 영지에서는 각 영지의 크기와 작위에 따라서 정해진 병력을 기한 내에 왕성으로 보내야 합니다. 징집령에 적혀 있는 기준에 따르면 저희 영지에서는 3천 명의 병사를 뽑아서 보름 안에 아르미스 왕성으로 보내야 합니다."

징집령에 적힌 구체적인 내용을 말해주는 크레인 행정관의 말에 회의실에 모인 가신들은 웅성거리면서 서로 의견을 교환하기 시작했고 그중에서 영지의 전체적인 치안을 책임지고 있는 경비대장 와슨이 조금 큰 목소리로 크레인에게 자신의 생각을 이야기했다.

"크레인 행정관님, 아르미스 왕성까지 보름 안에 도착해야 한다면 10일 안에 모든 준비를 끝내고 5일 전에는 영지에서 병사들을 출발시켜야 되겠군요."

와슨의 말에 크레인 행정관은 고개를 끄덕이며 말을 했다.

"물론입니다, 와슨 경비대장. 보름 안에 병사들을 아르미스 왕성에 도착시키려면 그렇게 해야 합니다. 그런데 여기에서 문제가 하나 있습니다."

크레인의 말에 와슨이 의아한 표정으로 물었다.

"무슨 문제가 있다는 말입니까?"

"우선 소영주님이 남작 작위를 받으시면서 제게 보내오신 서신을 살펴보면 무슨 일이 있더라도 어지러운 왕국 사정상 영지의 힘을 당분간 밖으로 드러내지 말라고 하셨습니다. 그런데 1, 2백 명도 아니고 3천 명에 달하는 영지병을 밖으로 보내야 하는 상황이니 고민이 되는 겁니다."

"그럼 저번처럼 용병을 고용해서 영지병 대신에 아르미스 왕성으로 보내면 되지 않소?"

"물론 그것도 하나의 방법입니다. 하지만 문제는 대외적으로 가난하다고 알려진 저희 영지가 계속된 전쟁 때문에 의뢰비가 하늘 높은 줄 모르고 뛰어버린 용병들을 무려 3천 명이나 동원한다면 눈치 빠른 귀족들은 바로 저희 영지를 의심의 눈초리로 볼 것입니다. 그리고 이번에 올라가는 병력은 왕성에 계신 카미넬 백작님께서 직접 지휘하실 병력인데 위험한 전장으로 가시는 백작님에게 충성심이 약한 용병들만으로 이루어진 군대를 지휘하게 할 수는 없습니다."

"아니? 크레인 행정관, 영주님은 아르미스 왕성에 있는 근위군단 기병 천인대장으로 계신데 어떻게 영지에서 보내는 군대를 이끌고 전장으로 가신다는 말이오?"

콜만의 물음에 크레인도 곤혹스러운 표정을 지으며 말을 했다.

"저도 어찌 된 영문인지 자세히는 모르겠습니다. 하지만 징집령과 같이 도착한 소식에 의하면 영주님이 근위군단 천인대장에서 이번에 새로 편성되는 군대의 군단장 중 한 명으로 임명되셨다고 합니다. 그래서 우리 영지에서 올려 보내는 병사들은 영주님의 지휘를 받을 거라고 하더군요."

"그렇다면 왕성에 보내는 병사들의 구성은 신중하게 생각해야겠군."

"그렇습니다. 특히 지금처럼 전황이 어려운 상황에서는 만약의 경우, 위험에 빠진 영주님을 보호해서 전장을 빠져나올 수 있는 정예병이 꼭 필요합니다."

"그렇지만 이번에 영지의 정예 병력을 보낸다면 영지의 힘을 되도록 감추라는 소영주님의 명령을 어기는 것이 아닙니까, 크레인 행정관님."

"후우… 와슨 경비대장, 저도 그 문제 때문에 이렇게 고민하는 겁니다. 소영주님의 말씀을 따르자니 영주님의 안위가 걱정이고 그렇다고 소영주님의 말씀을 어기고 영지의 정예 병력들을 파견하면 대외적으로 알려진 영지 사정에 비해서 너무 잘 단련된 병사들 때문에 탐욕스러운 왕국 귀족들의 눈이 자연스럽게 우리 영지로 쏠리게 되어 있으니 정말 쉽게 결정하기 어려운 문제입니다."

크레인의 말에 회의실에 모인 가신들도 각자 고민스러운 얼굴로 해결 방안은 생각했다. 하지만 적당한 해결 방법이 떠오르지 않아 회의가 점점 길어지고 있을 때 회의실 한쪽에 앉아 있던 드팔린이 입을 열었다.

"크레인 행정관, 지금 문제는 다른 귀족들이 우리 영지의 숨겨진 힘을 모르게 하면서 만약의 순간에 영주님을 지킬 수 있는 정예 병력이 필요하다는 것 아닙니까?"

드팔린의 물음에 크레인이 고개를 끄덕이며 대답했다.

"그렇지요!"

"그럼 돌발적인 상황에 제대로 대처하기 위해서는 보병들보다 기병대가 적당하겠군요. 하지만 양성하는 데 시간과 돈

이 많이 들어가는 기병대를 많이 보내면 분명히 다른 귀족들이 이상하게 생각할 겁니다."

"아무래도 기병들은 양성하기 힘든 병종이니 당연히 의심할 겁니다."

"그렇지만 영주님을 생각한다면 충분한 숫자의 기병이 필요하네!"

"맞습니다, 콜만 경. 영주님을 위해서는 기병이 필요합니다. 그래서 제가 좋은 방법을 하나 생각해 냈습니다."

"그게 무슨 방법입니까, 드팔린 경!"

"어차피 지금 상황에서는 영지의 힘을 완전히 숨길 수는 없습니다. 그렇다면 적당히 용병들과 영지병을 섞어서 왕성으로 보내고 영주님을 위해 꼭 필요한 기병대를 영지의 정예병들로 구성하되 용병으로 변장시켜서 보내는 겁니다."

"호오… 기병들을 용병으로 변장을 시킨다……."

"기병들을 용병으로 변장시켜서 보낸다면 유사시에 충분히 대응을 할 수 있고 또 보병으로 보내는 용병들도 똑같은 옷을 입혀서 저희 영지병들로 변장해서 보낸다면 잘하면 귀족들의 눈도 피할 수 있을 겁니다."

"그렇군. 예전에 영지병들이 쓰던 낡은 갑옷들이 아직 창고에 많이 남아 있으니까 그걸 용병들에게 입히면 귀족들을 충분히 속일 수 있을 거네!"

드팔린의 의견에 콜만도 적극적으로 찬성을 하고 나서자 크레인도 고개를 끄덕이며 찬성을 했다.

"좋습니다. 그럼 드팔린 경의 의견대로 일을 추진하겠습니다. 그럼 어느 분이 지원군을 이끌고 왕성으로 가시겠습니까?"

"크레인 행정관 본인이 의견을 냈으니 내가 직접 지원군을 이끌고 가겠네!"

크레인의 물음에 드팔린이 나서자 모두들 고개를 끄덕였다.

"알겠습니다. 그럼 드팔린 경이 이 일을 맡아주십시오! 그럼 이번 일은 이렇게 처리를 하겠습니다."

지원군 문제를 해결한 가신들은 각자 맡은 일을 처리하기 위해서 영지 곳곳으로 흩어졌고 지원군을 이끌고 아르미스 왕성으로 가기로 결정을 내린 드팔린은 크레인으로부터 충분한 자금을 받아서 용병을 모집하기 위해 기병 300명과 보병 200명을 데리고 로만 제국과 인접한 코린트 백작 영지로 움직였다.

그리고 크레인은 영지에서 일어난 모든 상황을 적어서 리도 성에 있는 그란츠에게 전령을 보냈다.

사실 가신들이 이상하게 생각하는 카미넬 백작의 군단장 임명은 그란츠 때문이었다. 리도 성 전투에서 보여준 그란츠의 엄청난 활약이 동부군 사령관 코린트 백작의 승전 보고서와 함께 아르미스 왕성에 전해지자 크게 기뻐한 하마스 국왕이 카미넬 백작을 천인대장에서 만 명의 병사를 지휘하는 군단장으로 승격시킨 것이었다. 하지만 아직까지 그란츠의 활약을 전해 듣지 못한 영지의 가신들은 어떻게 된 영문인지 알 길이 없었다.

한편 4만 5천 명의 지원군을 이끌고 몬슨 왕성을 출발한 호킨 왕자는 강행군을 계속해서 13일 만에 오넥스 성을 공격하고 있는 하이노넨 백작의 군대와 합류했고 이렇게 호킨 왕자가 지원군을 이끌고 합류를 하자 오넥스 성 앞에 집결한 지밀 왕국의 병력은 11만 명에 육박하는 대군이 되었다.

　그에 비해서 오넥스 성에 있는 라이오스 왕국군은 그동안 바이사흐 후작의 노력으로 약간의 지원군이 도착했지만 병사 수가 6만 명을 넘지 못했다.

　말이 쉬워 11만 명이지, 지밀 왕국의 11만 대군이 오넥스 성 앞에 모여서 진을 치자 성 앞은 온통 지밀 왕국군의 천막으로 뒤덮여 버렸다. 그 모습을 성안에서 바라보는 라이오스 왕국 병사들은 기가 질리게 만드는 엄청난 적병들의 모습에 전투를 시작하기도 전에 사기가 바닥까지 떨어져 버렸다.

　언제나 자심감이 넘치던 카브레라 공작도 성 앞을 가득 메우고 있는 지밀 왕국군의 엄청난 모습에 할 말을 잊어버렸다.

　"끄응… 3일 전부터 갑자기 공성전을 중단해서 이상하다고 생각은 했지만 이렇게 대군을 이끌고 오다니 어림짐작해도 10만은 넘는 것 같군!"

　"큰일입니다, 공작님. 저렇게 대군을 이끌고 공격을 해온다면 평지성인 오넥스 성의 특성상 지밀 왕국군을 막아내기 힘듭니다."

　"그래, 레인 백작의 말이 맞아. 하지만 이미 일이 벌어졌으니 어쩔 수 없지 않겠나? 어떻게 해서든 적을 막아내는 수밖에. 일단 전령을 보내서 현재 사정을 아르미스 왕성에 알리고 하급 지휘관들에게 말해서 병사들을 잘 챙기도록 하게. 병사들의 사기가 너무 떨어졌어!"

"알겠습니다, 공작님!"

"후우… 이번에는 정말 어려운 싸움이 되겠군."

11만이 넘는 대군의 출현에 정신이 없는 라이오스 왕국군과는 다르게 오넥스 성 앞에 진을 치고 있는 지밀 왕국군 지휘부는 차분한 분위기로 작전을 짜면서 내일 있을 전투를 준비하고 있었는데 오넥스 성 앞에 도착해서야 코나 왕국군의 패전 소식을 전해 들은 호킨 왕자는 크게 웃으면서 코나 왕국의 공격이 다시 시작되기 전에 서둘러서 오넥스 성을 함락시킬 것을 지시했다.

다음날 날이 밝자 호킨 왕자는 11만 명이 넘는 전 병력을 오넥스 성 앞으로 진격시켜서 공성전을 시작했다.

지밀 왕국군이 미리 만들어놓은 30개가 넘는 대형 투석기로 큰 바윗돌을 성으로 날리면서 공격을 시작하자 라이오스 왕국군도 성안에 있는 투석기로 대응 사격을 시작했다.

"발사! 성벽을 부숴 버려라!"

슈우웅! 슈웅!

쿵! 쿠쿵!

"모두들 성벽에 바짝 붙어서 투석 공격을 피해라! 우리 투석기들은 뭘 하고 있느냐! 어서 지밀 왕국 놈들의 투석기를 부쉬라!"

"투석기를 발사해라!"

슈우웅! 슝!

꽈꽝! 쿵!

"끄아악! 어서 피해라!"

"아악!"

서로 먼저 기세를 잡기 위한 양 왕국의 투석 공격은 한동안 격렬하게 진행되었고 한 시간 가까이 계속된 투석 공격이 끝나자 지밀 왕국군은 천천히 오넥스 성을 향해 진격을 했고 화살 사정거리 바로 앞에서 전진을 멈추고 대열을 정비하기 시작했다.

잠시 후에 오넥스 성 앞을 가득 메우고 있는 지밀 왕국 병사들 앞으로 말을 타고 나온 호킨 왕자는 허리에 차고 있는 검을 뽑아 들면서 이제부터 전투를 시작할 병사들을 독려했다.

"용맹한 지밀 왕국의 병사들은 들어라! 자랑스러운 지밀 왕국의 영광을 위해 저 앞에 버티고 있는 오넥스 성을 한 번에 함락시키고 아르미스 왕성까지 점령해 버리자!"

"와아아! 지밀 왕국 만세!"

호킨 왕자의 말에 지밀 왕국 병사들이 들고 있던 무기를 하늘 높이 치켜들면서 함성을 지르기 시작했고 그 기세를 몰아서 호킨 왕자의 공격 명령이 떨어졌다.

"제일 먼저 오넥스 성의 성벽에 지밀 왕국 깃발을 거는 자에게 내 이름을 걸고 100골드의 상금을 내리겠다! 총공격하라!"

"와아아! 공격!"

"100골드가 걸려 있다! 공격!"

"궁수대! 발사! 성벽 위의 적군들이 얼굴도 못 들게 만들어
라!"

슈슉! 슉! 쉬이익!

호킨 왕자의 공격 명령이 떨어지자 지밀 왕국 병사들이 화
살 공격과 함께 거대한 해일처럼 오넥스 성으로 돌격해 들어
왔고 그에 대항해서 라이오스 왕국 병사들도 성벽 위에서 화
살을 쏘면서 방어를 시작했다.

"적들이 몰려온다! 성벽에 접근하지 못하게 화살을 쏴라!"

슈슉! 슉! 쉬이익! 슉!

"으아악!"

"방패를 들어서 화살을 막아라!"

쉬익!

"아악!"

"빨리 움직여라! 성벽에 붙으면 화살을 쏘기 힘들어진다!"

슈슉! 슉!

라이오스 왕국의 화살 공격이 시작되자 지밀 왕국군은 일제
히 방패를 머리 위로 들어 올리면서 계속 오넥스 성을 향해 돌
격해 들어갔고 화살 공격이 제대로 효과를 발휘하지 못하자
높은 망루에서 전황을 유심히 살피던 카브레라 공작은 바로
성벽 밑에 미리 준비해 둔 펄펄 끓는 물과 기름을 가지고 올라
오게 하면서 근접전을 준비하기 시작했다.

"적들이 접근한다! 어서 끓는 물과 기름을 가지고 올라와라!"

"어서 서둘러라!"

"계속 화살을 날려라!"

오넥스 성에서 쏘아대는 화살비를 뚫고 성벽 아래까지 도착한 지밀 왕국 병사들은 일제히 들고 온 사다리를 성벽에 걸치고 올라가기 시작했고 그에 대항해서 성벽 위에 있는 라이오스 왕국 병사들은 준비해 둔 돌과 끓는 물을 성벽 아래로 던지고 부으면서 지밀 왕국군의 공격을 막아내기 시작했다.

"어서 성벽을 올라라! 가자!"

"와아아아! 공격!"

"끄아악!"

"끓는 물을 부어라!"

쏴아아!

"아악! 뜨거워!"

"방패로 막으면서 올라가라!"

푸욱!

"흐악!"

"공격! 공격!"

챙! 채챙!

"사… 살려줘!"

오넥스 성 성벽에서 두 왕국 병사들의 치열한 공방전이 시작되자 지밀 왕국 진영에서 나무로 만든 거대한 크기의 공성탑 여섯 개가 앞으로 나와서 천천히 성벽으로 접근해 왔다.

공성탑 제일 밑에는 100명의 포로로 잡힌 라이오스 왕국 병사들이 지밀 왕국 병사들의 채찍을 맞으면서 힘들게 밑에 있는 바퀴를 움직여 공성탑을 앞으로 이동시키고 있었다.

　쿠르르르!

　"어서어서 움직여라!"

　취이악!

　"으윽……!"

　쿠르르르!

　성벽보다 높은 공성탑들이 천천히 다가오자 성벽 위에 있는 라이오스 왕국 병사들은 순간 당황했지만 그동안 전쟁에서 단련된 정예병들답게 바로 냉정을 회복하고 나무로 만들어진 공성탑을 불태우기 위해서 불화살로 공격을 시작했다.

　"당황하지 말고 불화살로 공격을 해라! 공성탑을 불태워 버려라!"

　슈슉! 슉!

　"쏴라!"

　슈슉! 슉!

　"계속 밀어붙여라! 공격!"

　채챙! 챙!

　라이오스 왕국 병사들이 불화살로 공성탑을 공격했지만 이런 경우를 대비해서 미리 지밀 왕국 병사들이 물에 젖은 짐승 가죽을 공성탑 전면에 붙여놓았기 때문에 불화살 공격은 아무 효과도 없었다.

그 모습을 망루에서 지켜보던 카브레라 공작은 급히 옆에 있는 레인 백작에게 명령을 내렸다.

"이런! 불화살이 통하지 않는군! 레인 백작, 어서 공성탑이 접근해 오는 성벽에 병사들을 집중 배치시키게!"

"알겠습니다, 공작님! 예비대를 성벽으로 올려 보내라!"

"공성탑에 계속 화살을 날려라!"

카브레라 공작의 명령에 성안에 있던 예비대 일부가 급하게 성벽으로 올라오기 시작했고 동시에 천천히 전진해 오던 공성탑들도 마침내 성벽 앞에 도착해서는 중간에 설치되어 있던 잔교를 내리면서 공성탑 안에서 대기하고 있던 지밀 왕국 병사들을 쏟아내기 시작했고 성벽 위에 있던 라이오스 왕국 병사들도 그에 대응해서 화살을 쏘면서 성벽 위로 뛰어들어 오려는 지밀 왕국 병사들을 막아섰다.

"성벽 위로 올라오지 못하게 막아라!"

슈슉! 슉!

"와아아!"

"방패로 막으면서 앞으로 진격해라! 공격!"

"가자!"

채챙! 챙!

"끄아악!"

푸푹!

"이놈들 죽어라!"

"크아악!"

"막아라!"

"공격! 공격!"

"밀고 들어가자! 공격!"

공성탑에서 내린 잔교를 사이에 두고 치열한 전투가 벌어지고 있는 가운데 성벽 곳곳에서는 사다리를 타고 성벽 위로 올라오려는 지밀 왕국 병사들과 그들을 막으려는 라이오스 왕국 병사들의 공방전이 치열하게 진행되고 있었다.

"어서 돌을 더 가져와! 이얍!"

쾅!

"끄아악!"

"공격! 어서 성벽 위로 올라가라!"

"가자!"

퍼억!

"아악! 뜨거워!"

"살려줘!"

"방패를 머리 위로 올려서 적의 공격을 막으면서 올라가라!"

"하악!"

"으아아악!"

"이놈들, 어딜 함부로 기어올라 오는 거냐!"

성벽에 사다리를 걸치고 올라오는 지밀 왕국 병사들에게 끓는 물과 돌을 던지면서 잘 방어를 하고 있었지만 공성탑에서 내려놓은 잔교를 통해서 꾸준하게 지밀 왕국 병사들이 성벽 위로 밀려들어 오기 시작하자 조금씩 라이오스 왕국 병사들이

뒤로 밀리면서 지밀 왕국 병사들이 성벽 위에 교두보를 확보
해 가기 시작했다.

　채챙! 챙!

　"끄아악!"

　서걱! 푸욱!

　"모두 쓸어버려라!"

　"막아라! 성벽 위에서 놈들을 몰아내야 한다!"

　챙! 채챙! 챙!

　"공격! 계속 밀어붙여라!"

　"와아아! 공격!"

　공성탑에서 쏟아져 나온 지밀 왕국 병사들이 순식간에 라이
오스 왕국 병사들을 밀어내고 성벽 위에 교두보를 확보해 나
가자 카브레라 공작은 재빨리 기사단을 성벽 위로 올려 보내
서 지밀 왕국 병사들을 공격했다.

　"이놈들! 어딜 올라오느냐!"

　스각!

　"끄아악!"

　"우리 왕국 기사들이 올라왔다! 모두 힘을 내라!"

　"아악!"

　"죽어라!"

　"힘을 합쳐서 공격해라!"

　챙! 채챙! 챙!

　슈악!

"크아악!"

"크흑!"

"죽여라!"

"으악! 어머니!"

강력한 전투력을 가진 라이오스 왕국 기사들이 성벽 위로 올라와서 전투에 가세하자 지밀 왕국 병사들이 힘들게 만들었던 교두보가 기사들의 활약에 순식간에 줄어들며 병사들도 무더기로 쓰러지기 시작하자 그에 대응해서 호킨 왕자도 본진에서 대기하고 있던 기사들을 전투에 투입하기 시작했다.

"흐음… 성벽 위에 올라간 우리 병사들이 밀리기 시작하는군!"

"아무래도 적국 기사들이 전면에 나서니까 전투력에서 밀리는 모양입니다, 호킨 왕자님."

"그럼 하이노넨 백작, 우리도 성벽에 기사들을 투입하시오! 먼저 기세를 잡았을 때 오넥스 성을 함락시켜야 하오!"

"알겠습니다, 왕자님!"

"기사단 앞으로! 성을 함락시키자!"

"와아아! 공격!"

"가자! 돌격 앞으로!"

"지밀 왕국의 영광을 위해!"

호킨 왕자의 명령으로 지밀 왕국 기사들이 성벽 위에서 고전을 하고 있는 병사들을 대신해서 라이오스 왕국 기사들을 상대하기 시작하자 성벽 위의 전세는 다시 지밀 왕국 쪽으로 급격하게 기울기 시작했다.

이렇게 되자 카브레라 공작은 방어선이 무너지는 것을 막기 위해서 뒤쪽에서 대기하고 있던 예비 병력들을 총동원해서 성벽 위로 올려 보냈다.

"이런! 방어선이 무너지기 전에 서둘러 대기하고 있는 예비대를 모두 성벽으로 올려 보내시게!"

"알겠습니다, 공작님!"

"성벽 위로 올라온 지밀 왕국 놈들을 모조리 쓸어버려라!"

"와아아!"

"공격! 계속 올라가라!"

"끄아악!"

챙! 채챙! 챙!

"으아악!"

"이야압! 죽어라!"

"커헉!"

"성벽을 사수하라!"

서걱!

카브레라 공작의 결단으로 성안에서 대기하고 있던 예비대를 모두 성벽 위로 올려 보내자 성벽 위의 주도권은 다시 라이오스 왕국으로 넘어왔다. 하지만 이렇게 그런대로 잘 버티던 오넥스 성이 무너지는 결정적인 이유는 전혀 엉뚱한 곳에서 튀어나왔다.

챙! 채챙! 챙!

푸욱!

"무슨 일이 있더라도 성벽을 지켜야 한다!"

"조금 더 힘을 내라!"

챙! 채챙! 챙!

"으아악!"

서걱!

"커헉!"

쏴아악!

"아악! 뜨거워!"

꽝! 꽈꽝! 꽝!

"성문이 위험하다!"

꽝! 꽈꽝!

"이게 무슨 소리냐?"

"충차입니다! 지밀 왕국 녀석들이 충차를 끌고 와서 성문을 부수고 있습니다, 공작님!"

"뭐라고! 어서 병사들을 내려 보내서 성문을 보강하고 충차를 불태워 버리게!"

"알겠습니다! 목재를 가져와서 성문을 보강해라!"

"이런! 갑자기 충차라니!"

"성문을 지켜라!"

상황이 계속 힘들어지자 망루에서 지휘를 하던 카브레라 공작까지 직접 성벽 위로 올라와서 전투 지휘를 했지만 성벽 위에서 치열한 전투가 계속되고 있는 틈을 이용해서 지밀 왕국군이 충차를 끌고 와서 성문을 부수기 시작하자 카브레라 공작은 어쩔 수 없이 성벽 위에서 싸우고 있는 병사들을 나누어서 성문 아래로 내려 보낼 수밖에 없었다.

하지만 지밀 왕국 병사들이 성문을 약하게 만들기 위해서 오넥스 성 성문에 기름을 붓고 불을 지르고 충차를 이용해서 성문을 부수기 시작하자 불에 타면서 약해진 성문은 힘없이 깨져 나갔다.

화르르!

쿵! 쿵!

"으싸! 으싸!"

쿵!

"조금만 더 힘을 내라!"

"으싸! 으싸!"

꽈쾅! 끼이익! 쿵!

"성문이 부서졌다!"

"공격! 밀어붙여라!"

"와아아! 돌격!"

충차의 공격에 마침내 성문이 부서지자 뒤에서 대기하고 있던 지밀 왕국 병사들이 거센 파도처럼 오넥스 성 안으로 밀려 들어 갔고 카브레라 공작의 명으로 병사들을 이끌고 성문 쪽으로 내려와 있던 레인 백작은 충차 공격에 성문이 부서지기 일보 직전의 상태에 있자 성문 뒤에 병사들을 밀집시켜서 방어 대형을 만들고 있다가 성문이 부서지면서 지밀 왕국 병사들이 성안으로 밀려들어 오자 일제히 화살을 쏘면서 필사적으로 성문을 사수하기 시작했다.

"모두 밀집 대형을 만들어라! 성문이 부서지기 일보 직전이다! 빨리 움직여라!"

쿵! 쿵!

"와아아! 돌격!"

"성문이 열렸다!"

"화살을 쏴라! 지밀 왕국 놈들을 모조리 쓸어버려라!"

슈슉! 슉!

휘이익! 휙!

"끄아악!"

"크헉!"

"방패를 들어라! 화살 공격이다!"

"커헉!"

슈슉!

성문이 부서지자 용감하게 안으로 돌격해 들어가던 지밀 왕국 병사들은 미리 준비하고 있다가 레인 백작의 공격 명령에 한꺼번에 수백 발씩 발사한 라이오스 왕국군의 화살 공격에 성문을 모두 통과하기도 전에 수백 명씩 무더기로 죽어나갔다.

"계속 쏴라! 놈들이 절대 성안으로 못 들어오게 해라!"

슈슉! 슉!

쉬이익!

"파비스를 꺼내서 화살을 막아라! 안으로 밀고 들어가라!"

티팅! 팅!

"와아아! 앞으로 돌격!"

"쏴라! 계속 쏴라!"

슉! 슈슉! 슉! 쉬이익!

라이오스 왕국군의 화살 공격에 많은 병사들이 죽어나갔지만 지밀 왕국 병사들은 이런 때를 대비해서 미리 등 뒤에 메고 있던 파비스를 꺼내 들고 화살 공격을 막으면서 조금씩 성안으로 진입하기 시작했다. 마침내 화살비를 뚫고 어느 정도 지밀 왕국 병사들이 성안으로 들어오자 병사들과 같이 들어온 지밀 왕국 기사들을 선두로 일제히 들고 있던 파비스를 땅에 버리고 검과 창을 손에 들고 함성을 지르며 돌격을 시작했다.

"돌격! 라이오스 왕국 놈들을 모조리 쓸어버려라!"

"와아아! 돌격!"

"끄아악!"

"막아라! 성안으로 못 들어오게 막아라!"

챙! 채챙! 챙!

"어딜 들어오느냐!"

퍼억!

"아아악!"

"막아라!"

챙! 채챙!

성벽 위로 올라가는 방법이 한정되어 있어서 병력의 우위를 제대로 살리지 못했던 지밀 왕국군은 성문이 부서지자 그쪽으로 대규모의 병사들을 들여보내면서 병력의 우위를 살리기 시작했다. 반면 성문을 통해서 감당하기 힘들 정도로 많은 지밀 왕국 병사들이 밀려들어 오기 시작하자 레인 백작의 지휘하에 성문을 지키던 라이오스 왕국 병사들은 순식간에 뒤로 밀리기 시작했고 그 빈 공간을 이용해서 점점 더 많은 숫자의 지밀 왕국 병사들이 성안으로 계속 들어왔다.

채챙! 챙!

"힘들지만 조금만 더 버텨라!"

"으아악!"

푸욱!

"흐억!"

"공격! 더 밀어붙여라!"

"끄아악!"

챙! 채챙!

"허걱!"

"으아악! 다 죽여 버리겠다!"

챙! 채챙!

"으윽!"

카브레라 공작은 성문 앞에서 힘겨운 전투를 벌이고 있는 레인 백작에게 병사들을 더 지원해 주고 싶었지만 성문이 부서지는 것을 보고 더 거세게 밀어붙이는 지밀 왕국의 공격에 성벽 위의 병사들을 쉽게 빼돌릴 수가 없었다. 이런 상황에서 시간이 조금 더 흐르자 결국 성문 앞에서 힘겹게 싸우던 레인 백작의 방어선이 급격하게 무너지면서 엄청난 숫자의 지밀 왕국 병사들이 성안으로 밀려들어 왔다.

"방어선이 뚫렸다. 돌격!"

"가자! 돌격!"

채챙! 챙! 챙!

"밀리지 마라! 성문이 뚫리면 끝장이다! 끝까지 막아라!"

"크아악!"

"으악!"

푸욱!

채챙! 챙! 챙!

성안으로 밀고 들어온 지밀 왕국 병사들이 성안에 만들어진 계단을 통해 성벽 위로 올라오기 시작하자 힘겹게 유지되던 성벽 위의 방어선까지 계속 밀고 들어오는 지밀 왕국 병사들의 공세에 급격히 무너지기 시작했다.

"우아악!"

챙! 채챙! 챙!

"성벽을 점령해라!"

서걱!

"크아악!"

"이익! 막아라! 성벽을 지켜라!"

"허걱!"

채챙!

"우리가 이겼다! 더 밀어붙여라!"

채챙! 챙! 챙! 슈슉! 슉!

"밀리지 마라!"

채챙! 챙!

성문 앞에서 지밀 왕국 병사들을 막아내던 방어진이 무너지면서 엄청난 숫자의 적병들이 성안으로 쏟아져 들어오자 병사들과 함께 적병들을 상대하던 레인 백작은 더 이상 오넥스 성을 지키기 힘들다고 판단하고는 제일 먼저 카브레라 공작을 성 밖으로 피신시키기 위해서 주변에 있던 기사 몇 명을 데리고 치열한 전투가 벌어지고 있는 성벽 위로 올라갔다.

성벽 위에서 병사들을 지휘하고 있던 카브레라 공작도 전세가 급격하게 기울자 노령에도 불구하고 직접 검을 뽑아 들고 지밀 왕국 병사들을 상대하고 있었다. 그 모습을 발견한 레인 백작은 급히 기사들을 이끌고 카브레라 공작에게 다가갔다.

"이놈들 죽어라! 이얍!"

"끄아악!"

챙! 채챙! 챙!

"허걱!"

"공작님! 공작님께서 직접 검을 드시다니 정말 죄송합니다!"

"오! 레인 백작인가? 뭐가 죄송한가? 지금 상황이 이런 것을. 비록 나이는 많아도 소드 익스퍼드 중급의 기사라네. 내 검술도 아직은 쓸 만해!"

카브레라 공작의 말에 레인 백작은 자신이 제대로 보좌를 하지 못해서 이런 일이 벌어진 것 같아 송구스러운 마음이 들었지만 급박하게 돌아가는 지금 상황을 생각해서 나중에 사죄하기로 하고 우선 카브레라 공작에게 후퇴를 건의했다.

"공작님! 성문을 막던 방어선이 무너져서 많은 숫자의 지밀 왕국군이 성안으로 밀려들어 오고 있습니다. 이쯤에서 오넥스 성을 포기하고 퇴로가 완전히 막히기 전에 후퇴하셔야 합니다!"

성을 포기하고 후퇴해야 한다는 레인 백작의 말에 카브레라 공작은 불같이 화를 내면서 레인 백작을 쳐다봤다.

"레인 백작! 그게 무슨 말인가? 죽을 각오로 싸워도 부족한 판에 성을 포기하고 도망을 치자니! 오넥스 성이 무너지면 아르미스 왕성이 위험해진다는 것을 모르는가! 난 절대 지밀 왕국 놈들에게 등을 보이면서 비겁하게 도망칠 수 없네!"

"저도 마찬가지 심정입니다. 하지만 저희들이 이렇게 오넥스 성에서 전멸해 버린다면 이곳에서 왕성까지는 완전히 텅텅 비어버리게 됩니다. 최악의 경우 수비 병력이 얼마 없는 아르미스 왕성까지 제대로 힘 한번 못 써보고 지밀 왕국의 손에 넘어갈 수 있습니다, 공작님."

강한 어조로 말하는 레인 백작의 모습에 후퇴할 수 없다고 계속 고집을 피우던 카브레라 공작도 격해졌던 감정에서 벗어나 자신들이 처한 상황을 제대로 인식했다.

"그럼 도대체 날 보고 어떻게 하란 말인가?"

"우선 이곳에서 살아남으셔야 합니다! 오넥스 성을 탈출하셔서 돈 성으로 가셔야 합니다. 그곳에서 병사들을 최대한 모아 지밀 왕국군의 진격을 막으셔야 합니다!"

레인 백작의 말에 잠시 고민하던 카브레라 공작은 라이오스 왕국 정계를 양분하는 사람답게 금방 냉정하게 판단을 내렸다.

"알겠네! 레인 백작, 병사들을 후퇴시키게!"

"잘 생각하셨습니다, 공작님! 뭐 하고 있느냐! 어서 공작님을 성 밖으로 모셔라!"

"알겠습니다, 백작님! 카브레라 공작님, 이쪽으로 가시지요!"

카브레라 공작이 결심을 하자 레인 공작은 즉시 주변에 있던 기사들을 시켜서 공작을 모시고 아직까지 라이오스 왕국군이 장악하고 있는 북문을 통해서 오넥스 성을 탈출하도록 했다. 카브레라 공작이 기사들의 호위를 받으면서 성벽에서 내려가자 레인 백작은 공작을 대신해서 거센 파도처럼 밀려오는 지밀 왕국 병사들을 최대한 막으면서 천천히 병력을 오넥스 성에서 철수시키려고 했다. 하지만 이런 라이오스 왕국군의 움직임을 눈치 챈 지밀 왕국군이 재빨리 병력을 북문으로 이동시켜서 퇴로를 차단하기 시작하자 지휘 계통이 무너지면서 라이오스 왕국 병사들은 무질서하게 무기를 버리고 도망치기 시작했다.

"라이오스 왕국 놈들이 도망친다! 모두 죽여라!"

챙! 채챙!

"끄아악!"

"대형을 유지해라! 흩어지면 다 죽는다!"

"아악!"

"사… 살려줘!"

"놈들을 모조리 쓸어버려라!"

"공격!"

"도… 도망가자!"

채챙! 챙! 챙!

"으아악!"

퇴로가 막힌다는 공포에 방어선이 급격하게 무너지기 시작하자 레인 백작도 더 이상 버티는 것을 포기하고는 모든 병사들에게 후퇴 명령을 내리면서 오넥스 성을 빠져나가 버렸고 지휘 계통이 무너진 라이오스 왕국 병사들은 지밀 왕국 병사들의 손쉽고 먹음직스러운 먹이로 변해 버렸다.

"후퇴 명령이 떨어졌다!"

"후퇴하라! 돈 성으로 후퇴하라!"

챙! 채챙! 챙!

"으아악!"

"한 놈도 도망치지 못하게 해라! 다 쓸어버려라!"

서걱!

"끄아악!"

챙! 채챙!

"허걱!"

"어… 어머니……."

푸욱! 서걱!

"윽!"

아침부터 시작된 전투는 오후가 되자 오넥스 성안에 남은 일부 패잔병들을 잡는 소탕전으로 변해 버렸고 이마저도 오후 늦은 시간이 되자 성안에 일부 남아 있던 페잔병들을 완전히 쓸어버리고 지밀 왕국군은 오넥스 성을 완전히 장악할 수 있었다. 오넥스 성 내부가 완전히 정리되자 호킨 왕자와 하이노넨 백작은 휘하 귀족들과 함께 지밀 왕국 병사들이 지르는 승리의 함성을 들으며 보무도 당당하게 오넥스 성안으로 입성했다. 하얀 백마를 타고 천천히 성안으로 말을 몰아가던 호킨 왕자는 손에 들고 있는 무기를 하늘 높이 들어 흔들면서 환호하는 병사들의 모습을 보며 승리의 미소를 지었다.

"와아아아! 이겼다!"

"지밀 왕국 만세!"

"호킨 왕자님 만세!"

"오넥스 성을 함락시켰다!"

그동안 지밀 왕국군의 공격을 막아내는 거대한 축으로써 역할을 훌륭하게 해내던 오넥스 성이 함락되어 버리자 라이오스 왕국의 심장인 아르미스 왕성까지 가는 길이 지밀 왕국군에게 활짝 열려 버렸고 오넥스 성의 함락 소식이 급하게 말을 타고 달려온 전령을 통해서 아르미스 왕성에 전해지자 파죽지세로 진격해 올 지밀 왕국군을 막을 대책을 세우는 것은 고사하고 모든 귀족들은 패닉 상태에 빠져서 허둥대기 시작했다.

Grants Saga

2. 아르미스 왕성을 구하라!

리도 성 공방전 이후에 각자 리도 성과 카락 성에 틀어박혀서 본국의 지원을 기다리며 서로 눈치만 보고 있던 라이오스 왕국 동부군과 미슈젤라 후작이 이끄는 코나 왕국군의 평화로운(?) 대치 상황도 오넥스 성의 함락 소식이 전해지면서 급격하게 바뀌기 시작했다.

특히 동부군 지휘부의 동요가 컸는데 그중에서도 가족들과 사랑하는 여인이 모두 아르미스 왕성에 있는 그란츠의 충격은 남들보다 더 클 수밖에 없었다. 오넥스 성의 함락 소식이 전해지자 바로 소집된 지휘관 회의에서는 급박한 현재 상황을 타개할 수 있는 대책을 세우기보다 사방에서 쏟아져 들어오는 확인되지 않은 괴소문에 휘둘려서 우왕좌왕하는 모습만 보여주고 있었다.

이렇게 무의미한 지휘관 회의를 끝내고 자신의 지휘막사로 돌아온 그란츠는 마이어스를 막사로 불러서 따로 대책을 세우기 시작했다.

"부르셨습니까, 남작님?"

"마이어스, 어서 들어와요. 지금 병사들의 상태는 어때요?"

마이어스가 지휘막사로 들어오자 그란츠는 바로 자리를 권하면서 오넥스 성의 함락 소식을 들은 천인대 병사들의 상태를 물었고 그런 그란츠의 질문에 마이어스는 어두운 얼굴로 대답했다.

"오넥스 성의 함락 소식이 전해지자 병사들의 사기가 바닥까지 떨어졌습니다. 병사들 대부분이 아르미스 왕성 주변 지역에서 징집되어서 그런지 가족들 걱정에 잘못하면 탈영병이 생길 수도 있습니다, 남작님."

마이어스의 대답에 그란츠의 얼굴도 심각하게 변했다.

"그 정도란 말인가요? 하긴 나도 아르미스 왕성에 남아 있는 가족 걱정에 이렇게 마음이 심란한데 병사들이라고 다르겠어요. 뭔가 빨리 해결책을 세워야 하는데 방법이 없으니······."

"그나마 영지에서 데려온 병사들의 동요가 없으니 다행입니다."

"일단 영지 사병들을 중심으로 천인대 병사들을 잘 다독여서 동요를 최대한 잠재우세요. 불안감을 이기지 못하고 하나둘씩 탈영병이 생긴다면 지금 같은 위기 상황에서는 바로 군

조직 자체가 무너지는 큰 문제로 확대될 수도 있어요."

"알겠습니다, 남작님. 최대한 병사들의 동요를 막아보겠습니다."

"후우… 마음 같아서는 지금 바로 가족들이 있는 아르미스 왕성으로 달려가고 싶은데 바로 코앞에서 코나 왕국군이 기회만 노리고 있어서 마음대로 움직일 수도 없으니… 정말 답답하군요."

"정말 큰일입니다. 일단 왕성에 서신을 보내서 가족 분들이라도 영지로 내려 보내도록 하는 것이 어떻겠습니까, 남작님?"

아르미스 왕성에 있는 가족들을 비교적 안전한 영지로 피신시키라는 마이어스의 말에 그란츠는 절로 한숨이 새어 나왔다.

"나도 그랬으면 좋겠지만 강직한 아버지의 성격상 절대 왕성이 위험하다고 가족들만 영지로 대피시킬 분이 아니네. 아마 그런 말을 꺼냈다가는 호통만 치실 거야."

답답하다는 표정으로 입을 여는 그란츠의 말에 잠시 카미넬 백작의 성격에 대해서 생각해 본 마이어스는 이내 수긍을 하며 고개를 끄덕였다.

"일단 그 문제는 나중에 생각하고, 우선은 부하들을 잘 단속하도록 하세요. 특히 영지병들은 따로 관리해서 만약의 경우에 영지병들만 데리고 언제든지 아르미스 왕성으로 최단시간 안에 갈 수 있게 철저히 준비해 두세요."

언제든지 아르미스 왕성으로 병사들을 움직일 수 있게 준비하라는 그란츠의 말에 마이어스는 눈빛을 빛내며 대답했다.

"알겠습니다, 남작님. 철저하게 준비하겠습니다."

이렇게 오넥스 성의 함락 소식으로 우왕좌왕하는 라이오스 왕국 동부군과 비슷하게 리도 성 전투에서 대패해서 카락 성에 완전히 발이 묶여 있는 코나 왕국군도 지밀 왕국군의 움직임을 전해 듣고 상당히 당황하고 있었다.

특히 라이오스 왕국을 침공한 코나 왕국군 총사령관 미슈젤라 후작은 리도 성 전투에서의 패전 책임을 가지고 계속 물고 늘어지고 있는 정적 레졸루트 후작 때문에 여러 가지로 피곤한 상태였다. 그런데 지밀 왕국군이 대군을 동원해서 그동안 골칫거리였던 오넥스 성을 함락시키고 바로 아르미스 왕성까지 위협하는 것을 전해 듣자 잘못하면 라이오스 왕국과 전쟁을 벌여서 별 이득도 얻지 못하고 막대한 피해만 입은 채로 지밀 왕국의 아르미스 왕성 점령으로 전쟁이 바로 끝나 버릴 수도 있기 때문에 신경이 바짝 곤두서 있었다.

만약 전쟁이 이 상태에서 끝나 버린다면 미슈젤라 후작은 이득보다 피해가 더 커져 버린 전쟁의 책임을 지고 코나 왕국 정계에서 밀려날 수도 있는 상황이었다. 이런 상황을 타개하기 위해서는 리도 성 전투에서 일어난 과실을 깨끗하게 지울 수 있는 공이 필요했지만 리도 성 전투 이후 줄어든 병력으로는 제대로 공세를 펼칠 수가 없었고 본국에 요청한 지원군도 레졸루트 후작의 방해 공작으로 계속 미루어지고 있었다.

그 때문에 오넥스 성 함락 소식을 듣고 카락 성 회의실에 모인 대부분의 귀족들은 불편한 얼굴로 상석에 앉아 있는 미슈젤라 후작의 눈치를 보고 있었다.

"끄응! 도대체 우리가 어쩌다가 이렇게 되어버렸는지 모르겠군. 라이오스 왕국의 국경선을 넘을 때만 해도 금방 아르미스 왕성을 함락시킬 수 있을 것 같았는데 리도 성에서 어이없이 대패를 당하고 여기 카락 성에 처박혀 있는 신세라니!"

미슈젤라 후작의 말에 회의실에 앉아 있는 귀족들은 전부 고개를 들지 못했다.

"우리는 이렇게 사방이 다 꽉 막혀 있는데 지밀 왕국군은 카브레라 공작이 지키고 있는 오넥스 성을 함락시키고 이제 아르미스 왕성까지 노리고 있다 하니 정말 미칠 지경이야! 다들 이 난국을 해결할 수 있는 좋은 방법을 생각해 보시오!"

미슈젤라 후작의 질문에 다들 해결책은 고사하고 입을 다물고 서로 눈치만 보고 있자 미슈젤라 후작은 그 모습에 더 화가 났다.

"다들 단체로 벙어리라도 된 것이오? 왜들 아무 말도 없는 건가!"

"저 공작님, 제게 괜찮은 방법이 하나 있습니다."

"오! 로겔 남작이 아닌가? 그래, 어떤 방법인가? 어서 말해 보게!"

"예! 제 생각에 저희들이 지금 가장 시급하게 해결해야 하는 문제는 전쟁을 이렇게 끝내면 안 된다는 겁니다."

로겔 남작이 말을 하면서 후작을 쳐다보자 미슈젤라 후작은 계속하라는 듯이 손짓을 했다.

　"그렇지! 그게 가장 급한 일이지! 절대 이렇게 지밀 왕국의 일방적인 승리로 전쟁이 끝나면 안 돼!"

　"예! 하지만 현실적으로 리도 성 전투로 인해 병력이 반 토막 나버려서 3만 명뿐인 저희 상황에서는 본국의 지원 없이 단독으로 리도 성을 공략하고 아르미스 왕성까지 진격하는 것은 현실적으로 불가능한 일입니다. 그렇다고 지금 한창 기세를 올리고 있는 지밀 왕국군과의 협력도 힘들 겁니다."

　"그렇지 자신들의 힘만으로도 충분히 아르미스 왕성을 공략할 수 있는데 구태여 논공행상이 복잡해지게 우리와 협력하지는 않을 거야!"

　"지밀 왕국과의 협력과 본국의 지원군이라는 두 가지 카드를 쓸 수가 없다면 저희들이 살아남기 위해 할 수 있는 일은 한 가지뿐입니다."

　선택할 수 있는 방법이 하나뿐이라는 로겔 남작의 말에 미슈젤라 후작은 강한 호기심을 보이면서 그 방법을 물어봤다.

　"그래, 우리가 선택할 수 있는 방법이 도대체 뭔가?"

　"리도 성에 있는 라이오스 왕국군과 협상을 하는 겁니다."

　"라이오스 왕국군과 협상을 하다니 그게 무슨 말인가? 로겔 남작, 자세히 알아들을 수 있게 말해보게!"

　"지금 저희들보다 마음이 급한 쪽은 아마 아르미스 왕성이 위험에 처한 라이오스 왕국군입니다. 당장이라도 병사들을 돌려서 왕성으로 향하고 있는 지밀 왕국군을 막아서고 싶지만 바로 앞에 진을 치고 있는 저희들 때문에 마음대로 몸을 움직이지 못해서 속이 다 타버릴 지경일 겁니다."

로겔 남작의 말에 회의실에 앉아 있는 모든 귀족들이 동의를 하는지 고개를 끄덕였다.

"하긴 당장 왕성이 지밀 왕국군에게 함락될 상황인데 고민되겠지!"

"저희들은 바로 그 부분을 이용하는 겁니다. 어차피 저희들도 더 이상 리도 성을 공략하기 힘든 상황이라면 차라리 리도 성에 있는 라이오스 왕국군과의 협상을 통해 본국에 체면을 세울 수 있을 정도의 땅을 얻어내고 휴전을 하는 겁니다."

"휴전이라……."

"예! 저희와 휴전을 하게 되면 리도 성에 있는 라이오스 왕국군은 바로 병사들을 돌려서 아르미스 왕성으로 돌아갈 겁니다. 그러면 그곳에서 라이오스 왕국군이 왕성을 지켜내든 지밀 왕국군이 왕성을 함락시키든 저희들은 협상을 통해 얻어낸 영토를 가지고 본국에 돌아가서 전쟁 책임을 피할 수 있고 만약 라이오스 왕국군과 지밀 왕국군이 아르미스 왕성을 사이에 두고 싸우다가 양패구상을 하게 된다면 바로 군사를 몰고 가서 저희들이 비어 있는 아르미스 왕성을 점령할 수도 있는 겁니다."

로겔 남작의 의견을 다 들은 미슈젤라 후작과 회의실에 있는 귀족들은 표정이 많이 밝아졌고 얼굴에 미소가 떠올랐다.

"아하하! 그래! 바로 그거야! 그런 방법이 있었군. 로겔 남작! 남작이 책임지고 당장 일을 추진시키게!"

"알겠습니다, 공작님!"

"후후후! 잘하면 이번 일이 우리에게는 답답한 현재 상황을 시원하게 해결할 수 있는 기회일 수도 있겠군!"

"그렇습니다! 하하하!"

미슈젤라 후작으로부터 전권을 위임받은 로겔 남작은 라이오스 왕국군에게 제시할 조건을 회의실에 있는 귀족들과 정리한 후에 기사 다섯 명과 함께 리도 성을 향해 출발했다.

오넥스 성 함락 소식을 전해 듣고 앞으로 어떻게 해야 될지 갈피를 못 잡고 있던 동부군 귀족들은 갑작스러운 로겔 남작의 방문에 크게 당황했지만 일단 사절 신분으로 왔기 때문에 로겔 남작을 리도 성안으로 들어오게 했다.

동부군 사령관인 코린트 백작과 만난 로겔 남작이 가지고 온 협상 보따리를 풀어놓자 코린트 백작은 충격도 받았지만 바로 어려운 현 상황을 해결할 수 있는 방법이라는 생각에 귀족들을 소집해서 로겔 남작의 의견을 긍정적으로 검토하기 시작했다.

현재 상황이 급박한 만큼 일부 반대 의견도 있었지만 대부분의 귀족들이 찬성을 하자 코린트 백작은 코나 왕국이 제시한 협상 조건대로 현재 코나 왕국군이 점령하고 있는 넬슨 자작 영지 외에 주변에 있는 두 개 영지를 넘겨주기로 하고 서둘러 휴전 협정을 체결했다.

한편 오넥스 성을 탈출한 카브레라 공작은 공작 영지의 영주성인 돈 성에 도착하자마자 공작 영지에 강제 징집령을 내려서 돈 성과 주변 지역에 살고 있는 성인 남자들을 강제로 끌어 모아서 부족한 병력을 채우기 시작했다.

이런 공작의 행동은 오넥스 성에서 돈 성으로 무사히 후퇴해 온 병력이 1만 명뿐이어서 어쩔 수 없는 조치였지만 공작 영지의 민심을 극도로 나쁘게 만들고 병사들의 전체적인 전투력도 떨어뜨리는 결과를 낳았다. 하지만 싸워야 하는 상대가 아직 10만 명이 넘는 병력을 가지고 있기 때문에 카브레라 공작으로서는 어쩔 수 없는 선택이었다.

오늘도 돈 성에서는 징집령을 피해 집에 숨어 있는 성인 남자들을 기사들이 병사들을 이끌고 돌아다니면서 찾아내서 끌고 오는 소동이 도시 곳곳에서 벌어지고 있었다.

"이놈! 어딜 숨어 있느냐! 어서 가자!"

"아이고! 나으리, 이놈만은 안 됩니다! 이놈 대신 제가 가겠습니다!"

"무슨 말도 안 되는 소리냐! 어서 끌고 가라!"

"예, 조장님! 어서 가자!"

병사들이 집 안을 수색해서 창고에 숨어 있던 아들로 보이는 남자를 끌고 나오자 아버지로 보이는 노인이 나와서 병사들에게 사정을 했다. 하지만 병사들은 눈물을 흘리면서 사정을 하는 노인을 무시하고 아들을 큰길로 끌고 가서 집에 숨어 있다가 잡혀 나온 사람들이 타고 있는 짐마차에 강제로 태웠고 큰길은 병사들에게 끌려가는 남자들의 가족들로 보이는 사람들의 울음소리로 완전히 난장판이 되어 있었다.

"우왕~! 아빠! 가지 마!"

"흑흑! 여보!"

"왜 울고 있느냐! 너희들의 남편과 아들들은 이제부터 위대한 라이오스 왕국을 위해 전쟁터로 가는 것이다! 다들 자랑스럽게 생각해라!"

"흑흑……."

"우왕! 아빠!"

"여보!"

책임자로 보이는 기사의 말에 가족들의 울음소리는 진정되기는커녕 더욱더 커졌고 그 모습에 기사는 얼굴을 찡그리며 병사들에게 다음 거리로 이동할 것을 지시했다.

"흥! 뭣들 하느냐! 다음 거리로 이동한다! 시간이 없다! 빨리 움직여라!"

"알겠습니다. 다음 거리로 이동한다. 출발!"

기사의 명령에 사람들을 태운 짐마차가 움직이기 시작하자 끌려가는 사람들의 가족들도 울면서 짐마차를 따라갔다.

이런 소동이 돈 성 거리 곳곳에서 계속 일어났고 결국 카브레라 공작은 이틀 만에 강제적으로 3만 명의 병사들을 더 만들 수 있었지만 이 병력으로도 앞으로 상대해야 할 지밀 왕국군을 막기에는 역부족이었다.

이렇게 정신없는 것은 아르미스 왕성도 마찬가지였는데 오넥스 성 함락 소식과 함께 부랴부랴 외곽 성벽을 보수하고 저번에 떨어진 징집령을 통해 각지에서 올라오는 병사들을 훈련시키느라 정신이 없었다. 처음에는 오넥스 성과 리도 성을 지원하기 위해 징집령을 내려서 모은 병력들이었지만 지밀 왕국의 대공세 때문에 결국 아르미스 왕성 방어전에 투입되고 있었는데 지밀 왕국군을 상대하기 위해서 바쁘게 움직이는 사람들의 모습과는 다르게 아르미스 왕성 북문에서는 지밀 왕국군이 올라온다는 소식에 위험한 아르미스 왕성을 떠나 안전한 로만 제국으로 피난을 떠나는 귀족들의 화려한 마차 행렬이 길게 늘어서 있었다.

그런 귀족들의 모습을 북쪽 성문 망루에서 바라보고 있는 군부대신 바이사흐 후작의 얼굴에는 씁쓸한 미소만이 걸려 있었다.

그런 바이사흐 후작에게 은색 플레이트 갑옷을 입은 중년의 기사 한 명이 달려왔다.

"후작님, 여기 계셨습니까?"

"오! 더비셔 경! 경이 여기까지 무슨 일인가?"

"회의 시간이 다 됐는데 후작님이 왕궁에 안 계셔서 이렇게 찾아왔습니다."

"회의 시간… 아! 벌써 시간이 이렇게 됐군!"

"아직 여유가 조금 있습니다. 지금 가시면 정각에 도착하실 겁니다."

"그래? 그럼 어서 움직여야지!"

후작가의 기사단장인 더비셔의 말에 바이사흐 후작이 노구를 천천히 움직이자 옆에 있던 젊은 기사 한 명이 재빨리 다가와서 부축을 했다.

젊은 기사의 부축을 받으면서 천천히 바이사흐 후작이 마차가 대기하고 있는 성문 아래로 내려가기 시작하자 옆에서 후작을 따라 내려오던 더비셔는 궁금하다는 듯이 입을 열었다.

"그런데 후작님, 여기는 무슨 일로 오신 겁니까?"

"왕성을 지키기 위해 성벽을 보수하고 병사가 돼서 훈련을 받고 있는 왕국민들과는 달리 왕국이 위험에 빠지니까 그동안 풍족한 생활을 하게 만들어주던 왕국을 버리고 서로 앞을 다투며 왕성을 빠져나가는 귀족들의 부끄러운 모습을 구경하러 나왔다네……."

"후작님……."

어두운 얼굴로 더비셔의 질문에 대답하는 바이사흐 후작의 모습에 더비셔도 어두운 얼굴로 고개를 돌려 길게 늘어진 귀족들의 마차 행렬을 쳐다봤다.

"후후후! 너무 그렇게 깊게 생각하지는 말게. 저런 쓰레기 같은 귀족들보다 왕국을 위해 목숨을 바치는 진정한 노블리스 오블리제를 실천하는 귀족들이 더 많으니 말이야!"

"물론입니다, 후작님!"

"하하하! 그래. 이런, 이러다가 회의 시간에 늦겠구만. 어서

빨리 가세!'

"알겠습니다, 후작님!"

이렇게 아르미스 왕성을 지키기 위해서 라이오스 왕국이 모든 힘을 다 쓰면서 노력하고 있을 때 오넥스 성을 함락시킨 지밀 왕국군은 서둘러 아르미스 왕성을 향해 진격을 할 것이라는 모든 사람들의 예상을 깨고 전투의 흔적을 지운 오넥스 성에서 휴식을 취하면서 마음껏 여유를 부리고 있었다.

특히 라이오스 왕국을 침공한 지밀 왕국군의 총지휘관 격인 호킨 왕자와 하이노넨 백작은 연회장에서 휘하 귀족들과 와인 파티까지 즐기고 있었다.

"아하하하! 오넥스 성에서 즐기는 라이오스 왕국산 와인은 각별한 맛이 있군요!"

"하하하! 오넥스 성 성주관에 보관 중이던 와인이라서 더 맛있는 것은 아닌가?"

"아~! 그렇군요! 하하하!"

성주관 창고에서 꺼내온 와인을 마시며 연회장에서 즐겁게 웃고 떠들고 있는 귀족들을 바라보며 호킨 왕자와 하이노넨 백작도 웃는 얼굴로 조용히 담소를 나누면서 와인을 마시고 있었다.

"하이노넨 백작, 요즘 병사들의 상태는 어떻습니까?"

"오넥스 성을 함락시키고 3일 동안 푹 쉬어서 그런지 사기도 높고 그동안 쌓였던 피로도 모두 해소한 것 같습니다."

"그래요? 그것참 다행이군요."

"왕자님, 오늘 들어온 정찰병의 보고에 의하면 페낭 성에 있던 라이오스 왕국의 귀족 연합군이 드디어 움직였다고 합니다. 이제 저희들도 슬슬 움직여야 되지 않겠습니까?"

모츠 백작이 지휘하는 귀족 연합군이 페낭 성을 나왔다는 하이노넨 백작의 말에 호킨 왕자는 눈빛을 빛내며 입을 열었다.

"후후후! 엉덩이가 무거운 모츠 백작이 움직였다면 우리들도 움직여야지요! 내일 정오에 출병을 하겠습니다. 그렇게 아시고 준비해 주세요!"

드디어 아르미스 왕성을 공략하기 위해서 움직이겠다는 호킨 왕자의 말에 하이노넨 백작도 전의가 불타오르는지 자신도 모르게 들고 있던 와인 잔에 힘을 주었다.

"알겠습니다, 왕자님! 빈틈없이 준비시키겠습니다."

"후후후! 이번에야말로 한번에 저 건방진 라이오스 왕국을 완전히 끝장내 버리는 겁니다!"

"하하하! 당연히 그러셔야지요, 왕자님!"

다음날 아침부터 출전 준비를 하느라고 오넥스 성을 시끄럽게 하던 지밀 왕국 병사들은 정오가 되자 하얀 백마를 탄 호킨 왕자를 선두로 깃발을 높게 들고 보무도 당당하게 오넥스 성을 나와 아르미스 왕성을 향해 힘찬 걸음을 옮겼다.

이런 지밀 왕국군의 움직임은 주변에 숨어 있던 정찰병에 의해서 바로 라이오스 왕국군에게 전해졌고 이런 소식에 돈 성과 아르미스 성에 있는 라이오스 왕국군의 움직임도 바빠

졌다.

　한편 오넥스 성 함락 소식에 놀란 모츠 백작은 페냥 성에 주둔하고 있는 귀족 연합군을 이끌고 서둘러 카브레라 공작이 있는 돈 성으로 이동하고 있었다.

　길게 꼬리를 물고 이동하고 있는 귀족 연합군의 선두에는 화려한 금장식이 들어간 갑옷을 입은 총사령관인 모츠 백작이 여러 귀족들과 함께 천천히 말을 타고 움직이고 있었다.

　"후우~! 돈 성까지 가려면 얼마나 남았나?"

　천천히 움직이는 병사들의 움직임이 못마땅한지 뒤를 돌아보며 모츠 백작이 질문을 하자 옆에 있던 메코맥 자작이 품속에서 지도를 꺼내 보더니 대답을 했다.

　"으음… 이 속도로 간다면 앞으로 이틀만 더 간다면 돈 성에 도착할 수 있을 겁니다."

　"이틀이라… 그럼 너무 늦네! 당장 행군 속도를 더 높이도록 하게!"

　행군 속도를 더 높이라는 모츠 백작의 말에 메코맥 자작은 당황스러운 얼굴로 말했다.

　"백작님, 어제 페냥 성을 출발한 뒤에 지금까지 한번도 제대로 쉬지 못하고 계속 강행군을 하고 있습니다. 그런 상태에서 행군 속도를 더 높인다면 병사들에게 너무 무리가 갑니다!"

　메코맥 자작의 말에 모츠 백작은 굳어진 얼굴로 지친 병사들의 모습을 잠시 바라보며 입을 열었다.

"병사들이 힘들어하더라도 지금은 어쩔 수 없네! 지밀 왕국 군이 언제 돈 성을 함락시키고 아르미스 왕성을 공격할지 모르는 급박한 상황이란 말이야!"

"하지만 이렇게 강행군을 하다가는 지밀 왕국군과 전투를 시작하기도 전에 병사들이 먼저 지쳐 버릴 겁니다."

"나도 알고 있네! 하지만 지금 상황에서는 어쩔 수 없어! 돈 성 근처에 도착하면 잠시 휴식을 취하도록 하자고!"

"하… 하지만… 알겠습니다, 백작님!"

단호한 얼굴로 강행군을 계속 지시하는 모츠 백작의 모습에 메코맥 자작은 다시 한 번 백작의 결정을 재고해 달라고 건의를 하려다가 그만두었다.

메코맥 자작까지 모츠 백작의 강행군 명령에 동의를 하자 행렬 곳곳에 흩어져 있던 기사들이 지친 병사들을 재촉해서 행군 속도를 높이기 시작했다.

"더 빨리 움직여라! 행군 속도를 높이라는 사령관님의 명령 이시다!"

"행군 속도를 높여라!"

"속보로! 속보로 움직인다!"

속보로 움직이라는 명령이 떨어지자 행렬 곳곳에서 지친 병 사들의 불만이 터져 나왔지만 눈을 부릅뜨고 노려보는 기사들의 모습에 어쩔 수 없이 발걸음을 빨리 움직이기 시작했다.

이런 귀족 연합군의 움직임을 풀숲에 몰래 숨어서 지켜보는 지밀 왕국 병사들이 있었는데 이들을 통해 귀족 연합군의 움직임이 하나도 빠짐없이 이곳에서 약 1시간 정도 떨어져 있는 숲 속에 숨어 있는 지밀 왕국군 별동대에게 전부 보고되고 있었다.

정찰병의 보고를 통해 귀족 연합군의 움직임을 파악한 스코페 자작은 바로 쉬고 있는 병사들을 소집해서 길 양쪽 숲 속에 매복시키면서 매복 공격을 준비했다.

"라이오스 왕국군이 다가오고 있다! 모두 매복 위치로 들어가서 공격 명령을 기다려라!"

"백인대별로 매복지로 움직인다!"

2만 명의 병사들이 백인대별로 나누어져서 숲 양쪽의 매복지로 들어가서 몸을 숨기는 병사들을 스코페 자작은 자작가의 기사단장인 글렌과 함께 흐뭇한 얼굴로 바라보고 있었다.

"후후후! 오늘 이곳에서 저번에 페낭 성을 공격하면서 당했던 패배에 대한 복수를 확실히 할 수 있겠군."

"그렇습니다, 자작님! 죽을 자리인 줄도 모르고 열심히 달려오고 있는 라이오스 왕국 놈들을 이 숲 속에서 모조리 쓸어버릴 수 있을 겁니다."

"하하하! 그래, 이 숲 속에서 놈들을 모두 죽여 버리자고!"

호킨 왕자의 명령으로 급하게 페낭 성을 나와서 지밀 왕국군의 공격으로부터 아르미스 왕성을 지키기 위해 돈 성으로 가고 있는 모츠 백작의 귀족 연합군을 공격하기 위해서 스코페 자작이 2만 명의 정예군과 함께 숲 속에서 매복을 하고 있는 것도 모르고 귀족 연합군은 돈 성을 향해 지친 병사들을 이끌고 강행군을 계속하고 있었다.

따각! 따각!

"어서 빨리 움직여라!"

"어서 움직여라! 조금만 더 가면 점심을 먹기 위해서 휴식을 취할 것이다!"

"조금만 더 힘을 내자고!"

계속되는 강행군에 많이 지친 병사들이었지만 잠시 뒤에 휴식 시간을 준다는 기사의 말에 힘을 내서 걸음을 계속 옮겼다.

이런 귀족 연합군의 움직임을 숲 속에 숨어서 유심히 지켜보고 있던 스코페 자작은 화려한 복장의 갑옷을 입은 귀족들을 시작으로 1만 8천 명에 달하는 귀족 연합군 병사 대부분이 매복 병력이 숨어 있는 숲 속에 다 들어오자 미소를 지으며 일어나서 공격 명령을 내렸다.

"라이오스 왕국 놈들이 함정에 들어왔다! 지난번 페낭 성 전투의 치욕을 갚아주자! 전원 공격! 공격하라!"

"와아아아! 공격!"

"화살을 쏴라!"

슈슉! 슉!

쉬이익!

"끄아악!"

"으윽!"

스코페 자작의 공격 명령에 양쪽 숲 속에 숨어 있던 지밀 왕국군이 일제히 몸을 일으키며 화살을 쏘기 시작하자 계속되는 강행군에 많이 지쳐 있던 귀족 연합군 병사들은 갑작스러운 기습 공격에 제대로 대항도 하지 못하고 속절없이 비 오듯이 날아오는 화살에 맞아 쓰러지기 시작했다.

"으윽! 기습이다! 지밀 왕국군의 기습이다!"

슈슉! 슉!

"뭐냐! 이게 도대체 어떻게 된 일이야! 돈 성을 공격하고 있어야 할 지밀 왕국 놈들이 여기에는 어떻게 나타난 거야!"

"저도 무슨 일인지 모… 모르겠습니다, 백작님!"

지밀 왕국군의 전혀 예상하지 못했던 기습에 모츠 백작은 크게 당황하기 시작했고 전장을 수습해서 방어전을 지휘해야 하는 모츠 백작이 크게 당황해서 제대로 지시를 못 내리자 귀족 연합군 병사들은 체계적인 방어를 수행하지 못하고 지밀 왕국군의 기습 공격에 그대로 노출되어 버렸다.

슈슉! 슉! 슉!

"으아악!"

쉬이익!

"쏴라! 화살을 계속 날려라!"

"방패를 들어서 화살을 막아라!"

슈슉! 슉!

"크흑!"

"대처할 수 있는 시간을 주지 마라! 계속 화살을 날려라!"

슈슉! 슉! 슉!

끝없이 이어지는 화살 공격에 병사들이 많이 죽어나가고 있었지만 아직까지 정신을 못 차리고 있는 모츠 백작을 대신해서 메코맥 자작이 병사들에게 등에 메고 있는 방패를 들어서 화살 공격을 막으라고 지시를 내리기 시작하자 지밀 왕국군의 화살 공격에 당하는 병사들의 숫자가 대폭 줄어들었다.

하지만 귀족 연합군 병사들이 화살 공격에 방패로 대응을 시작하자 스코페 자작은 지체없이 병사들의 돌격을 지시했다.

"돌격! 라이오스 왕국 놈들의 대형이 흐트러졌다! 놈들을 모조리 쓸어버려라!"

"와아아아! 돌격!"

챙! 채챙! 챙!

"죽어라!"

"막아라! 방어 대형을 만들어라!"

"끄아악!"

챙! 채챙!

서걱!

"으아악!"

"아악!"

스코페 자작의 공격 명령에 지밀 왕국 병사들이 숲 양쪽에서 큰 함성을 지르면서 돌격해 오자 방패를 들고 화살 공격을 그런대로 막아내던 귀족 연합군 병사들은 지밀 왕국군의 거센 기세에 순간적으로 기가 꺾여 버렸고 이런 병사들의 모습에 메코맥 자작은 큰 목소리로 병사들을 독려하면서 사기를 끌어

올리기 위해서 노력했지만 지밀 왕국군의 기세에 밀려서 귀족 연합군 병사들의 사기는 계속 바닥을 기고 있었다.

"모두 힘을 내라! 대형을 이루어서 싸우면 놈들을 막을 수 있다!"

채챙! 챙! 챙!

"흐으윽!"

스삭!

"와아아아! 모두 쓸어버려라!"

귀족 연합군 병사들이 미처 방어 대형을 만들기도 전에 지밀 왕국 병사들이 밀고 들어오자 전투는 금방 난전으로 변해 버렸고 전투 시작과 동시에 화살 공격으로 엄청난 피해를 입고 기세가 꺾여 버린 귀족 연합군 병사들은 기세가 오른 지밀 왕국 병사들의 공격에 밀려 힘없이 죽어나가기 시작했다.

상황이 이렇게 전개되자 메코맥 자작과 귀족 연합군 귀족들은 허리에 차고 있던 검을 뽑아 들고 사방에서 공격해 오는 지밀 왕국군 병사들과 전투를 벌이기 시작했고 너무 갑작스러운 기습에 공황에 빠져 있던 모츠 백작도 정신을 차리고 병사들을 지휘하기 시작했다.

"이놈들 죽어라!"

챙! 채챙! 챙!

서걱!

"대열을 유지해라!"

"흐아악!"

"죽어라!"

챙! 챙!

"아하하하! 놈들은 완전히 포위되었다. 한 놈도 살려주지 말고 모조리 죽어 버려라!"

채챙! 챙! 챙!

"으아악!"

슈슉! 퍼퍽!

완벽하게 포위되어 기습 공격을 받은 상황에서도 쉽게 무너지지 않고 훌륭하게 싸우고 있었지만 계속된 강행군에 체력이 완전히 바닥나고 초반부터 기세에서 완전히 밀린 귀족 연합군 병사들은 시간이 흘러갈수록 지밀 왕국군의 날카로운 칼날에 하나둘씩 귀중한 목숨을 잃어가고 있었다.

난전 중에 벌써 여러 명의 적병들을 검으로 베어 죽인 메코맥 자작은 상황이 계속 악화되어 가자 더 이상 이곳에서는 승산이 없다고 판단하고는 역시 한쪽에서 검을 뽑아 들고 적병들을 베어 넘기고 있는 모츠 백작에게 다가가서 후퇴를 건의했다.

"이야압! 백작님, 저희 병사들이 계속 밀리고 있습니다. 더 늦기 전에 어서 이곳을 빠져나가셔야겠습니다! 후퇴 명령을 내려주십시오!"

"끄응! 알겠네. 상황이 어려우니 어쩔 수 없지. 즉시 포위망 왼쪽을 공격해서 퇴로를 확보하고 그쪽으로 병사들을 후퇴시키게!"

후퇴를 하자는 메코맥 자작의 말에 순간적으로 화가 치밀어 올랐지만 이대로 이곳에서 계속 버티고 있어봤자 승산이 없다는 것을 누구보다 잘 알고 있기 때문에 모츠 백작은 메코맥 자작의 의견을 받아들여서 병사들에게 후퇴 명령을 내렸고 모츠 백작의 명령이 떨어지자 메코맥 자작은 즉시 주변에 있는 기사들과 병사들을 불러 모아서 퇴로를 뚫기 위해 지밀 왕국군의 포위망 한쪽을 집중 공격하기 시작했다.

"퇴로를 뚫어야 한다! 돌격하라!"

"와아아! 공격!"

"막아라! 놈들이 포위망을 돌파하려고 한다! 막아라!"

"으아악! 크흑!"

챙! 채챙! 챙!

"이놈들! 어딜 몰려오느냐! 죽어라!"

"끄아악!"

"길을 만들어라! 공격!"

채챙! 챙! 챙!

"허걱!"

서걱!

메코맥 자작이 퇴로를 뚫기 위해서 주변에 있는 병사들을 모아 포위망 왼쪽을 공격하기 시작하자 뒤에서 전체적인 전황을 살피고 있던 스코페 자작은 포위망을 벗어나려는 귀족 연합군의 움직임을 막기 위해서 예비대 개념으로 뒤에서 대기 중이던 천인대를 메코맥 자작이 돌파하려고 하는 곳으로 바로 투입했다.

"놈들이 포위망을 돌파하려고 하는군! 글렌 경, 당장 병사들을 데리고 가서 놈들을 막으시오!"

"알겠습니다, 자작님!"

메코맥 자작이 20명의 기사들과 함께 병사들을 이끌고 공격을 하자 순간적으로 지밀 왕국군의 왼쪽 포위망이 무너질 위기에 처했지만 스코페 자작의 명령으로 글렌이 천인대 하나를 이끌고 전투에 가세하자 다시 포위망이 튼튼하게 유지되었다.

스코페 자작의 재빠른 대처로 메코맥 자작의 포위망 돌파 시도가 실패로 돌아가자 모츠 백작은 귀족 연합군의 전멸을 막기 위해서 자신이 직접 남은 기사들과 병사들을 이끌고 포위망 왼쪽을 돌파하기 시작했다.

"이런! 모두 날 따르라! 퇴로를 확보해야 한다!"

"공격!"

"포위망을 뚫어야 한다! 모두 돌격하라!"

"와아아! 가자!"

"끄아악!"

챙! 챙! 채챙!

"지밀 왕국 놈들! 죽어라!"

"이익!"

"라이오스 놈들이 도망치지 못하게 막아라!"

"하얍!"

"으아악!"

채챙! 챙! 챙!

"조금만 더 힘을 내서 밀어붙여라!"

스각!

"끄윽!"

모츠 백작까지 병사들을 이끌고 포위망 돌파에 가세하자 왼쪽 포위망 일부분이 무너졌고 모츠 백작과 메코맥 자작은 그 틈을 더 크게 벌리기 위해서 기사들과 병사들을 계속 투입하기 시작했고 포위망 일부가 돌파되자 글렌은 병사들을 독촉하면서 돌파된 부분을 다시 회복하려고 했지만 퇴로가 만들어지자 사기가 오르면서 살기 위해서 목숨을 걸고 필사적으로 싸우는 귀족 연합군 병사들에 의해서 오히려 퇴로가 더 넓어졌다.

"퇴로가 열렸다! 조금만 더 힘을 내자!"

채챙! 챙! 챙!

"끄아악!"

"놈들을 막아라!"

"공격!"

서걱!

이렇게 퇴로가 열리자 모츠 백작은 포위망 안에서 전멸 위기에 빠져 힘들게 싸우고 있는 병사들에게 후퇴 명령을 내렸고 병사들은 후퇴 명령이 떨어지자 바로 퇴로를 통해 전장을 빠져나가기 시작했고 상대적으로 귀족 연합군이 퇴로를 확보하고 후퇴를 시작하자 지밀 왕국군은 후퇴하는 귀족 연합군에게 더 큰 피해를 입히기 위해서 더욱더 거세게 공격을 가했다. 특히 스코페 자작은 직접 기사들을 이끌고 전장으로 뛰어들어서 검을 휘두르며 도망치는 귀족 연합군 병사들을 죽이기 시작했다.

"이놈들! 어딜 도망가느냐! 모두 죽어라! 이야합!"

서걱!

"크하악!"

"후퇴하라! 어서 숲을 빠져나가라!"

"흐아악!"

챙! 채챙!

"빠져나가자!"

"으윽!"

챙! 챙!

"숲을 나가면 살 수 있다!"

"흐으윽!"

"아악! 어머니!"

전투를 포기하고 겨우 만들어놓은 퇴로를 통해 후퇴하는 과정에서 악착같이 공격해 오는 지밀 왕국군에 의해 많은 피해가 발생했지만 귀족 연합군의 완전한 전멸을 피하기 위해서 모츠 백작은 피눈물을 참으면서 계속 후퇴를 명령했고 지밀 왕국 병사들과 기사들은 악착같이 따라오며 도망치는 귀족 연합군 병사들의 등에 무자비하게 창으로 찌르고 검을 휘두르며 귀족 연합군의 피해를 계속 늘려갔다.

"으아악!"

"모조리 쓸어버려라!"

챙! 채챙! 챙!

"후퇴하라! 모두 후퇴하라!"

"으아악!"

서걱!

"백작님, 퇴로가 차단되기 전에 어서 이곳을 빠져나가셔야 합니다!"

"메코맥 자작, 아직 병사들이 포위망을 다 빠져나오지 않았네!"

"알고 있습니다! 하지만 지금 빠져나가셔야 합니다! 잘못하면 지밀 왕국군에게 뒤를 잡힐 수도 있습니다! 어서 가시지요!"

"무슨 소리인가! 그럼 나보고 지밀 왕국 놈들을 피하기 위해서 부하들을 버리란 말인가!"

"그런 말이 아닙니다! 하지만 시간을 계속 지체하다가 만약 백작님이 이곳에서 위해를 당하신다면 귀족 연합군은 바로 붕괴될 수도 있습니다! 그러니 어서 이곳을 빠져나가셔야 합니다!"

"끄응… 이렇게 치욕스러운 경우가……! 후우! 알겠네. 모두 여기를 빠져나간다! 가자!"

"어서 백작님을 모셔라!"

"가자!"

두두두!

한마디도 틀린 게 없는 메코맥 자작의 말에 모츠 백작도 더 이상 고집을 피우지 못하고 침울한 얼굴로 타고 있는 말 머리를 숲 밖으로 돌려 귀족들과 함께 비명이 계속 울려 퍼지는 전장을 빠져나가기 시작했다.

이렇게 퇴로를 지키고 있던 가장 큰 전력인 기사들이 모츠 백작과 함께 후퇴를 해버리자 겨우 유지하고 있던 퇴로는 바로 글렌이 이끄는 천인대의 반격으로 다시 막혀 버렸고 미처 포위망을 빠져나오지 못한 귀족 연합군 병사들은 무자비하게 휘두르는 지밀 왕국군 병사들의 창검에 모두 허무하게 목숨을 잃었다.

"와아아아! 이겼다!"

"만세! 지밀 왕국 만세!"

30분쯤 더 지나자 포위망 안에 남아 있던 귀족 연합군 병사들은 모조리 차가운 시체로 변해 버렸고 전투에 승리한 지밀 왕국군 병사들은 크게 함성을 지르면서 승리를 자축했다.

기습 공격 마지막 순간에 모츠 백작과 귀족 연합군 병사 일부가 포위망을 빠져나갔지만 포위망 안에 들어온 거의 대부분의 귀족 연합군 병사들을 이번 포위 공격을 통해서 죽였기 때문에 스코페 자작은 전투 결과에 만족을 하고 돈 성을 함락시키기 위해 움직이고 있는 호킨 왕자와 합류를 하기 위해서 병사들을 이동시키기 시작했다.

한편 포위망을 겨우 빠져나온 모츠 백작은 같이 탈출한 병사들을 이끌고 혹시 있을지도 모를 지밀 왕국군의 추격을 피해서 기습 공격을 당한 숲 속에서 조금이라도 더 멀리 벗어나기 위해서 계속 뒤로 후퇴를 하고 있었는데 강행군에 지치고 갑작스러운 기습에 넋이 완전히 빠져 버린 병사들을 보면서 모츠 백작은 침울한 기분에 빠져 버렸다.

"후우… 지밀 왕국 놈들의 함정에 빠져서 이렇게 비참하게 당하다니… 이런 치욕이 있나!"

"백작님……."

기습 공격으로 휘하 병사들을 대부분 잃어버리고 자신감을 많이 상실한 듯한 모츠 백작의 모습에 메코맥 자작은 무언가 위로의 말을 건네려고 했지만 지금은 그냥 내버려 두는 것이 더 좋을 것 같아서 그만두었다.

"메코맥 자작, 병사들은 얼마나 빠져나왔는가?"

"정확하게 파악하지는 못했지만 7백 명 정도가 포위망을 빠져나왔습니다, 백작님!"

"…7백이라 페낭 성에서 1만 8천 명을 이끌고 출발했는데 단 한 번의 기습 공격을 받고 겨우 7백 명만 살아남다니… 정말 치욕적인 일이군."

포위망을 뚫고 나온 병사들이 7백 명뿐이라는 말에 모츠 백작이 또 자신을 자학하기 시작하자 메코맥 자작은 분위기를 바꾸기 위해서 재빨리 다른 질문을 했다.

"백작님, 이제 전장에서도 많이 벗어났고 지밀 왕국군의 추적도 없는 것 같은데 이쯤에서 휴식을 취하는 게 어떻겠습니까?"

메코맥 자작의 말에 힘없이 고개를 돌려 지친 병사들을 한 번 쳐다본 모츠 백작은 고개를 끄덕이며 휴식을 명령했다.

"그래, 병사들이 많이 지쳤군. 오늘은 여기서 쉬고 내일 아침 일찍 페낭 성으로 돌아가세! 어차피 이 병력으로는 돈 성으로 가봤자 아무런 도움이 안 되니 말이야!"

페낭 성으로 돌아가자는 모츠 백작의 말에 메코맥 자작도 동의를 했다.

"알겠습니다, 백작님. 모두 이곳에서 야영을 한다!"

"정지! 이곳에서 쉰다!"

모츠 백작의 휴식 명령을 메코맥 자작이 큰 소리로 전달을 하자 지친 몸을 겨우 이끌고 움직이던 병사들은 땅바닥에 아무렇게나 쓰러져서 휴식을 취하기 시작했고 평상시였다면 이런 병사들의 흐트러진 모습을 절대 용납하지 않았을 귀족들도 너무나 지친 나머지 병사들의 모습에는 신경도 쓰지 않고 무거운 갑옷을 벗으면서 쉬기 시작했다.

이렇게 스코페 자작의 매복 공격으로 배후의 위협으로 작용하던 페낭 성의 귀족 연합군 부대가 전멸에 가까운 막대한 피해를 입고 다시 페낭 성으로 돌아가자 호킨 왕자는 마음 놓고 카브레라 공작 영지의 영주성인 돈 성을 공격해서 이틀 만에 함락시켜 버렸다.

돈 성을 지키던 카브레라 공작은 여기저기서 강제로 끌어모은 4만 명의 병력으로 어떻게 해서든 지밀 왕국군의 공세를 막으려고 노력했지만 병사들 대부분이 애초부터 크게 전투력을 기대할 수 없는 강제 징집병들이 대부분이었기 때문에 처음부터 전투력 차이가 극심하게 났고 유일한 지원 병력이었던 귀족 연합군이 지밀 왕국의 매복 부대에 기습을 받고 전멸당했다는 소식을 듣고 병사들의 사기마저 바닥까지 떨어져 버렸기 때문에 지밀 왕국군의 거센 공격을 얼마 막아내지 못하고 호킨 왕자에게 성을 내주고 말았다.

결국 카브레라 공작은 또다시 패잔병들을 이끌고 아르미스 왕성까지 후퇴할 수밖에 없었고 왕국 건국 후에 지금까지 한 번도 적국의 공격을 받은 적이 없는 아르미스 왕성이 지밀 왕국군 앞에 완전히 노출되어 버리자 왕성에 있는 주요 귀족들 대부분이 왕성을 버리고 비교적 안전한 왕국 서부로 천도할 것을 주장하기 시작했지만 왕국을 정말 사랑하는 귀족들은 군부대신 바이사흐 후작을 중심으로 지밀 왕국군과 일전을 벌일 준비를 하고 있었다.

한편 비상시국을 타개하기 위해서 독자적으로 코나 왕국군과 휴전 협정을 체결한 동부군 사령관 코린트 백작은 만약을 대비해서 리도 성이 있는 영지의 영주인 포드바 자작을 3천 명의 경계 병력과 함께 리도 성에 남겨두고 주변 영지와 징집을 통해 급히 끌어 모은 1만 5천 명의 병력을 이끌고 아르미스 왕성을 향해 출발했다.

이렇게 서둘러 움직이는 동부군의 선두에는 그란츠가 이끄는 기병 천인대가 앞장을 서고 있었는데 리도 성 전투에서 보여준 능력을 인정한 코린트 백작이 동부군에 있는 모든 기병들을 끌어 모아 하나의 천인대를 만들어서 그란츠에게 돌격대의 지휘를 맡긴 것이었다.

기병 천인대의 지휘를 맡은 그란츠는 주변 영지에서 급히 징발한 말을 기병 병사 한 명당 두 마리씩 배정을 하고 계속 말을 갈아타면서 동부군 본진보다 앞서서 아르미스 왕성까지 엄청난 속도로 쾌속 진군을 하고 있었다.

뿌연 흙먼지를 날리면서 질주하고 있는 기병 천인대 선두에는 은빛 플레이트 아머를 갖추어 입은 그란츠가 마이어스와 함께 말을 달리고 있었다.

"이랴!"

두두두두!

"마이어스, 아르미스 왕성까지 거리가 얼마나 남았나요?"

그란츠의 질문에 마이어스는 잠시 생각을 하더니 바로 질문에 대답을 했다.

"30분 전에 국왕 직영지의 관문성인 엑토즈 성을 통과했으니까 지금 속도로 계속 휴식 없이 간다면 오늘 저녁에는 왕성에 도착할 수 있을 겁니다, 남작님!"

"오늘 저녁에 도착한다는 말이지……."

마이어스의 말에 잠시 생각을 하던 그란츠는 다시 입을 열어서 마이어스에게 명령을 내렸다.

"지금부터 행군 속도를 반으로 줄이겠어요! 왕성 앞에 지밀 왕국 놈들이 대기하고 있을지도 모르는데 이렇게 지친 상태로 갈 수는 없어요!"

그란츠의 말에 마이어스도 고개를 끄덕이며 찬성했다.

"잘 생각하셨습니다, 남작님. 말들이 지친 상태에서 적들과 마주친다면 기병의 특성상 제대로 전투를 할 수 없습니다."

"맞아요! 일단 속도를 줄여서 아르미스 왕성 근처까지 도착을 하면 정찰병들을 보내서 왕성의 상황과 지밀 왕국군의 움직임을 알아보도록 하세요! 우리에게는 적들의 허를 찌를 수 있는 충분한 정보가 필요해요."

"알겠습니다, 남작님! 모두 속도를 반으로 줄인다!"

"속도를 줄여라!"

두두두두!

가족들이 있는 아르미스 왕성이 지밀 왕국군의 공격으로 위험한 만큼 잘못하면 평정심을 잃어버리고 잘못된 판단을 내릴 수도 있었지만 상황을 냉정하게 파악하고 명령을 내리는 그란츠의 모습에 마이어스는 마음속으로 크게 안심이 되었다.

한편 돈 성을 함락시키고 거침없이 아르미스 왕성까지 진격해 온 지밀 왕국군은 왕성 남문 앞에 주둔지를 만들고 공성전을 준비하고 있었다.

내일부터 시작할 공성전을 대비해서 열심히 여러 가지 공성무기를 만들고 있는 지밀 왕국군 병사들을 뒤로하고 호킨 왕자와 하이노넨 백작은 여러 귀족들과 함께 눈앞에 웅장한 모습으로 서 있는 아르미스 왕성을 느긋하게 감상하고 있었다.

"아하하하! 이렇게 우리가 왕국 군대를 이끌고 아르미스 왕성 앞까지 오다니 정말 기분이 좋군!"

눈앞에 있는 아르미스 왕성을 보며 호킨 왕자가 호기롭게 말하자 하이노넨 백작도 얼굴 가득 미소를 지으면서 대꾸했다.

"맞습니다, 왕자님. 오늘은 정말 기분 좋은 날입니다!"

"후후후! 맞소! 이제 저 성만 함락시킨다면 라이오스 왕국은 우리 지밀 왕국에게 모두 다 점령된 것이나 마찬가지요!"

"하하하! 맞습니다."

"내일도 한 방에 성을 점령해 버리지요!"

이렇게 자신만만한 지밀 왕국 측과는 다르게 아르미스 왕성 남문 망루에 올라가서 새까맣게 몰려와 있는 지밀 왕국군을 바라보는 바이사흐 후작과 카브레라 공작은 너무 답답한 마음에 한숨만 나오고 있었다.

"후우… 10만이라고 말만 들어봤지, 이렇게 바로 앞에서 보고 있으니까 정말 대책이 안 서는군. 정말 끝이 안 보일 정도야……."

"저 10만 대군이 한꺼번에 무기를 들고 밀려오면 지금보다 더 정신이 아득해져 버립니다, 바이사흐 후작님."

씁쓸한 표정으로 말하는 카브레라 공작의 모습에 바이사흐 후작은 이해한다는 듯이 고개를 끄덕이며 말을 이어갔다.

"그렇겠지. 저런 대군이 한꺼번에 밀려오면 정말 대책이 없을 것 같군."

"그런데 정말 걱정입니다. 10만이 넘는 적군에 비해서 아르미스 왕성에 있는 저희 병력은 5만을 겨우 넘길 정도니……."

카브레라 공작의 말처럼 아르미스 왕성에는 급히 모은 5만 7천 명의 병력이 있을 뿐이었는데 그나마 위안이 되는 것은 이 병력 대부분이 전투 경험이 풍부한 정규군과 용병들이라는 것이었다. 물론 이 병력 안에는 카미넬 영지의 사병을 대신해서 드팔린이 로만 제국에서 급히 모아온 3천 명의 용병들도 포함되어 있었는데 원래대로라면 이것보다 더 많은 병력이 아르미스 왕성에 모여 있어야 하지만 오넥스 성이 함락되고 왕성이 위협받는 등 전황이 계속 악화되자 상당수의 귀족들이 하마스 국왕의 명령을 어기고 여러 가지 핑계를 대면서 병사들을 보내지 않았다.

"그래도 5만 명이 어디인가?"

"하긴 그렇군요. 그래도 지밀 왕국군에 비하면 많이 부족한 건 사실입니다."

"아직도 성안에 있는 성인 남자들을 병사로 징집하지 못한 게 많이 아쉬운가 보군."

"그렇습니다. 지금이라도 강제 징집을 실시한다면 3만 명은 더 모을 수 있을 겁니다."

"물론 자네 말대로 강제 징집을 실시하면 병사를 더 충원할 수 있을 거야. 하지만 그렇게 되면 우리는 성안에 있는 백성들의 인심을 잃어버리게 되네. 그건 병사 3만보다 더 큰 손실이라네!"

"…알겠습니다."

"아무튼 놈들의 움직임을 보면 오늘은 별일없을 것 같군
요."

"그렇군. 오늘은 우리도 병사들을 푹 쉬게 해야겠군. 내일
부터는 제대로 쉴 시간도 없을 것 같으니 말이네."

"그렇군요. 그럼 전 이만 내려가겠습니다. 내려가서 병사들
을 한 번 더 점검해 봐야 마음이 놓일 것 같습니다."

"알았네. 그럼 수고하게나! 카브레라 공작!"

"후작님도 수고하십시오."

두 번이나 연달아서 패배를 안겨준 지밀 왕국군이 성 앞에
당당하게 모습을 드러내자 불안한지 카브레라 공작은 성안에
서 대기 중인 병사들의 준비 상태를 점검하기 위해서 망루를
내려갔고 망루에 남은 바이사흐 후작은 근처에 있는 숲에서
나무를 베어 한창 공성무기를 제작하느라고 정신이 없는 지밀
왕국군을 보면서 남몰래 한숨을 쉬었다.

"후우… 10만이라……. 내일부터는 정말 힘들겠군."

한편 기병 천인대를 이끌고 말을 갈아타며 계속 달려온 그
란츠는 해가 떨어진 지 한참 지나서야 왕성에서 30분 정도 떨
어진 지점에 도착해서 행군을 멈추고 무리한 강행군으로 떨어
진 병사들과 말들의 체력을 회복하기 위해서 숙영 준비를 하
기 시작했다.

"워워! 부대 정지! 오늘은 여기서 숙영을 한다!"

이히히잉!

"알겠습니다, 남작님! 어서 숙영 준비를 하고 지친 말들을 중앙으로 모아서 풀을 먹이고 쉬게 해줘라!"

"말을 중앙으로 모아라!"

이히히잉!

"어서 식사 준비를 해라!"

병사들이 말에서 내려서 지친 말에게 먹이를 주고 숙영지를 만드는 모습을 보면서 그란츠는 마이어스와 9명의 백인대장들을 모아서 내일부터 벌어질 전투에 대해서 회의를 하고 10명의 정찰병들을 아르미스 왕성 쪽으로 보내서 전장 상황을 파악해 오도록 했다.

아르미스 왕성의 상황을 파악한 그란츠는 아직까지 전투가 벌어지지 않았다는 사실에 안도하면서 어떻게 하면 지밀 왕국군의 뒤통수를 칠 수 있을지 고민하기 시작했는데 적은 수의 병력으로 10만에 달하는 대군의 약점을 찾는 것은 정말 어려운 일이었다.

이렇게 그란츠의 고민은 밤늦게까지 계속 이어졌고 어느새 날이 밝아왔다.

동쪽에서 붉은 태양이 떠오르며 날이 밝아오자 이른 아침을 먹은 지밀 왕국군은 천천히 공격 대형을 만들어서 엄청난 위압감을 뿜어내며 아르미스 왕성을 향해 접근해 오기 시작했고 그런 모습을 성벽 위에서 조용히 바라보고 있는 라이오스 왕국 병사들은 점점 조여오는 긴장감에 자신도 모르게 손에서 땀이 나기 시작했다.

척! 척척!

쿠르르르!'

"후우… 정말 엄청나군. 안 그런가?"

"어이구! 저렇게 개미 떼처럼 잔뜩 몰려오는 놈들과 싸워야 한다고 생각하니까 벌써 아득해집니다요, 형님!"

"나도 마찬가지네……."

성문 앞 화살 사정거리 바로 앞까지 병사들을 접근시킨 호킨 왕자는 약간 흐트러진 병사들의 공격 대형을 정비하면서 어제 만든 공성무기를 준비시켰고 공성무기를 담당하는 병사들은 이리저리 뛰어다니며 발사 준비를 하고 있었다.

"어서 투석기를 고정시켜라!"

"으싸! 으싸!"

"줄을 가지고 와!"

"백인대는 공성탑 안으로 들어가서 공격 준비를 해라!"

전투에 대한 두려움 없이 힘차게 움직이는 병사들의 모습을 보며 입가에 미소를 지은 호킨 왕자는 주변에 있는 귀족들을 둘러보며 입을 열었다.

"오늘따라 병사들의 모습이 더 든든해 보이는군."

"그렇습니다, 왕자님. 계속된 승리 덕분인지 병사들의 사기가 아주 높습니다!"

"하하하하! 병사들의 모습을 보면 금방 아르미스 성을 함락시킬 것 같습니다!"

"맞습니다! 하하하!"

호킨 왕자의 말에 주변에 있던 귀족들도 공성전에 대해 자신감을 내보이자 호킨 왕자는 전투를 앞두고 마음이 든든해졌다.

잠시 뒤에 공성무기들의 공격 준비가 다 끝나자 호킨 왕자는 공격 명령을 내리기 위해 귀족들과 함께 천천히 말을 타고 병사들 앞으로 나왔다.

눈처럼 하얀 백마를 타고 화려한 금색 무늬가 들어간 갑옷을 입은 호킨 왕자가 귀족들과 함께 대형 앞으로 나오자 지밀 왕국 병사들의 시선이 집중되었고 그런 병사들의 모습을 보며 호킨 왕자는 우렁찬 목소리로 말을 시작했다.

"자랑스러운 지밀 왕국 병사들은 들어라! 그동안 계속된 전투에 고생이 무척 많았다! 중간중간 힘들고 어려운 일도 많았지만 결국 우리들은 그 모든 것을 이겨내고 오늘 라이오스 왕국의 왕성인 아르미스 성 앞에 도착했다! 이제 저 성만 함락시킨다면 이 지겨운 전쟁을 끝내고 그대들에게는 부귀영화가 따라올 것이며 저 성안에 있는 아름다운 여자들과 금은보화들은 모두 그대들의 것이다!"

"와아아아아! 지밀 왕국 만세!"

"호킨 왕자님 만세! 만세!"

마지막 전투라는 말과 은연중에 성 함락 후에 약탈을 용인하는 호킨 왕자의 말에 지밀 왕국 병사들은 큰 함성을 지르며 열광했고 그 모습을 보며 호킨 왕자는 만족한 얼굴로 허리에 차고 있던 검을 뽑아 들고 힘차게 공격 명령을 내렸다.

"아르미스 왕성을 단번에 함락시켜라! 공격!"

"투석기를 쏴라! 공격!"

호킨 왕자의 명령이 떨어지자 공격 대형 뒤쪽에서 대기 중이던 투석기 30개가 일제히 거대한 바위들을 아르미스 성으로 날려 보내기 시작했다.

"발사!"

슈우웅! 슈웅! 꽈꽝!

"발사 준비! 어서 바위를 가져와라!"

"으싸! 으싸!"

슈우웅! 꽝!

지밀 왕국군이 투석기를 통해 날려 보낸 바위들이 날아오자 성벽에 있던 라이오스 왕국 병사들은 재빨리 성벽 뒤에 몸을 숨기기 시작했고 날아온 바위들은 성벽과 성안으로 무차별적으로 떨어지며 많은 피해를 발생시키기 시작했다.

꽈꽝! 쿵! 슈우웅! 쿵!

"성벽에 몸을 바짝 붙여라!"

꽈꽝!

"몸을 피해라!"

"으아악!"

날아오는 바위 돌에 성안에 있던 집들이 많이 부서지고 큰 소란이 일어났지만 튼튼하게 지어진 성벽은 별 피해 없이 계속 웅장한 모습을 유지한 채로 서 있었고 호킨 왕자는 투석기 공격으로 어느 정도 라이오스 왕국 진영이 혼란스러워지자 바로 대기하고 있는 병사들에게 공격 명령을 내렸다.

"아르미스 왕성을 함락시켜라! 전군 공격!"

"와아아아! 공격!"

"가자!"

"와아!"

호킨 왕자의 공격 명령과 동시에 병사들이 일제히 성을 향해 뛰어가기 시작했고 대기하고 있던 궁수들은 성벽을 지키고 있는 라이오스 왕국 병사들을 향해 일제히 화살을 발사했다.

"쏴라! 성벽 위에 있는 놈들을 모조리 죽여라!"

슈슉! 슉! 슉!

쉬이익! 쉭! 슝슝!

투석기 공격을 피해 성벽 뒤에 몸을 숨기고 있던 라이오스 왕국 병사들은 화살 공격과 함께 지밀 왕국 병사들이 함성을 지르며 성을 향해 돌격해 오자 일제히 성벽 위에 파비스를 세워서 화살을 막으면서 지밀 왕국 병사들의 접근을 막기 위해서 화살을 쏘아대기 시작했다.

"파비스를 세워라!"

투투툭! 슈슝!

"지밀 왕국 놈들이 접근하지 못하게 화살을 쏴라!"

슈슉! 슉! 슉!

"으악!"

"놈들이 몰려온다!"

성벽을 향해 돌진하던 지밀 왕국 병사들도 성벽에서 화살이 날아오자 가지고 있던 방패를 들어 올려서 화살을 막으면서 계속 아르미스 성을 향해 달려갔고 지밀 왕국 본진에서는 이런 병사들을 지원하기 위해서 성벽으로 화살 공격과 투석 공격을 집중하기 시작했다.

"성벽을 노려라!"

슈우웅! 꽈쾅!

"성벽 위에 있는 궁수들을 집중적으로 노려라!"

슈슉! 슉! 슉!

"끄아악!"

"우악!"

"달려라! 성벽을 향해 뛰어라!"

"우와아아! 돌격!"

지밀 왕국군 본진에서 날아오는 화살과 투석기 공격에 성벽 위에 있는 병사들이 제대로 대응 공격을 펼치지 못하자 카브레라 공작은 즉시 성안에서 대기 중인 투석기를 동원해서 지밀 왕국 본진을 타격하게 했다.

"어서 놈들의 본진을 공격해라!"

"알겠습니다, 공작님! 투석기를 발사해라!"

"발사!"

슈우웅! 슈웅! 쿠아앙!

"끄아악!"

"으악! 뜨거워!"

"사… 살려줘!"

슈아앙!

라이오스 왕국군은 바위 대신 기름이 가득 담긴 항아리에 불을 붙여서 준비한 투석기로 날려 보냈고 이런 기름 항아리들이 지밀 왕국 진영에 무작위로 떨어지자 지밀 왕국 진영에서도 혼란이 일어났다.

"투석기에 불이 붙었다!"

"물을 가져와라!"

화르륵! 쿠앙!

슈우웅! 쿠쿵!

"우악! 피해라!"

"불이야!"

"진정해라! 어서 물을 가져와서 불을 꺼라!"

"당황하지 말고 차분하게 대처해라!"

라이오스 왕국군의 기름 항아리 공격에 지밀 왕국군은 진형이 많이 흐트러지며 당황했지만 전투에 계속 단련된 병사들인 만큼 금방 평정심을 되찾고 차분하게 대응하기 시작했고 그사이에 지밀 왕국 병사들은 성벽에서 쏟아지는 화살 공격을 뚫고 마침내 아르미스 성벽 아래에 도착했다.

성벽 아래에 도착한 지밀 왕국 병사들은 재빨리 들고 온 사다리를 성벽에 걸치고 성벽을 오르기 시작했고 이런 지밀 왕국 병사들을 막기 위해서 성벽 위에 있는 라이오스 왕국 병사들은 미리 준비해 둔 돌을 던지고 뜨거운 물을 부으면서 방어를 하기 시작했다.

"어서 성벽을 올라가라!"

"가자!"

"돌을 던지고 뜨거운 물을 부어라! 놈들이 성벽 위에 올라오지 못하게 막아야 한다!"

퍼억!

"끄아악!"

쏴아아!

"우악! 뜨거워!"

"공격! 성을 함락시키자!"

"으아악!"

사다리를 타고 올라가는 지밀 왕국 병사들은 많은 피해를 입으면서도 쏟아지는 뜨거운 물과 돌을 들고 올라가는 방패로 막으면서 조금씩 성벽 위로 올라갔고 라이오스 왕국 병사들은 긴 장대로 사다리를 밀어버리고 창으로 올라오는 지밀 왕국 병사들을 찌르면서 치열한 공방전이 벌어졌다.

"으아악!"

"사다리를 밀어버려라!"

"으싸!"

푸욱!

"끄아악!"

"죽어라! 이놈들아!"

"창으로 다 찔러 죽여라!"

"으윽!"

지밀 왕국 병사들이 성벽을 오르기 시작하자 호킨 왕자는 바로 본진에서 대기하고 있는 공성탑들을 앞으로 전진시키며 공세를 더욱더 강화했다.

"공성탑 앞으로 전진!"

구르르! 구르르!

"더 힘을 내서 밀어라!"

"으싸! 으싸!"

추악!

"더 힘차게!"

공성탑 제일 아래층에 묶여 있는 라이오스 왕국 포로들에게 채찍질을 하면서 명령을 내리자 포로들은 일제히 힘을 줘서 공성탑을 움직이기 시작했고 공성탑 제일 위층에 자리 잡고 있는 궁수들은 성벽 위에 있는 라이오스 왕국 병사들을 향해 화살을 쏘아대기 시작했다.

"성벽에 있는 놈들을 고개도 못 들게 만들어라! 쏴라!"

슈슉! 슉! 슉!

"으윽!"

전장이 잘 보이는 망루에서 전황을 살피던 카브레라 공작은 공성탑이 움직이기 시작하자 즉시 그동안의 공성 경험으로 접근해 오는 공성탑을 막기 위해서 미리 준비한 노포를 발사하도록 명령을 내렸다.

"공성탑의 접근을 막아야 한다! 노포를 쏴라!"

"노포 발사!"

슈우웅! 슝!

퍼걱! 슈웅!

"발사!"

슈우웅!

카브레라 공작의 명령에 활처럼 생겼지만 활과는 달리 크기도 크고 양쪽 기둥에 원치로 감아 비틀어놓은 밧줄의 장력을 이용해 작동하는 노포를 공성탑을 향해 일제히 발사하자 공성탑에 거대한 화살들이 박혀서 곳곳에 커다란 구멍이 생겼고 더불어 공성탑 안에 탑승해서 공격 준비를 하던 많은 병사들이 노포 공격에 무더기로 죽어나가기 시작했다.

"끄아악!"

꽈꽝!

"으윽!"

"계속 쏴라! 공성탑을 부숴 버려라!"

슈우웅! 꽈꽝!

"피해라!"

그동안 속수무책으로 당하던 공성탑 공격을 라이오스 왕국군은 노포를 이용해서 어느 정도 막아내기 시작했다. 하지만 지밀 왕국군의 공성탑들은 노포 공격에 멈추지 않고 피해를 입으면서도 꾸준하게 움직여서 성벽으로 다가왔다.

쿠르르르!

"더 힘을 내라!"

추아악!

"으싸! 으싸!"

앞으로 전진해 오던 10개의 공성탑 중에 3개가 노포 공격에 크게 파손되면서 기능을 상실했지만 나머지 7개는 결국 성벽 앞에 도착해서 성벽에 잔교를 내리고 공성탑 안에 타고 있던 지밀 왕국 병사들을 토해내기 시작했고 성벽 위에 있는 라이오스 왕국 병사들은 잔교가 내려오면서 노출된 공성탑 입구를 향해 화살을 날리면서 지밀 왕국 병사들이 성벽 위로 올라오는 것을 필사적으로 막았다.

"잔교를 내려라!"

추르르르! 꽝!

"와아아! 돌격!"

"가자!"

"화살을 쏴라! 놈들이 성벽 위에 발을 올리지 못하게 막아라!"

슈숙! 숙! 숙!

"크아악!"

"우악!"

"돌격! 방패로 화살을 막고 앞으로 나가라!"

"크흑!"

잔교가 내려가는 것과 동시에 라이오스 왕국 병사들이 발사한 화살들이 쏟아져 들어오자 돌격하기 위해 제일 앞줄에 서 있던 지밀 왕국 병사들이 무더기로 죽어나가기 시작했지만 공성탑 안에 있는 지밀 왕국 병사들은 지휘관인 기사들의 독촉 소리를 들으며 방패로 화살을 힘겹게 막으면서 조금씩 앞으로 진격해 나갔다.

"방패를 들어서 막아라!"

슈슉! 슉! 슉!

"크아악!"

"쏴라! 계속 쏴라!"

화살 공격을 방패로 막으면서 지밀 왕국 병사들이 잔교를 건너기 시작하자 성벽 위에서 병사들을 지휘하던 라이오스 왕국 기사들은 검을 뽑아 들고 병사들과 함께 잔교를 건너오고 있는 지밀 왕국 병사들을 공격하기 시작했고 지밀 왕국 병사들도 방패를 버리고 라이오스 왕국 병사들과 잔교 위에서 치열하게 난전을 벌이기 시작했다.

추앙!

"지밀 왕국 놈들을 공격해라! 가자!"

"우와아아! 가자!"

챙! 채챙! 챙!

"이얍!"

서걱!

"성벽 위로 올라가라! 공격!"

"우악!"

"끄으윽!"

"으윽!"

챙! 채챙! 챙!

이렇게 아르미스 왕성 성벽을 차지하기 위한 싸움이 치열하게 전개되고 있을 때 언제 접근했는지 충차 한 대가 성문 앞에 도착해서 굳게 잠겨 있는 성문을 부수기 시작했고 성문을 지키고 있던 레인 백작은 휘하 기사들과 병사들을 급히 성문 아래로 내려보내서 성문이 부서지지 않게 목재로 성문을 보강하면서 성문을 부수고 있는 충차를 집중 공격했다.

쿵! 쿵!

"힘을 내라! 성문을 부숴 버려라!"

쿵!

"목재로 성문을 보강해라! 성문을 지켜야 한다!"

탕! 탕! 탕!

"망치를 가져와!"

"빨리 움직여라!"

"충차를 부숴 버려라!"

"돌을 더 가져와!"

퍼억!

충차를 부수기 위해 돌을 던지고 불화살을 날렸지만 튼튼한 통나무로 지붕을 만들고 그 위에 젖은 가죽을 씌운 충차는 라이오스 왕국의 공격에 큰 피해를 입지 않고 계속 성문을 부수고 있었고 그 모습을 본 레인 백작은 극단적인 명령을 내렸다.

"이익! 안 되겠다! 성문이 부서지기 전에 돌과 나무로 성문을 사용할 수 없게 완전히 막아버려라!"

"하지만 백작님, 그러면 저희들도 성문을 사용할 수 없게 됩니다."

레인 백작의 명령에 주변에 있던 기사들과 귀족들이 반대 의견을 내자 레인 백작은 결연한 얼굴로 말을 했다.

"어차피 우리가 성문을 사용할 일은 없을 것이오! 그리고 이곳 말고도 아직 3개의 성문이 더 남아 있으니 상관없소! 더 늦기 전에 어서 성문을 막아버리시오!"

"알겠습니다, 백작님! 성문을 막아라!"

성문을 막아버리라는 레인 백작의 명령이 떨어지자 병사들은 투석기에 쓸려고 준비한 바위와 지밀 왕국군의 투석기 공격으로 부서진 성문 주변 집들의 자재를 가져와서 충차 공격에 조금씩 흔들리고 있는 성문을 완전히 메워 버리기 시작했다.

"돌을 더 가져와라! 어서 성문을 막아라!"

"으싸! 으싸!"

쿵! 쿵!

"어서 막아라!"

"저기 있는 흙을 가져와서 쌓아라!"

이렇게 아르미스 왕성을 둘러싸고 라이오스 왕국과 지밀 왕국 병사들이 치열한 공방전을 벌이고 있을 때 그란츠는 마이어스와 함께 아르미스 왕성에서 조금 떨어진 언덕에 올라가서 전황을 유심히 살피고 있었다.

"으음… 초반부터 지밀 왕국군이 전력을 다 동원하는군요, 남작님."

"아무래도 원정군인 지밀 왕국군 입장에서는 아르미스 왕성을 빨리 함락시켜서 어서 전쟁을 끝내고 싶겠지요."

그란츠의 말이 옳다고 생각했는지 마이어스는 고개를 끄덕였다.

"하긴 그렇군요. 그동안 계속 승리를 거두면서 왕성까지 올라왔다고 하지만 그만큼 병사들의 피로도 많이 누적됐고 보급선도 많이 길어졌으니 말입니다."

"후후후! 맞아요. 모든 면이 열세인 우리가 승리하기 위해서 노려야 하는 부분도 바로 그것이지요."

"그게 무슨 말씀이신지?"

"간단합니다. 페낭 성에서 했던 일을 여기서 한 번 더 하자는 거지요."

"아! 그럼!"

"후후후! 일단 병사들의 상태를 점검하고 전투 태세로 대기시키세요. 일단 아르미스 왕성이 무너지지 않게 지밀 왕국 진영을 몇 번 두들겨 줘야겠어요."

"알겠습니다, 남작님!"

사실 병사들을 이끌고 급하게 달려왔지만 지밀 왕국의 거센 공격으로부터 아르미스 왕성을 지켜내기 어려울 것이라고 생각하던 마이어스는 승산이 있다는 그란츠의 말에 희망을 품고 언덕 아래에서 대기 중인 병사들을 점검하러 내려갔고 그란츠는 계속 지밀 왕국 진영을 노려보고 있었다.

사실 그란츠가 말한 것처럼 지밀 왕국군은 내부적으로 많은 문제점을 가지고 있었는데 일단 계속된 승리로 밖으로 표출되지는 않고 있지만 힘든 공성전을 연속으로 치르면서 올라온 병사들의 체력이 많이 떨어져 있는 상태였고 이것은 돈 성을 점령하고 며칠간 휴식을 취한 것으로 어느 정도 회복할 수는 있었지만 전황이 나빠지면 언제든지 지밀 왕국군에게 큰 부담으로 다가올 수 있는 것이었다. 그리고 지밀 왕국 본국에서 아르미스 왕성까지 길게 늘어진 보급선은 지밀 왕국군에게 큰 짐이 되고 있었는데 10만 명에 달하는 병사들이 하루에 소비하는 보급품이 엄청나기 때문에 현지 조달은 처음부터 불가능한 일이었고 거의 대부분의 물품을 본국에서 주둔지까지 직접 가져오고 있었다. 만약 이 보급선이 차단된다면 지밀 왕국 원정군은 단기간에 큰 혼란에 빠질 수도 있었다.

이런 지밀 왕국군의 약점을 그란츠는 정확하게 파악해서 파고들려 하고 있었다.

한편 그란츠의 아버지인 카미넬 백작도 공성전에 참여하고 있었는데 군단장으로 임명돼서 지원군으로 오넥스 성으로 가기로 했던 당초 계획과 다르게 전황이 불리해지자 지방 영지에서 병사들이 제대로 올라오지 않았기 때문에 영지병 대신 드팔린이 이끌고 온 3천 명의 용병들만 거느리고 성벽 위에서 지밀 왕국군과 치열하게 싸우고 있었다.

사실 드팔린이 용병들을 이끌고 아르미스 왕성까지 오는 일에도 우여곡절이 많았는데 지밀 왕국군의 대공세에 오넥스 성이 함락되고 라이오스 왕국군이 형편없이 밀리기 시작하자 로만 제국에 있는 용병들 대부분이 라이오스 왕국에게 승산이 없다고 보고 참전 의뢰를 거부한 것이었다. 결국 드팔린은 용병들에게 파격적으로 평소 의뢰비의 두 배를 제시하고 따로 일인당 5골드의 승리 수당까지 제시해서 힘들게 정해진 시간 안에 3천 명의 용병을 고용해서 아르미스 왕성에 도착할 수 있었다.

물론 용병들에게 제시한 의뢰금과 승리 수당은 상당한 거금이었지만 그란츠의 지시로 개발한 드래곤 산맥 광산에서 엄청난 이익이 쏟아지는 카미넬 영지의 재정 상황으로는 그렇게 무리가 가는 돈은 아니었다.

아무튼 이렇게 데려온 용병들을 이끌고 카미넬 백작은 평소 영지에서 매년 오크들과 전투를 벌이던 경험을 살려서 지밀 왕국군의 공격을 훌륭하게 막고 있었다.

"사다리를 밀어버리고 화살을 계속 쏴라!"

슈슉! 슉!

"크아악!"

"성벽 위로 올라가라!"

퍼벅!

"끄아악!"

하지만 시간이 흐를수록 지밀 왕국군의 거센 공세에 라이오스 왕국군은 조금씩 밀리기 시작했고 급기야 지밀 왕국 병사들의 공격에 성벽 일부가 점령되는 일이 벌어졌고 카브레라 공작은 즉시 대기하고 있던 병력을 그곳으로 보내 성벽을 다시 탈환하려고 했지만 점령된 성벽을 통해 계속 지밀 왕국 병사들이 올라오면서 오히려 점령 지역이 점점 더 늘어나기 시작했다.

"성벽을 지켜라! 지밀 왕국군이 올라오게 해서는 안 된다!"

"우악!"

챙! 채챙! 챙!

"성벽이 뚫렸다! 계속 밀어붙여라!"

"와아아! 가자!"

챙! 채챙! 챙!

슈슉! 슉!

"크아악!"

서걱!

"이야압!"

계속되는 공격에 드디어 일부 성벽이 지밀 왕국 병사들에게 점령되자 본진에서 귀족들과 전황을 주시하고 있던 호킨 왕자는 지금이 기회라고 생각하고 뒤에서 대기하고 있는 기사들과 예비대를 한꺼번에 밀어 넣었다.

"드디어 라이오스 왕국 놈들의 방어선이 무너지기 시작하는군. 하이노넨 백작, 즉시 기사들과 예비대를 투입해서 놈들의 숨통을 끊어놓으시오!"

"알겠습니다, 왕자님! 기사들과 예비대를 출진시켜라!"

"출진 명령이 떨어졌다! 라이오스 왕국 놈들을 모조리 쓸어버려라!"

"와아아아! 공격!"

"아르미스 성을 함락시키자!"

성벽 일부가 점령된 상황에서 기사들과 1만 명의 병사들이 추가로 전장에 투입되자 전황은 지밀 왕국 쪽으로 급격하게 기울기 시작했고 카브레라 공작과 라이오스 왕국 기사들은 어떻게 해서든 전황을 역전시켜 보려고 노력했지만 쉽지 않은 상황이었다.

이렇게 아르미스 왕성이 지밀 왕국의 10만 대군에게 무너지고 있을 때 왕성에서 조금 떨어진 언덕에서 전황을 완전히 뒤바꾸는 거센 바람이 몰려오고 있었다.

호킨 왕자가 아르미스 왕성을 함락시키기 위해서 본진에 남아 있던 예비 병력들을 모두 전장으로 투입하자 언덕 위에서 전황을 살피며 기회를 노리고 있던 그란츠는 바로 기병 천인대를 지밀 왕국 본진을 향해 출동시켰다.

"기회는 단 한 번뿐이다! 한번에 적에게 최대한 타격을 주고 전장을 재빨리 벗어난다! 모두 돌격 진형을 끝까지 유지하고 오늘 저녁에 살아서 만나자! 가자! 돌격 앞으로!"

"와아아! 라이오스 왕국 만세! 돌격!"

두두두두!

"이랴!"

그란츠가 지휘하는 기병 천인대는 은빛 플레이트 갑옷을 입고 달리는 그란츠를 선두로 뿌연 흙먼지를 일으키면서 그동안 숨어 있던 언덕을 돌아서 지밀 왕국 본진을 향해 빠른 속도로 달려가고 있었다.

온통 아르미스 왕성을 두고 벌어지고 있는 공성전에 정신이 팔려 있어서 뒤에서 빠르게 다가오고 있는 그란츠의 움직임을 미처 파악하지 못하고 있던 지밀 왕국군은 본진 근처까지 기병 천인대가 접근해서야 지축을 울리는 말발굽 소리에 기병대의 존재를 알아차렸다.

두두두두!

"응? 이게 무슨 소리지?"

"그러게. 갑자기 웬 말발굽 소리가… 아니, 저기 본진을 향해 달려오는 놈들은 도대체 뭐야?"

아르미스 왕성을 점령하기 위해서 치열한 공성전을 벌이고 있는 동료들과는 달리 운 좋게도(?) 본진 경비 병력으로 빠져서 별다르게 위협 요인이 없는 본진 뒤쪽을 공선전이 벌어지고 있는 성을 구경하며 한가롭게 지키고 있던 지밀 왕국 병사 두 명은 갑작스럽게 울리는 말발굽 소리에 놀라 뒤를 돌아보다가 뿌옇게 흙먼지를 일으키며 붉은 독수리가 그려진 라이오스 왕국의 깃발을 들고 달려오는 그란츠의 기병 천인대를 발견하고는 크게 놀라 쓰러질 지경이었다.

"어어… 저, 저건!"

"아니? 왜 그러나?"

"바보야! 저건 라이오스 왕국 깃발이잖아!"

"뭐라고? 라이오스 왕국! 아니, 저놈들이 갑자기 어디서 튀어나온 거야?"

"나도 몰라! 일단 비상종을 쳐야지!"

"그… 그래! 알았어!"

땡! 땡! 땡! 땡!

그러나 평소 훈련이 잘된 정예병들답게 바로 비상종을 치면서 적의 습격을 알렸다.

점령된 일부 성벽에 지밀 왕국의 깃발이 올라가며 끝까지 버티는 라이오스 왕국군을 거세게 밀어붙이고 있는 지밀 왕국 병사들을 보며 흐뭇한 미소를 짓고 있던 호킨 왕자와 고위귀족들은 갑자기 울리는 비상종 소리에 어리둥절한 기분이었다.

땡! 땡! 땡! 땡!

"아니? 이게 갑자기 무슨 소리인가?"

"왕자님, 이 소리는 적군의 기습을 알리는 비상종 소리입니다!"

적군의 기습을 알리는 비상종 소리라는 하이노넨 백작의 말에 호킨 왕자는 정말 어이가 없었다.

"적군의 기습을 알리는 비상종 소리라니… 그게 도대체 무슨 소리요? 하이노넨 백작! 백작도 잘 알고 있다시피 아르미스 왕성에 지원군을 보낼 수 있는 유일한 전력이던 페낭 성 주둔군은 스코페 자작이 매복 공격으로 모조리 전멸시켜 버렸지 않소! 그런데 갑자기 적군의 기습 공격을 알리는 비상종이라니, 이게 지금 도대체 무슨 일이오!"

용감한 지밀 왕국군의 공격에 조금씩 무너지는 아르미스 왕성을 보며 기분이 좋던 호킨 왕자는 자신의 기분을 망쳐 버린 말도 안 되는 비상종 소리에 엄청 화를 냈고 하이노넨 백작은 그런 호킨 왕자를 진정시키면서 수하 기사를 비상종 소리가 나는 본진 뒤쪽으로 보내 어찌 된 일인지 살펴보도록 명령을 내렸다.

"뭔가 착오가 있는 모양입니다, 왕자님. 바로 기사를 보내서 무슨 일인지 알아보도록 하겠습니다."

"끄응… 알겠소! 라이오스 왕국을 멸망시키는 역사적인 순간에 쓸데없는 종소리로 내 기분을 망치게 하다니!"

"자네는 당장 본진 뒤로 가서 종소리의 원인을 알아오게!"

"알겠습니다, 백작님!"

하이노넨 백작의 명령을 받고 기사 한 명이 무슨 일인지 알아보러 본진 뒤쪽으로 달려가자 호킨 왕자는 다시 고개를 돌려서 공성전이 치열하게 진행 중인 아르미스 왕성을 미소를 지으며 바라보았다.

"후후후! 이제 얼마 안 남았군."

"그렇습니다, 왕자님. 성벽 일부가 점령된 이상 아르미스 왕성을 함락시키는 것은 이제 시간문제입니다."

다시 미소를 지으며 말하는 호킨 왕자의 말에 옆에 있던 스코페 자작도 웃으면서 맞장구를 쳐주었다.

한편 하이노넨 백작의 명령을 받고 본진 뒤쪽으로 달려온 기사는 파랗게 질려서 정신을 못 차리고 있는 병사들의 모습과 뿌연 흙먼지를 일으키며 달려오는 그란츠의 기병대 모습에 입을 못 다물 정도로 놀랐다.

"이… 이건 도대체 무슨 일이냐!"

"기사님, 라이오스 왕국 놈들입니다! 놈들의 기습입니다!"

"빨리 병사들을 모아라! 대 기병 대형을 갖춰라!"

"알겠습니다! 집합!"

"이, 이런! 아참! 너는 당장 본진 앞쪽에서 공성전을 지켜보시고 있는 하이노넨 백작님에게 달려가서 라이오스 왕국군의 기습을 알려라!"

"알겠습니다, 기사님!"

어느새 본진 바로 앞까지 달려온 라이오스 왕국 기병대를 보며 기사는 허둥대고 있는 병사들을 끌어 모아서 대 기병 진형을 갖추려고 했지만 너무 시간이 없었다. 그리고 그동안 비가 안 와서 바짝 마른 땅 때문에 엄청나게 올라오는 흙먼지를 보며 기사는 천 명에 불과한 그란츠의 기병 부대를 실제보다 몇 배나 많은 대부대로 착각하는 큰 실수를 저질러 버렸다.

이렇게 본진 뒤쪽을 지키던 지밀 왕국 병사들이 허둥대는 사이에 그란츠와 기병 천인대는 바로 허술한 지밀 왕국군 병사들의 방어 대형을 뚫어버리고 본진을 혼란에 빠뜨리기 시작했다.

"단 한 번에 쓸어버린다! 돌격!"

"와아아아! 돌격!"

"으윽! 막아라! 창을 높이 들고 놈들의 돌격을 막아라!"

두두두두!

투둑!

"으아악!"

"끄윽!"

"놈들을 막아… 끄윽!"

지밀 왕국 기사 한 명이 50명 정도의 병사들을 모아서 앞을 막아섰지만 오러를 뿜어내면서 검을 휘두르는 그란츠에 의해서 순식간에 기사의 목이 날아가 버렸고 기병들의 무서운 돌격에 병사들은 흔적도 없이 부서져 버렸다.

"마이어스는 계획대로 어서 놈들의 식량 창고를 불태워 버리세요!"

"알겠습니다, 남작님! 그럼 몸조심하십시오!"

"후후, 걱정하지 마세요! 가자! 이랴!"

두두두두!

앞길을 막아서던 지밀 왕국 병사들의 저항을 가볍게 뭉개 버리고 본진 안으로 들어온 그란츠는 미리 계획한 대로 백인대 하나를 마이어스에게 떼어주고는 바로 공성전을 치르느라 텅 비어버린 지밀 왕국군 본진을 거침없이 유린하기 시작했다.

"눈에 보이는 것은 모조리 불태워 버리고 모두 죽여 버려라!"

"와아아! 공격!"

두두두!

챙! 채챙!

"기습이다! 라이오스 왕국군의 기습이다!"

화르륵!

"으아악!"

서걱! 쉭!

그란츠와 기병대가 본진을 공격하기 시작하자 보급대 병사들과 일부 투석기 운영 병들만 남아 있던 지밀 왕국군 본진은 제대로 대항도 못해보고 기병대의 말발굽에 유린되기 시작했고 그란츠와 기병대는 이틈을 이용해서 병사들의 천막과 투석기 등에 불을 지르고 허둥대는 병사들을 죽이면서 지밀 왕국군의 피해를 확산시켜 나가고 있었다.

한편 아르미스 왕성과 가까운 본진 제일 앞쪽에 나와서 고위귀족들과 공성전을 지켜보던 호킨 왕자는 요란스러운 소리와 함께 본진 뒤쪽에서 검은 연기가 올라오자 아까 울렸던 비상종 소리가 마음에 걸리면서 갑자기 불안해졌고 하이노넨 백작도 불길한 생각에 기사들을 보내서 무슨 일인지 알아보려고 하는 순간 마침 본진 뒤쪽으로 갔던 기사가 보낸 전령이 호킨 왕자와 귀족들이 모여 있는 곳에 숨을 헐떡이며 도착했다.

"헉헉! 백작님! 급보입니다!"

"무슨 일이냐? 어서 상세히 말을 해봐라!"

급하게 뛰어온 듯 숨을 계속 헐떡이는 병사를 보며 하이노넨 백작이 크게 놀라면서 다그치자 병사는 라이오스 왕국 기병대의 기습 소식을 전해주었다.

"지금 엄청난 숫자의 라이오스 왕국 기병대가 저희 본진을 공격하고 있습니다!"

"뭐라고! 라이오스 왕국의 기병대라니, 그게 도대체 무슨 소리냐!"

병사의 말에 호킨 왕자가 무슨 말도 안 되는 소리를 하느냐는 얼굴로 큰 소리를 치자 하이노넨 백작이 급히 호킨 왕자를 진정시키면서 보다 자세한 상황을 병사에게 물었다.

"왕자님, 잠시 진정하십시오!"

"끄응… 알겠네!"

"도대체 그게 무슨 말이냐? 갑자기 라이오스 왕국의 기병대라니, 자세히 설명해 보거라!"

"저도 자세히는 모르겠습니다만 갑자기 본진 뒤쪽 언덕에서 수천 명은 되어 보이는 라이오스 왕국 기병대가 뿌연 흙먼지를 피워 올리면서 본진을 공격하고 있습니다."

병사의 말에 하이노넨 백작은 안색이 급격하게 어두워지며 말했다.

"알겠다. 넌 그만 물러가거라!"

"알겠습니다!"

"왕자님, 아무래도 라이오스 왕국에게 당한 것 같습니다."

"라이오스 왕국에게 당하다니 그게 무슨 소리요, 백작?"

"정예 병력을 따로 뽑아서 숨겨놓고 저희가 아르미스 왕성을 함락시키기 위해 병사들을 다 투입하는 순간을 기다리고 있다가 비어 있는 본진을 노리고 공격해 오는 것 같습니다."

잘못된 정보로 인해 너무 오버해서(?) 생각하는 하이노넨 백작의 말에 호킨 왕자의 얼굴도 금방 굳어지며 입을 열었다.

"이런 약은 놈들…… 그럼 이 상황을 어떻게 해결해야 되겠소, 백작?"

"우선 공성전을 포기하고 투입된 병력들을 빨리 본진으로 불러들여야 합니다!"

"아니! 그게 무슨 말이오! 이제 조금만 더 밀어붙이면 아르미스 왕성을 함락시킬 수 있는데 그걸 포기하고 병사들을 다시 본진으로 불러들이다니!"

"왕자님! 라이오스 왕국군이 일부러 이 순간을 노리고 수천의 기병들을 숨겨놓았다면 분명히 또 다른 예비 병력을 가지고 있을 겁니다. 잘못하면 앞뒤로 적들에게 끼어서 저희들이 큰 피해를 입을 수 있고 결정적으로 본진에는 지금 적 기병대를 막을 병력이 전혀 없습니다. 아마 잠시 후면 이곳까지 놈들이 몰려올 겁니다."

병사들을 빨리 후퇴시키지 않으면 자신들이 공격받을 수 있다는 말에 귀족들은 웅성거리면서 불안해했고 호킨 왕자도 함락 직전에 후퇴하는 것이 분했지만 잘못하면 더 큰 피해를 입을 수 있다는 생각에 후퇴 명령을 승낙했다.

"끄응… 알겠소! 병사들을 본진으로 후퇴시키시오!"

"잘 생각하셨습니다! 어서 후퇴 나팔을 불어서 병사들을 불러들이고 기사들은 본진에 남아 있는 병사들을 수습해서 적들의 공격을 막아라!"

"알겠습니다!"

"어서 서둘러 움직여라!"

"병사들을 모아라!"

호킨 왕자의 후퇴 승낙이 떨어지자 하이노넨 백작은 바로 후퇴 신호를 울리게 하고 주변에 남아 있는 기사들과 병사들을 수습해서 왕자와 고위귀족들을 지키게 하는 한편 일부 기사들을 보내서 혼란에 빠진 본진 병사들을 수습해서 적과 싸우도록 했다.

뿌우웅! 뿌우웅!

"후퇴 나팔이다! 후퇴하라!"

"아니, 이게 무슨 소리야? 성을 함락시키기 직전인데 갑자기 후퇴라니?"

"뭐가 잘못된 거 아니야?"

"저기 본진에서 후퇴 깃발까지 올라오네!"

"제기랄! 여기까지 힘들게 올라왔는데!"

"후퇴하라! 본진으로 돌아간다!"

힘들게 점령한 일부 성벽을 이용해서 계속 병력을 꾸역꾸역 밀어 넣으면서 아르미스 성을 함락시키기 직전인 지밀 왕국 병사들은 갑자기 본진에서 울려 퍼지는 후퇴 나팔 소리에 의아해했지만 본진에서 후퇴 깃발까지 올라오자 아쉬움을 뒤로하고 어쩔 수 없이 전투를 포기하고 본진으로 후퇴하기 시작했다.

하지만 그란츠는 지휘부를 공격할 것이라는 하이노넨 백작의 우려와 다르게 마이어스가 백인대를 이끌고 가서 목표로 했던 10만 대군이 먹을 식량이 보관되어 있는 식량 창고를 불태우고 지밀 왕국군의 후퇴 나팔이 울려 퍼지자 약간의 미련도 없이 바로 말 머리를 돌려서 지밀 왕국군의 본진을 빠져나가 버렸다.

뿌우웅! 뿌우웅!

"지밀 왕국군의 후퇴 나팔 소리입니다! 그리고 식량 창고 쪽에서도 연기가 올라오고 있습니다, 남작님!"

"그래! 좋아! 그럼 우리도 이곳을 벗어나야지 모두 후퇴하라! 최고 속도로 적 본진을 빠져나간다! 가자! 이랴!"

"본진을 빠져나간다!"

"이랴! 이랴!"

두두두두!

지밀 왕국 본진을 엉망으로 만들어놓고는 그란츠와 기병 천인대가 유유히 말을 타고 본진을 빠져나가기 시작했지만 본진에 남아 있는 지밀 왕국 병사들은 기병 천인대가 본진 곳곳에 지른 불 때문에 그란츠와 기병 천인대의 후퇴를 알아차리지 못하고 계속 혼란 속에 빠져 있었다.

화르르륵!

"불을 꺼라!"

"식량 창고에 불이 붙었다!"

"흩어지지 말고 한곳으로 모여라!"

한편 지밀 왕국군이 일부 성벽을 점령하며 거세게 공격을 가해오자 아르미스 왕성을 끝까지 지키다가 죽겠다는 심정으로 직접 검을 뽑아 들고 전투에 뛰어들어서 성벽을 올라오는 지밀 왕국 병사들을 죽이고 있던 카브레라 공작은 갑작스러운 후퇴 나팔 소리와 함께 무섭게 공격해 오던 지밀 왕국 병사들이 거의 함락시켜 가는 성을 포기하고 본진으로 후퇴를 하기 시작하자 어리둥절한 기분이었다.

뿌우웅! 뿌우웅!

"아니? 이게 무슨 일인가? 지밀 왕국 놈들이 갑자기 후퇴를 하다니?"

"그… 그러게 말입니다."

힘들게 점령한 성벽을 포기하고 지밀 왕국 병사들이 본진으로 서둘러 돌아가자 라이오스 왕국 기사들과 병사들은 그 모습을 멍하게 쳐다보고 있었고 카브레라 공작도 황당한 얼굴로 후퇴하는 지밀 왕국 병사들을 바라보고 있었는데 근처에 있던 기사 한 명이 지밀 왕국 본진에서 올라오는 연기와 본진을 빠져나가는 그란츠의 기병 천인대를 발견하고는 큰 목소리로 소리쳤다.

"아! 지원군이다! 지원군이 도착했다!"

갑자기 큰 소리로 지원군이라고 외치는 기사를 보며 카브레라 공작은 무슨 말도 안 되는 소리냐며 따끔하게 한마디 해주려고 했지만 기사의 외침에 지밀 왕국 본진을 쳐다본 병사들의 함성에 그 생각은 깨끗이 사라져 버렸다.

"와아아! 정말 지원군이다!"

"지밀 왕국 본진이 불타고 있다!"

"우리가 이겼다!"

"우아아! 만세! 라이오스 왕국 만세!"

병사들의 함성에 놀라 고개를 돌려 지밀 왕국 본진을 쳐다본 카브레라 공작은 곳곳에 검은 연기가 피어오르며 불에 타고 있는 지밀 왕국 본진을 볼 수 있었다.

"아니! 이게 무슨 일인가! 적 본진이 불에 타고 있다니! 정말 지원군이 온 것인가?"

"예! 공작님, 저길 자세히 보십시오! 저희 왕국 깃발을 휘날리며 적 진영을 빠져나오는 기병대가 보이지 않으십니까?"

정말 믿을 수 없는 기적 같은 사실에 놀라 카브레라 공작이 옆에 서 있는 레인 백작에게 사실인지를 묻자 어린애같이 병사들과 함께 소리를 지르며 기뻐하고 있는 레인 백작은 손을 들어 지밀 왕국 본진을 빠져나가고 있는 그란츠의 기병 천인대를 가리켰고 카브레라 공작은 기병 천인대가 들고 있는 붉은 독수리 깃발을 확인하고는 감동의 눈물을 흘렸다.

"아! 정말 붉은 독수리 깃발이구나! 이런 기적 같은 일이! 정말 하늘이 우리 라이오스 왕국을 살려주시는구나!"

"하하하하! 그러게 말입니다! 공작님!"

"아참! 내 정신 좀 보게. 그래, 저 기병대를 이끌고 있는 귀족은 누군가?"

"글쎄요……?"

기병대를 이끄는 귀족이 누구인지를 묻는 카브레라 공작의 말에 레인 백작은 손바닥을 눈 위에 올리고 한참 동안 기병대를 살펴보다가 기병대 병사 한 명이 들고 있는 붉은 사자 깃발을 발견할 수 있었다.

"아! 저기 가문 깃발이 보이는군요. 음, 붉은 사자 문장입니다."

"붉은 사자 깃발이라… 레인 백작, 우리 왕국에서 어느 가문이 붉은 사자 문장을 사용하는지 아는가?"

카브레라 공작의 물음에 레인 백작도 붉은 사자를 문장으로 쓰는 가문을 모르는지 이리저리 머리를 굴리면서 생각하고 있을 때 옆에 있던 미구엘 자작이 뭔가 생각이 났는지 손뼉을 치면서 입을 열었다.

"아! 맞다! 그란츠 경의 가문이 붉은 사자를 문장으로 쓰고 있었지! 이런! 하하하하!"

"미구엘 자작, 저 문장을 쓰는 가문을 알고 있나?"

"예! 카브레라 공작님! 붉은 사자 문장은 카미넬 백작 가문의 문장으로 알고 있습니다."

미구엘 백작의 말에 카브레라 공작은 이상하다는 표정으로 다시 질문을 했다.

"하지만 미구엘 자작, 카미넬 백작은 아르미스 왕성 안에서 우리와 같이 싸우고 있지 않소?"

카브레라 공작의 말에 미구엘 자작은 뭔가 짐작되는 일이 있는지 웃는 얼굴로 공작의 질문에 대답을 했다.

"카브레라 공작님, 아마 카미넬 백작님의 아들인 그란츠 남작이 저 기병대를 이끌고 있는 것 같습니다."

"카미넬 백작의 아들이라고?"

"예! 저번에 페낭 성 전투에서 저와 함께 공을 세워서 남작 작위를 받은 왕국의 인재입니다. 저번에 동부군에 편성돼서 리도 성으로 코나 왕국군을 막기 위해서 떠났는데 이번에 지밀 왕국군 때문에 왕성이 위험해지니까 다시 돌아온 모양입니다."

미구엘 자작의 자세한 설명에 카브레라 공작은 흥미로운 표정으로 지밀 왕국군 본진에서 벗어나 흙먼지를 일으키며 이동하고 있는 기병대를 바라봤다.

"그란츠 남작이라… 흥미로운 인물이군. 그럼 그란츠 남작이 나타났다는 말은 동부군이 왕성으로 돌아왔다는 말이군!"

"그렇군요. 공작님, 저희들을 함락 위기에서 구해준 것은 고맙지만 왕국 동부를 침략하던 코나 왕국군은 어떻게 하고 왕성으로 돌아왔는지 걱정이군요. 만약 코나 왕국군까지 왕성으로 쳐들어온다면 정말 절망적입니다."

코나 왕국을 막으려고 출전했던 동부군이 왕성으로 회군했을 거라는 카브레라 공작의 말에 레인 백작은 걱정스러운 얼굴로 텅 빈 왕국 동부를 걱정했지만 카브레라 공작은 얼굴에 미소를 지으며 레인 백작의 걱정을 덜어주었다.

"후후후! 레인 백작, 그건 걱정하지 말게. 동부군 사령관인 코린트 백작은 그렇게 충동적으로 움직일 사람이 아니야. 아마 코나 왕국군이 왕성으로 진격하지 못하게 해놓고 왕성으로 돌아왔을 거야!"

동부군 사령관인 코린트 백작을 믿는 카브레라 공작의 말에 레인 백작도 고개를 끄덕이며 걱정을 접었다.

"공작님께서 그렇게까지 말씀하실 정도라면 코나 왕국군을 확실하게 막고 왔겠군요."

"그래! 그럼 우리도 이제 전장 정리를 하면서 다음 전투를 준비해야지?"

"알겠습니다, 공작님. 제가 병사들을 수습해서 전장 정리를 하겠습니다."

"그럼 레인 백작만 믿고 난 왕성에 보고를 하고 오겠네!"

"다녀오십시오, 공작님!"

카브레라 공작이 바이사흐 후작과 하마스 국왕이 초조하게 전투 결과를 기다리고 있는 왕성으로 가자 레인 백작은 병사들을 동원해서 전투 과정에서 일부 파손된 성벽을 보수하고 전사자와 부상자들을 가려서 매장과 치료를 시작했다.

한편 아르미스 왕성을 공격하던 병사들을 모두 본진으로 불러들인 하이노넨 백작은 병사들을 둘로 나누어서 한쪽은 본진에 난 화재를 진화하게 하고 나머지 한쪽은 방어 대형을 만들어서 본진을 수비하도록 조치했다.

"어서 방어진을 만들어라! 라이오스 왕국 놈들의 2차 공격이 있을 수 있다!"

화르륵!

"식량 창고에 불이 붙었다! 물을 가져와라!"

"불을 꺼라!"

화르륵!

"백인대별로 모여라!"

그란츠의 기병대가 지밀 왕국 본진을 공격한 시간은 생각보다 짧았지만 천 명에 달하는 기병들이 빠르게 본진을 헤집고 돌아다니며 천막과 식량 창고 투석기 등에 불을 지르고 앞을 가로막는 병사들을 죽이고 돌아다녔기 때문에 본진에 있던 지밀 왕국 병사들은 큰 혼란에 빠져들었고 이런 상황은 공성전을 펼치던 병사들이 후퇴해서 본진으로 돌아왔어도 금방 수습이 되지 않았다. 오히려 본진 전체로 번진 화재 때문에 본진에 돌아온 병사들마저 이 혼란스러운 상황에 같이 휩쓸려 버렸고 이 때문에 지밀 왕국군 백인대장들은 우왕좌왕하는 병사들을 통제하기 위해서 목이 터져라 고함을 치며 이리저리 뛰어다니고 있었다.

호킨 왕자는 본진의 혼란스러운 모습을 한쪽에서 고위귀족들과 함께 쳐다보면서 분노로 몸을 떨고 있었다.

"이런! 아르미스 성 함락이 눈앞에 있었는데… 본진을 공격한 놈이 누구인지는 모르겠지만 꼭 찾아내서 이 세상에 태어난 것을 후회하게 만들어주겠다!"

이렇게 호킨 왕자가 자신에게 이를 갈고 있는 것도 모른 채 그란츠는 기병대를 이끌고 불타는 지밀 왕국 본진을 뒤로하고는 몸을 숨기기 위해서 재빨리 전장을 벗어나고 있었다.

두두두두!

"서둘러라! 지밀 왕국 놈들이 우리 병력이 적은 것을 알면 반드시 추적을 시작할 것이다! 그전에 전장을 빠져나가서 근처에 도착한 동부군 본진과 합류해야 한다!"

"이랴! 가자!"

두두두두!

"하하하하! 남작님, 그런데 생각보다 지밀 왕국 놈들 본진이 허술했습니다! 이번 공격에서 저희들도 많은 피해를 예상했는데 대충 봐도 거의 대부분이 살아남았습니다!"

그란츠와 나란히 말을 타고 달리고 있는 마이어스가 뒤따라오는 병사 수를 대충 보고는 웃는 얼굴로 말을 하자 그란츠도 고개를 돌려 병사들을 보고는 미소를 지었다.

"지밀 왕국군이 아르미스 왕성을 공격하는 데 병사들을 다 투입하는 덕분에 본진을 공격하기 쉬웠어요! 병력을 아껴야 하는 우리들 입장에서는 정말 하늘이 도왔다고 할 수 있어요. 하지만 오늘 이렇게 크게 당했기 때문에 앞으로는 본진을 공격하기 힘들 거예요!"

그란츠의 말에 마이어스도 고개를 끄덕이면서 동의를 했다. 사실 이번에는 후방에 적군이 없다고 생각하고 있었기 때문에 본진을 비워둔 것이지만 이번 기습으로 적병의 존재를 알았기 때문에 최소한 5천 명 정도의 병사들은 항상 본진에 상주할 것이었다. 그러면 지금 기병대 전력으로는 절대 공격이 불가능했다.

"그렇군요. 놈들도 바보가 아닌 이상 본진 경비를 강화하겠군요. 하지만 오늘은 정말 통쾌하게 이겼습니다!"

"일단 코린트 백작님과 합류하면 고생한 병사들에게 아직 전쟁 중이라 많이는 안 되지만 조금씩 축하주를 한 잔씩 돌리세요!"

"아하하하! 알겠습니다, 남작님!"

"이랴! 가자!"

본대와 합류해서 고생한 병사들에게 술을 한 잔씩 돌리라는 그란츠의 말에 마이어스와 기병대 병사들은 입이 귀까지 걸려서 코린트 백작이 있는 본대를 향해 더욱더 빨리 말을 몰았고 그 모습을 보며 그란츠는 미소를 지었다.

이렇게 알코올의 힘으로(?) 더 빨리 움직인 그란츠의 기병대는 아르미스 왕성에서 반나절 정도 거리에 도착해서 주둔지를 만들고 지친 병사들의 체력을 보충하고 있는 동부군 본대와 합류했고 약속대로 기병대 병사들에게 약간의 술을 마시도록 허락한 그란츠는 주둔지 중앙에 설치된 코린트 백작의 지휘천막으로 가서 아르미스 왕성의 현재 상황과 전투 결과를 보고했다.

지휘천막에서 그란츠의 보고를 다들은 코린트 백작과 귀족들은 10만에 가까운 지밀 왕국군의 규모와 아르미스 왕성 안에 있는 아군의 상황에 한숨이 나왔지만 아직까지 잘 버티고 있다는 사실을 위안으로 삼았다.

위태로운 아르미스 왕성의 상황에 지휘천막 안의 분위기가 많이 어두워지자 동부군 사령관 코린트 백작은 분위기를 바꾸기 위해서 일부러 그란츠와 기병대원들의 전공을 꺼내면서 말을 했다.

"그란츠 남작, 정말 대단한 공을 세웠소! 대담하게 지밀 왕국 본진을 공격하다니! 하하하! 내가 속이 다 시원해지는군!"

"맞습니다! 이번에 그란츠 남작이 정말 큰 공을 세웠습니다."

코린트 백작의 의도를 눈치 챘는지 포인츠 자작까지 그란츠의 칭찬에 가세하자 지휘막사는 금방 그란츠의 전공을 칭찬하는 목소리로 시끄러워졌고 그 모습에 그란츠는 겸손한 모습으로 귀족들의 칭찬에 대응했다.

"아닙니다. 그저 운이 좋았을 뿐입니다."

"하하하하! 아니오, 그란츠 남작. 그렇게 겸손해할 필요 없소! 이번 전쟁에서 그란츠 남작은 정말 큰 공을 세웠소!"

"그렇습니다, 코린트 백작님. 정말 큰 공을 세웠습니다."

어두웠던 분위기가 그란츠 이야기로 많이 밝아지자 코린트 백작은 슬슬 본론을 꺼냈다.

"그란츠 남작의 공은 이번 전쟁이 끝나면 국왕 전하께서 큰 상을 내리실 것이고 일단 현재 상황에 대해서 이야기를 해봅시다."

"음… 일단 아르미스 왕성으로 들어가서 아군과 합류해야 하지 않겠습니까?"

병사를 이끌고 아르미스 왕성으로 들어가자는 포인츠 자작의 말에 지휘천막 안에 있는 대부분의 귀족들은 고개를 끄덕이며 찬성했고 별다른 반대 의견이 없자 내일 아침 병사들을 이끌고 지밀 왕국군이 없는 왕성 북문을 통해서 아르미스 왕성으로 들어가는 것으로 결론이 나는 것 같았다. 하지만 그때 한쪽에서 귀족들의 의견을 들으며 조용히 있던 그란츠가 일어나서 새로운 의견을 제시했다.

"백작님, 지금 상황에서 아르미스 왕성으로 어서 들어가서 왕성의 수비를 강화하는 것도 중요하지만 제 생각은 약간 다릅니다."

페낭 성 전투에서 타고난 지략을 보여줬던 그란츠가 의견을 내자 코린트 백작뿐만 아니라 지휘막사 안에 있는 모든 귀족들이 귀를 기울였다.

"오, 그란츠 남작! 그래, 무슨 의견인가?"

"일단 왕성으로 들어가서 수비 병력을 강화해야 한다는 말은 찬성입니다. 제가 보기에도 왕성의 수비 병력이 지밀 왕국군에 비해서 많이 부족했습니다. 그래서 왕성 수비 병력 보강은 꼭 필요한 부분입니다. 하지만 모든 병력이 다 왕성으로 들어가는 것은 반대입니다."

그란츠의 말에 코린트 백작은 흥미로운 표정을 지으며 물었다.

"그럼 그란츠 경의 생각은 무엇이오?"

"저번 페낭 성 전투처럼 일단의 병력을 성 밖에 남겨두고 계속 지밀 왕국군을 괴롭혀야 합니다. 그래야 지밀 왕국군도 전력을 다해 아르미스 왕성을 공격할 수 없을 겁니다."

"흐음… 하긴 우리 병력이 모두 성안으로 들어간다고 해도 지밀 왕국군이 전력을 다해 왕성을 공격한다면 병력 차이가 너무 심하게 나서 얼마 버티지 못하는 건 확실하니 말이야!"

코린트 백작이 그란츠의 말에 긍정적인 반응을 보이자 그란츠는 계속 자신의 생각을 이야기했다.

"그렇습니다. 지밀 왕국군이 총공격을 감행한다면 아르미스 왕성을 지키기 힘들 겁니다. 그래서 지밀 왕국군이 왕성으로 전력을 집중하지 못하게 계속 지밀 왕국군의 신경을 건드려 줄 부대를 따로 빼서 성 밖에서 운영해야 합니다. 이런 부대를 운영한다면 지밀 왕국의 전력도 분산시킬 수 있고 덤으로 적의 보급선을 차단할 수 있다면 저희 왕국이 전쟁을 수행하는 데 많은 도움이 될 겁니다."

"그렇군. 일단의 부대가 계속 성 밖에서 신경을 건드린다면 지밀 왕국군 입장에서는 뒤통수가 근질거려서 아르미스 왕성에 전력을 투입하기 힘들 거야!"

"하지만 백작님, 그란츠 남작의 의견도 일리가 있지만 지금 저희 사정상 대규모의 부대를 성 밖에 남겨둘 수는 없습니다. 그럼 적은 병력을 성 밖에 두고 운영해야 한다는 이야기인데 지밀 왕국군이 성 밖에 남은 병력이 소규모 부대인 것을 알아차린다면 아마 성 밖에 있는 병력은 신경도 안 쓰고 전력을 동원해서 아르미스 왕성을 공략할 겁니다. 그럼 병력을 성 밖에 남겨둘 필요가 없지 않습니까? 오히려 병력을 분산시키는 역효과만 날겁니다."

"그렇지 성 밖에 있는 병력이 소규모라는 걸 알면 아예 무시해 버리고 공성전을 감행할 수도 있어! 아니, 호전적인 호킨 왕자라면 당연히 그렇게 움직일 것이네!"

코린트 백작이 그란츠의 의견에 긍정적인 의견을 보이자 회의장 한쪽에 있던 동부군 기사단장 위쇼스키 자작이 반대 의견을 냈다. 그러자 그란츠는 웃는 얼굴로 자신의 의견에 대한 보충 설명을 했다.

"물론 위쇼스키 자작님의 말씀처럼 지밀 왕국군이 움직일 수도 있습니다. 하지만 성 밖에 남은 병력들이 지밀 왕국군이 절대 왕성에 전력을 투입할 수 없도록 적들의 보급선을 교란한다면 충분히 승산이 있습니다."

"하지만 그란츠 남작, 소규모 부대로 지밀 왕국군의 보급선을 교란하기도 힘들지만 만약에 교란에 성공한다고 해도 지밀 왕국군 본진에도 상당량의 보급품이 남아 있을 것이오. 그걸로 얼마간 버티면서 총공격을 감행한다면 아르미스 왕성은 버티기 힘들어질 것이오."

"그 문제는 걱정하지 마십시오, 위쇼스키 자작님. 이번에 기병대를 이끌고 지밀 왕국군 본진을 기습하면서 본진에 있는 식량 창고에 집중적으로 불을 질렀습니다. 물론 얼마간의 식량을 건질 수 있겠지만 그 정도로는 대규모의 병력을 먹이기 힘들 겁니다. 그 상황에서 갑작스러운 지원군의 등장에 혼란스러운 지밀 왕국 지휘부는 지원군의 규모를 정확하게 파악하기 전에는 쉽게 아르미스 왕성을 공격하기 어렵습니다. 그렇게 이삼 일 동안 시간이 흘러가면 보유하고 있는 식량이 바닥을 보이기 시작할 것입니다. 그런데 보급선이 불안하다면 아무리 적은 병력이 보급선을 차단하고 있다고 해도 지밀 왕국군은 목숨 같은 보급선을 유지하기 위해서 병력을 뒤로 돌릴 수밖에 없을 겁니다. 그러면 왕성에 가해지는 압력을 상당수 줄일 수 있을 겁니다."

그란츠의 자세한 설명이 이어지자 지휘천막 안에 있는 모든 귀족들이 긍정적인 반응을 보였다.

"그렇군. 그런 일을 수행한다면 오히려 소규모의 기동력있는 병력이 더 효율적이겠군."

"맞습니다, 백작님. 기동력을 최대한 살릴 수 있는 기병대가 가장 적합한 병종입니다."

"좋아! 그럼 페낭 성에서 경험도 있으니까 그란츠 남작이 지금 지휘하고 있는 기병 천인대와 보병 백인대 하나를 가지고 유격 부대 역할을 맡게! 내가 보기에는 자네가 가장 적임자 같군."

코린트 백작이 유격 부대 지휘관에 그란츠를 지목하자 지휘 막사 안에 있는 모든 귀족들이 고개를 끄덕이며 찬성했고 포인츠 자작까지 나서서 그란츠를 적극 추천하자 유격 부대 지휘관은 그란츠로 결정되어 버렸다.

"그렇습니다. 폐낭 성에서 적은 부대를 이끌고 지밀 왕국군의 보급로를 차단한 경험이 있으니까 그란츠 남작이라면 훌륭하게 임무를 수행할 수 있을 겁니다."

"의견을 낸 사람이 그란츠 남작이니 그란츠 남작이 직접 유격 부대를 지휘하는 것이 아무래도 낫겠지요!"

"알겠습니다. 제가 한번 해보겠습니다."

"잘 생각했네! 그란츠 남작 자네라면 잘해낼 수 있을 것이네! 자! 그럼 내일 그란츠 남작의 유격 부대와 헤어져서 우리 동부군 본대는 아르미스 왕성에 입성하는 것으로 결정하고 이만 회의를 끝내겠소!"

코린트 백작이 회의에서 결정된 일을 다시 한 번 정리해 주면서 회의를 끝내자 지휘막사 안에 있는 귀족들은 서로 인사를 나누어 막사를 나가기 시작했고 새로 유격 부대를 지휘하는 임무를 맡은 그란츠는 지휘막사에 남아 코린트 백작과 얼마간 대화를 더 나누다가 자신의 막사로 돌아왔다.

다음날 아침이 되자 그란츠는 전날 회의에서 결정된 것처럼 기병 천인대와 보병 백인대를 이끌고 동부군 본대를 빠져나와서 아르미스 왕성 근처의 숲으로 숨어들어 갔고 코린트 백작은 정오가 되자 동부군 본진 13,900명을 이끌고 아르미스 왕성 북문을 통해 왕성 안에 있는 병사들의 열렬한 환영을 받으며 입성했다.

"와아아! 동부군 만세!"

"만세! 만세! 지원군이 도착했다!"

비록 전날 지밀 왕국군의 공격을 힘들게 막아내기는 했지만 치열했던 전투 과정에서 많은 병사들을 잃어버린 라이오스 왕국군은 내심 다음 전투에서 과연 이 병력으로 지밀 왕국군의 공세를 막을 수 있을까 고민하고 있었는데 만 명이 넘는 동부군이 아르미스 왕성으로 들어오자 사기가 크게 올랐다.

한편 그란츠가 이끄는 기병 천인대의 기습 공격에 본진과 식량 창고가 절반 이상 불에 타버린 지밀 왕국군은 자신들의 배후에 도착한 의문의 라이오스 왕국 지원군을 파악하느라 아르미스 왕성을 함부로 공격하지 못하고 불에 탄 본진을 정리하면서 시간을 보내고 있었다.

심복 귀족들과 함께 본진 안에 세워진 전망대에 올라가서 아직까지 웅장한 모습을 유지하고 있는 아르미스 왕성과 절반 이상이 불에 타서 흉한 모습으로 변한 지밀 왕국 본진과 어수선한 본진을 정리하고 있는 병사들을 보며 호킨 왕자는 난간을 주먹으로 내려치며 답답한 마음을 토해냈다.

"끄응! 아르미스 왕성 함락을 바로 눈앞에 두고 이렇게 계속 미적대고 있어야 하다니! 이게 무슨 말도 안 되는 상황이란 말인가!"

"왕자님, 조금만 참으십시오. 어제 본진을 공격한 놈들의 정체만 밝혀진다면 그때 놈들을 완전히 쓸어버리고 아르미스 왕성을 공략하면 됩니다. 그러니 너무 조급해하시지 말고 차분히 정찰병들의 수색 결과를 기다리십시오."

호킨 왕자가 느긋하게 정찰 결과를 기다리지 못하고 화를 내며 초조해하자 옆에 있던 스코페 자작이 나서서 호킨 왕자를 차분히 진정시켰다.

"후우… 나도 알고 있소, 스코페 자작. 하지만 어제 놈들의 방해만 없었더라면 지금쯤 아르미스 왕성 망루에 우리 지밀 왕국의 깃발이 바람에 휘날리고 있을 텐데 현실은 아직도 라이오스 왕국 놈들의 깃발이 망루에 걸려 있고 우리는 배후에 나타난 놈들이 무서워서 제대로 공성전도 못하고 있으니 지금 상황이 너무 답답해서 이러는 것 아니오!"

"알고 있습니다, 왕자님. 저도 어제 아르미스 왕성을 함락시키지 못한 것이 많이 아쉽지만 지금은 참고 기다려야 할 시기입니다."

"알겠소! 하지만 정찰병들이 돌아오면 바로 병사들을 몰고 가서 내가 직접 놈들을 모조리 쓸어버릴 것이오!"

"알겠습니다, 왕자님. 그때는 제가 왕자님을 모시겠습니다."

이렇게 호킨 왕자가 화를 내면서 이를 부득부득 갈고 있을 때 하이노넨 백작이 어제 본진을 공격한 라이오스 왕국군을 찾기 위해서 사방으로 보낸 정찰병들이 돌아오면서 동부군의 아르미스 왕성 입성 소식을 가져오자 호킨 왕자는 동부군이 어제 본진을 공격한 것으로 성급하게 결론을 내고 바로 다시 공성전을 시작하도록 명령했다.

하지만 하이노넨 백작은 정찰병의 보고를 통해 아르미스 왕성에 입성한 동부군에는 기병이 한 명도 없었다는 점을 들어 공성전에 반대했지만 흥분한 호킨 왕자의 계속된 공격 명령에 하이노넨 백작은 어쩔 수 없이 어제 격렬했던 전투로 3만 명이 죽고 총 7만 명으로 줄어든 병력 중에 본진 방어를 위해 2만 명의 병력을 본진에 배치하고 나머지 5만 명을 이끌고 아르미스 왕성을 함락시키기 위해서 다시 공성전을 시작했다.

　어제의 치욕을 복수하기 위해 성질 급한 호킨 왕자가 직접 병사들을 이끌고 본진을 나와 공격 대형으로 아르미스 왕성으로 접근해 오자 카브레라 공작은 어제 전투로 많은 병사들이 죽었지만 다행히 동부군의 합류로 4만 명의 병력을 만들어서 지밀 왕국군에 대항할 준비를 했다. 상황이 이렇게 되자 지밀 왕국군은 병력의 우위를 전혀 살릴 수 없었는데 배후의 기습을 우려해서 하이노넨 백작이 2만에 달하는 병력을 뒤로 빼버리자 실제로 아르미스 왕성을 공격하는 병력은 5만 명뿐이었고 동부군의 합류로 4만 명의 병사를 유지하고 있는 라이오스 왕국군은 성을 지키는 방어자라는 입장까지 생각한다면 지밀 왕국군 5만 명의 공격은 충분히 막아낼 수 있는 상황이었다.

Grants Saga

3. 지밀 왕국군 뒤통수를 치자!

유격 부대를 이끌고 아르미스 왕성에서 반나절 정도 떨어진 숲에 은신처를 마련한 그란츠는 숲 속에서 병사들을 편히 쉬게 하면서 지밀 왕국군의 보급로 요소요소에 정찰병들을 파견해서 지밀 왕국 보급 부대의 움직임을 감시하기 시작했다. 물론 기병 십인대 하나를 아르미스 왕성 쪽에 보내서 전황을 감시하는 것도 잊지 않았다.

마이어스와 함께 숙영지를 돌아다니면서 병사들을 격려하던 그란츠는 기병대 백인대장 중에 한 명인 윈터스가 병사들과 함께 숲 속에 있는 작은 개울에서 물고기를 잡고 있는 것을 보고 그쪽으로 발걸음을 옮겼다.

"야야! 이쪽으로 몰아야지!"

풍덩! 풍덩!

"와하하하!"

"이야! 오늘은 오랜만에 물고기 맛 좀 보겠는데!"

풍덩! 풍덩!

어디서 구했는지 병사들과 그물을 가지고 고기를 잡고 있던 원터스는 그란츠가 마이어스와 함께 다가오자 급히 그물을 내려놓고 부동자세로 군례를 취했고 그 모습에 같이 고기를 잡고 있던 병사들도 놀라 같이 군례를 올렸다.

"충! 남작님을 뵙습니다!"

"남작님을 뵙습니다!"

그 모습을 보며 그란츠는 웃는 얼굴로 병사들에게 다가갔다.

"아! 너무 그렇게 긴장할 필요는 없네. 고기를 잡는 모습이 신기해서 온 거니까 말이야."

"예? 아 예! 알겠습니다."

"그런데 이 그물은 어디서 났나?"

개울에서 고기를 잡던 그물을 보며 그란츠가 궁금한 듯 물어보자 원터스가 대표로 이야기를 했다.

"숙영지 옆에 개울이 있는 것을 보고 보급품 중에 있던 노끈을 엮어서 만들었습니다."

"호오~! 그럼 이걸 자네들이 노끈으로 만들었단 말인가?"

"그렇습니다, 남작님!"

"정말 대단하군! 보급품에 섞여 있는 노끈으로 이렇게 촘촘

한 그물을 만들다니 말이야?'

병사들이 노끈으로 만들었다는 말에 그란츠가 대단하다는 표정으로 그물을 이리저리 만져 보며 말을 하자 윈터스가 쑥스러운 표정으로 입을 열었다.

"부끄럽습니다, 남작님. 저랑 여기 있는 병사들은 원래 수병 출신이기 때문에 노끈으로 그물을 쉽게 만들 수 있습니다."

"뭐라고? 수병 출신이라고? 그럼 원래 기병이 아니란 말인가?'

원래 수병이라는 말에 그란츠가 놀라서 되묻자 윈터스는 어두운 표정으로 입을 열었다.

"예, 남작님! 원래는 착참 성에 주둔하고 있던 라이오스 왕국 수군 소속이었습니다. 하지만 전황이 악화되자 하마스 국왕 전하의 명으로 수군이 완전히 해체되어 버리고 수병들은 모두 보병과 기병이 돼서 이렇게 전쟁터에 배치됐습니다."

"흐음… 그런 일이 있었군."

윈터스의 말에 그란츠가 몰랐다는 반응을 보이자 옆에 있던 마이어스가 나서서 상황을 설명했다.

"훈련된 병사들이 부족한 상황이라서 왕국에서도 어쩔 수 없었을 겁니다, 남작님."

"하긴 왕국 입장에서는 왕성이 위험한 상황에서 1만에 달하는 수군을 그냥 놀리는 것이 아까웠을 거야. 하지만 수군을 완전히 해체해서 이렇게 사방으로 찢어놓은 것은 분명히 실수한 거야! 이렇게 하다가 그동안 애써 키워놓은 수병들이 큰 피해를 입는다면 나중에 전쟁이 끝나고 수군을 다시 재건하려면 엄청난 시간과 돈이 들어갈 거야! 그걸 생각해야지!"

"전쟁 이후를 생각하기 어려울 만큼 왕국 사정이 힘들다는 것 아니겠습니까, 남작님."

"후우… 말이 그렇게 되는 건가. 정말 어려운 문제군. 아무튼 윈터스, 그물 구경 잘했네! 덕분에 오늘은 맛있는 물고기를 저녁 반찬으로 먹을 수 있겠군. 병사들이 다 먹으려면 아주 많이 잡아야 될 거야! 아참! 만약에 말이야! 저녁에 물고기 반찬이 안 올라오면 내가 무척 서운해서 오랜만에 보급 물자 점검을 할 것 같단 말이야! 아마 전시에서 보급 물자를 빼돌리다가 잡히면 즉결 처분이지……. 그럼 계속 수고하게!"

보급품인 노끈을 무단으로 사용해서 그물을 만든 벌로 병사들이 전부 저녁 반찬으로 물고기를 먹을 수 있게 하라는 말과 함께 사라지는 그란츠를 보며 윈터스와 개울에서 물고기를 잡던 병사들은 하늘이 무너지는 심정이었다.

"나… 남작님……. 이런!"

"백인장님, 이제 어떻게 합니까?"

"어떻게 하긴. 남작님의 명령대로 물고기를 잡는 수밖에……."

"하지만… 이런 작은 개울에 천 명이 넘는 병사들이 먹을 만큼 물고기들이 있겠습니까?"

"개울을 다 뒤집어 버리는 일이 있어도 잡아야지! 뭐 하고 있는 거야! 어서 움직여!"

"아, 알겠습니다!"

"그물로 개울 바닥까지 싹싹 긁어서 물고기 새끼까지 다 잡아버려!"

"알겠습니다, 백인장님!"

풍덩! 풍덩!

그날 저녁 유격 부대 병사들은 생각하지도 못했던 물고기 반찬이 올라오자 아주 맛있게 저녁을 먹었지만 원터스와 병사 10명은 하루 종일 물고기를 잡느라고 지친 나머지 저녁도 제대로 못 먹고 숙영지 한쪽에 쓰러져 있었고 숲 속에 흐르던 개울은 그란츠의 협박에 목숨을 걸고 물고기를 잡은 원터스와 병사들 때문에 물고기가 씨가 말라 버렸다.

이렇게 느긋하게 병사들을 쉬게 하면서 기회를 보고 있던 그란츠는 지밀 왕국군 보급 부대를 발견했다는 정찰병의 보고가 들어오자 바로 보급 부대를 공격하기 위해서 병사들을 이끌고 재빨리 숲 밖으로 나갔다.

그란츠가 아르미스 왕성으로 연결되는 가도 옆 언덕에 병사들을 매복시키고 1시간 정도 기다리자 정찰병들의 보고처럼 250명의 지밀 왕국 병사들이 보급품이 가득 실린 짐마차 40대를 끌고 천천히 다가오기 시작했다.

덜커덩! 덜커덩!

"어서 빨리 움직여라! 이제 조금만 더 가면 목적지에 도착한다!"

딸그락! 딸그락!

보급 부대의 지휘관으로 보이는 기사 한 명이 병사들을 재촉하자 병사들의 움직임이 조금 더 빨라졌고 어느새 병사들이 매복하고 있는 언덕 바로 앞까지 보급 부대가 도착하자 그란츠는 즉시 검을 뽑아 들고 큰 소리로 공격 명령을 내렸다.

"공격! 놈들을 모조리 쓸어버려라!"

"와아아! 돌격! 이랴!"

두두두두!

"공격! 화살을 쏴라!"

슈슈슉! 슉! 슉!

"끄아악!"

쉬이익!

"끅!"

"기습이다! 라이오스 왕국군의 기습이다!"

그란츠가 공격 명령을 내리면서 검을 뽑아 들고 보급 부대를 향해 말을 타고 돌격해 가자 뒤에 있던 기병 천인대 병사들도 일제히 말을 몰아서 그란츠를 따라서 돌격을 시작했고 언덕 위로 올라온 보병 백인대 병사들은 보급 부대를 향해 계속 화살을 날리기 시작했다.

"으악!"

슈슉! 슉! 슈슈슉!

그란츠의 생각으로 궁병이 아닌 일반 보병 병사들에게 화살을 지급해서 기병들의 돌격과 동시에 적에게 화살로 견제 사격을 날리게 하자 별 효과가 없을 거라는 사람들의 생각과 달리 기습 공격에 당황한 적 병사들을 큰 혼란에 빠뜨리면서 기병들의 돌격 효과를 몇 배로 배가시켰다.

"마, 막아라! 놈들을 막아라!"

두두두두!

챙! 채챙! 퍼걱!

"끄윽!"

서걱!

"죽어라!"

"으악! 살려줘!"

"커헉!"

전혀 예상을 못했던 갑작스러운 화살 공격에 정신을 못 차리고 혼란에 빠진 지밀 왕국 병사들을 향해 그란츠와 기병대 병사들이 돌격해 들어가자 지밀 왕국 병사들은 제대로 저항도 못해보고 말발굽에 치이고 기병들의 날카로운 검에 베어서 속절없이 죽어나가기 시작했다.

특히 제일 앞에 서서 보급대를 향해 돌격해 들어간 그란츠가 들고 있는 검에 마나를 잔뜩 밀어 넣으며 휘두르기 시작하자 그란츠 주변에 있던 지밀 왕국 병사들은 갑옷과 무기가 모조리 잘려 나가며 무더기로 죽어나갔다.

"으아악!"

서걱!

"인정사정없이 모조리 베어버려라!"

"와아아아! 공격!"

"끄으윽!"

"도… 도망쳐라!"

챙! 채챙! 챙!

"놈들이 도망간다! 추격해라!"

두두두두!

"아악!"

퍼걱! 챙! 채챙!

"공격!"

"끄으윽!"

챙! 챙! 채챙!

"으윽!"

유격 부대 병사들의 기습에 순식간에 지밀 왕국 보급 부대 병사 절반이 죽어나가고 병사들을 지휘하며 싸우던 지밀 왕국 기사까지 그란츠가 휘두르는 검에 목이 날아가 버리자 지밀 왕국 병사들은 전투 의욕을 잃어버리고는 보급품을 버려두고 이리저리 사방으로 흩어져서 도망치기 시작했다. 하지만 모두 죽이라는 그란츠의 명령에 기병들이 말을 타고 추격을 시작하자 얼마 도망가지 못하고 기병들에게 따라잡혀서 전부 죽고 말았다.

기습 공격 시작 30분 만에 지밀 왕국 보급 부대 하나를 완전히 전멸시켜 버린 그란츠는 노획물을 가지고 주둔지로 유유히 사라졌다.

보급 부대 공격을 시작으로 그란츠는 기병들의 기동력을 살려서 아르미스 왕성 주변에 지밀 왕국군에게 점령된 지역을 빠르게 돌아다니며 점령지 관리를 위해 남겨진 소규모 지밀 왕국군을 공격하면서 후방을 교란하기 시작했다.

그란츠의 후방 교란이 계속되자 호킨 왕자와 하이노넨 백작은 보급로 유지를 위해서 어쩔 수 없이 5천 명에 달하는 병력을 후방에 배치할 수밖에 없었다.

이렇게 보급로 주변에 지밀 왕국의 대규모 병력이 배치돼서 기습 공격이 힘들어지자 그란츠는 유격 부대를 이끌고 지금은 지밀 왕국군의 중간 보급 기지로 이용되고 있는 카브레라 공작의 영주성인 돈 성으로 빠르게 이동했다.

카브레라 공작 영지의 영주성이자 라이오스 왕국 5대상업 도시 중에 하나로 크게 번창하던 돈 성은 지밀 왕국군에게 함락됨과 동시에 아르미스 왕성을 공략하기 위한 중간 보급 기지로 변해 버려서 엄청난 양의 보급 물자들이 하루에도 몇 번씩 성을 들락거리고 있었다.

이런 모습을 돈 성 근처 숲에 숨어서 마이어스와 함께 유심히 바라보던 그란츠는 미소를 지으며 자리에서 일어났고 그 모습을 보며 옆에 있던 마이어스는 불안한 얼굴로 입을 열었다.

"남작님, 생각보다 주둔군이 많은 것 같습니다. 대충 봐도 2천 명은 넘습니다."

"수만 대군의 보급 물자를 공급하는 성인데 경비병 많은 것은 당연한 거예요, 마이어스!"

"저도 그건 잘 알고 있습니다. 하지만 그런 성을 남작님이 공격하려고 하시니까 문제 아닙니까?"

바짝 긴장하고 있는 자신과 다르게 너무나 태평한 그란츠의 모습에 마이어스가 약이 오르는지 퉁명스러운 목소리로 말을 하자 그란츠는 여전히 입가에 미소를 지으며 여유롭게 대답을 했다.

"뭘 그런 걸 걱정하고 그래? 평소대로 기습 공격을 하면 되는 거야! 긴장 풀어요!"

"어떻게 걱정을 안 할 수 있습니까? 적들은 튼튼한 성안에 있고 저희들은 거의 대부분이 공성전에는 별 쓸모가 없는 기병이란 말입니다!"

"후후후! 다 생각이 있으니까 걱정하지 말고 공격 준비나 시켜요."

걱정이 태산인 마이어스의 말에도 눈 하나 깜짝하지 않고 그란츠가 공격 준비를 시키자 마이어스는 그란츠를 믿고 숲 한쪽에서 대기 중인 병사들에게 가서 전투 준비를 시키기 시작했다. 그런 마이어스의 모습을 바라보며 미소를 지은 그란츠는 기병들과 떨어져서 한쪽에서 대기 중인 보병 백인대 쪽으로 걸어갔다.

그란츠가 다가오자 포장을 덮어서 싣고 있는 내용물이 보이지 않는 짐마차 하나를 옆에 두고 백인대 병사들을 정렬시켜 놓은 백인대장이 군례를 올렸다.

"충! 남작님, 말씀하신 물건들은 짐마차에 실어놨습니다."

"좋아! 그럼 지금부터 짐마차에 실려 있는 노획한 지밀 왕국 군의 갑옷으로 모두 갈아입는다! 실시!"

"예? 아! 예, 알겠습니다! 모두 갑옷을 갈아입어라!"

"예! 알겠습니다!"

그란츠의 명령대로 백인대 병사들이 짐마차의 포장을 풀고 실려 있는 지밀 왕국군의 갑옷으로 갈아입자 순식간에 유격 부대 백인대는 지밀 왕국군 백인대로 변신해 버렸다.

미소를 지으며 그 모습을 바라보던 그란츠는 병사들이 갑옷 을 다 갈아입자 자기도 은빛 플레이트 갑옷을 벗고 노획한 지 밀 왕국 기사 복장으로 갈아입었다.

지밀 왕국군으로 변신한 그란츠와 백인대 병사들의 모습을 발견한 마이어스가 놀라서 뛰어오자 그란츠는 씨익 웃으면서 입을 열었다.

"어때? 마이어스, 이렇게 변장을 하니까 완전히 지밀 왕국 군 보급대 같지?"

"아니, 도대체 이게 무슨 일입니까? 갑자기 왜 지밀 왕국군 으로 변장을 하신 겁니까?"

"무슨 일이기는, 이게 바로 돈 성을 공격할 비장의 무기지!"

"그… 그게 무슨……."

지밀 왕국군으로 변장한 백인대를 이용해서 돈 성을 공격하 겠다는 그란츠의 말에 마이어스는 정말 어이가 없었다.

"어차피 돈 성에 주둔 중인 지밀 왕국 병력은 대부분이 전투 력이 떨어지는 나이 든 병사들이란 말이야. 그런 병사들로는 절대 우리 기병들을 막을 수 없지. 그럼 결론적으로 돈 성의 성문만 우리가 확보하고 기습 공격을 가한다면 수비병이 2천 명이 넘게 있다고 해도 충분히 우리에게도 승산이 있다는 이야기지!"

"그럼 백인대를 지밀 왕국군으로 변장시켜서 성문을 장악하겠다는 말씀이군요."

"그렇지! 바로 그거야!"

"그런데 남작님은 왜 지밀 왕국 문장이 들어간 갑옷을 입고 계신 겁니까?"

"나야 당연히 여기 있는 백인대하고 같이 성문을 공격하러 갈 거니까 갑옷을 갈아입은 거야!"

"그게 무슨 말씀입니까! 남작님! 백인대 병사들을 변장시켜서 성문을 장악하겠다는 말씀은 잘 알겠습니다. 하지만 남작님까지 이렇게 위험한 일에 나설 필요는 없지 않습니까? 남작님은 유격 부대를 책임지고 있는 총지휘관이란 말입니다!"

지밀 왕국 기사로 변장해서 백인대와 같이 성문을 기습 공격하겠다는 그란츠의 말에 마이어스는 엄청 화를 내며 방방 뛰었다.

하지만 그란츠는 이런 마이어스의 반응을 완전히 무시하며 돈 성 공략 계획을 간단히 설명하기 시작했다.

"아! 너무 그렇게 흥분하지 말고. 내가 백인대를 이끌고 성문을 장악하면 마이어스는 바로 기병 천인대를 이끌고 돈 성 안에 있는 지밀 왕국군 주둔지를 공격해서 쓸어버려. 알았지!"

"남작님! 너무 위험한 계획입니다!"

"가끔은 모험도 필요한 거야! 그렇게 알고 준비하도록. 난 백인대 병사들의 상태를 점검해 봐야겠어!"

"…후우! 알겠습니다, 남작님. 제발 몸조심하십시오!"

자신의 계획을 끝까지 밀어붙이려는 그란츠의 모습에 마이어스는 결국 위험한 공격 계획을 단념시키는 것을 포기하고 그란츠의 계획대로 움직이기로 했다.

마이어스가 기병들을 전투 대기시키자 그란츠는 지밀 왕국군으로 변장한 백인대를 이끌고 돈 성으로 당당하게 다가갔고 멀리서 그 모습을 발견한 성문 수비병 50명은 긴장하며 각자 무기를 들고 전투 태세를 갖추었다가 접근해 오는 무리가 지밀 왕국군 갑옷을 입고 있는 것을 보고는 지휘관의 명령을 받고 바로 전투 태세를 해제했다.

숲 속에서 지켜보고 있는 마이어스의 속이 바짝바짝 타 들어가는 것도 모르고 지밀 왕국 기사 차림으로 말을 타고 행렬 제일 앞에서 가고 있는 그란츠는 시종일관 여유가 넘쳐흘렀다.

그란츠와 백인대가 성문 바로 앞까지 접근하자 성문 앞에 나와 있는 병사 10명이 앞을 가로막으면서 신분 확인을 하기 시작했다.

"어서 오십시오, 기사님. 어디서 오는 병력입니까?"

"본국에서 아르미스 왕성에 계시는 호킨 왕자님에게 전달할 물건을 가지고 가는 부대다! 오늘은 돈 성에서 하루 묵고 내일 떠날 생각이니 어서 길을 비켜라!"

고참으로 보이는 병사 한 명이 앞으로 나와서 신분 확인을 하자 행렬 선두에서 말을 타고 있는 그란츠가 귀찮은 모습으로 퉁명스럽게 말을 하며 행렬 중간에 포장으로 내용물을 가린 짐마차 한 대를 가리키자 고참병사는 귀족의 심기를 건드려서 좋을 게 하나도 없다 생각하고는 더 이상 검문 없이 바로 통과시켰다.

"죄송합니다! 성안으로 들어가십시오!"

"흥! 알았다! 성안으로 들어간다!"

성문 앞에 있던 병사들이 양옆으로 갈라서며 길을 비키자 그란츠와 백인대는 천천히 성문을 통과해서 돈 성 안으로 들어가기 시작했고 그 모습을 길옆으로 비켜서서 가만히 쳐다보던 병사 한 명이 이상한 것을 발견하고 옆에 있는 고참병사에게 말을 했다.

"십인대장님, 저거 조금 이상하지 않습니까?"

"뭐가 말이냐?"

"저기 보십시오! 부대를 이끄는 기사부터 시작해서 병사들까지 하나같이 어깨에 빨간 천을 하나씩 감고 있습니다."

"……."

고개를 갸웃거리며 말하는 병사의 말에 고참병사도 고개를 돌려서 유심히 병사들의 모습을 살펴보자 병사의 말처럼 하나같이 어깨에 빨간 천을 하나씩 감고 있었다.

"정말이네. 꼭 야습할 때 아군을 구분하기 위해서 쓰는 표시 같군. 자, 잠깐 정지! 멈추시오!"

어깨에 두르고 있는 빨간 천을 보며 이리저리 생각을 하던 고참병사는 갑자기 떠오르는 불길한 생각에 성문을 통과하고 있는 병사들을 큰 목소리로 급히 제지했지만 고참병사의 모습을 유심히 살피고 있던 그란츠가 고참병사보다 한 박자 빠르게 눈치를 채고 공격 명령을 내렸다.

"빠른 시간 안에 성문을 장악한다! 모조리 쓸어버려라!"

"와아아아! 지밀 왕국 놈들을 모조리 죽여라!"

쳉! 채쳉! 쳉!

"으아악!"

"이게 무슨 일이야?"

"기… 기습이다! 끄아악!"

뭔가 이상하다고 생각한 고참병사의 외침에 성문 주변에 있던 지밀 왕국 병사들이 반응을 하기도 전에 그란츠의 공격 명령이 떨어지자 변장한 라이오스 왕국 병사들은 아군인 줄 알고 안심하고 있는 지밀 왕국 병사들을 기습적으로 창으로 찔러서 죽여 버리고 지체없이 성안으로 들어가서 성안과 성문 위에 있는 지밀 왕국 병사들을 공격하기 시작했다.

"끄윽… 같은 편인데 왜 우리를……."

"흥! 같은 편이기는! 우리는 대 라이오스 왕국 병사들이다!"

"이… 이런 속았다!"

쳉! 채쳉! 쳉!

"끄아악!"

성문 앞에 나와 있던 병사들과 마찬가지로 아군인 줄 알고 긴장을 풀고 있던 지밀 왕국 병사들은 그란츠와 백인대 병사들의 기습 공격에 제대로 대항 한번 못해보고 멍하게 서 있다가 죽어나가기 시작했고 그나마 성문 위에 있던 10명 정도의 병사들이 정신을 차리고 적군의 공격을 알리는 비상종을 치려고 했지만 온몸에 마나를 활성화시켜서 몇 번의 도약으로 성문 위까지 순식간에 올라온 그란츠의 날카로운 검에 종 한번 치지 못하고 모두 목이 떨어졌다.

"라이오스 왕국 놈들의 기습이다! 비상종을 쳐라!"

"끄으윽!"

서걱!

"어딜! 함부로 비상종을 치려고 하느냐! 어림도 없다! 이 얍!"

"크흑!"

"으윽!"

챙! 채챙! 챙!

"죽여라!"

그란츠가 성문 위의 적병들을 쓸어버리는 동안 백인대 병사들도 성문 아래에 있던 지밀 왕국 병사들을 순식간에 완전히 제압해 버렸고 이렇게 성문 장악이 끝나자 그란츠가 한 병사에게 소리쳤다.

"성문을 장악했다는 신호를 보내고 백인대는 다른 성문을 공격해라! 난 기병대와 합류해서 성안에 있는 지밀 왕국군 주둔지를 공격하겠다!"

"알겠습니다! 남작님!"

"신호를 보내라!"

숲에 숨어서 초조하게 전투가 벌어진 성문을 바라보던 마이어스는 성문이 완전히 장악됐다는 빨간 깃발이 성문 위에 올라가자 바로 기병대를 성안으로 돌격시켰다.

"남작님이 성문을 장악하셨다! 모두 성안으로 돌격!"

"와아아아! 돌격! 이랴!"

두두두두!

숲 속에 숨어 있던 기병대가 성문을 향해 빠른 속도로 돌격해 들어오는 것을 보고 그란츠는 기병대와 보조를 맞추기 위해서 성문 아래에서 한가롭게 풀을 뜯고 있는 자신의 말에 올라탔고 성문을 장악한 백인대도 대열을 정비해서 성벽을 타고 빠른 속도로 다른 성문을 공격하기 위해서 움직이기 시작했다.

병장기 부딪치는 소리와 함께 병사들의 비명 소리가 크게 들리자 성문 주변에 살고 있는 사람들이 무슨 일인가 싶어서 하나둘씩 집 밖으로 고개를 내밀었지만 성문 주변에 온통 시체가 가득한 모습을 보고 서둘러 문을 잠그고 집 안에 숨었고 거리에 나와 있던 사람들도 서둘러 몸을 피하기 시작했다.

"남작님, 괜찮으십니까?"

"당연하지! 자! 이제 지밀 왕국놈들을 놀라게 해주러 가볼까?"

"후우… 알겠습니다! 제가 옆에서 모시겠습니다. 가시지요!"

"좋아! 이랴!"

마이어스는 그란츠와 함께 기병대를 이끌고 예전 카브레라 영지군의 병영에 주둔하고 있는 지밀 왕국군을 공격하기 위해서 빠르게 말을 타고 달렸다.

두두두두!

"웬 놈들이냐! 정지! 멈춰라!"

병영 입구를 지키고 있던 지밀 왕국군 병사들은 갑자기 엄청난 말발굽 소리와 함께 정체불명의 기병대가 빠른 속도로 달려오자 놀라서 큰 목소리로 정지를 외치며 경계를 했지만 거센 파도처럼 밀려오는 기병대의 물결에 순식간에 파묻혀 버렸다.

"병영 입구를 그대로 돌파한다! 가자!"

"와아아아! 돌격!"

"막아라! 적군의 기습이다!"

두두두두!

이히잉!

"끄아악!"

챙! 챙! 채챙! 퍼걱!

"으윽!"

순식간에 병영 입구를 돌파한 기병대는 아직도 어리둥절한 표정으로 제대로 무장조차 갖추지 않고 서 있는 지밀 왕국 병사들을 한칼에 베어버리면서 주둔지 안으로 난입하기 시작했고 그렇게 상당수의 병사들이 죽고 나서야 적의 공격을 알리는 비상종이 요란하게 울리면서 병영 안에 있는 막사에서 당

황한 지밀 왕국 병사들이 급하게 뛰어나오기 시작했지만 그때
는 이미 기병대가 병영 깊숙이 들어와서 제대로 준비되지 않
은 지밀 왕국 병사들을 신나게 죽이고 있는 상황이었다.

땡! 땡! 땡!

"라이오스 왕국 놈들이 침입했다! 비상!"

챙! 채챙! 챙!

"으아악!"

서걱!

"지밀 왕국 놈들을 모조리 쓸어버려라!"

두두두두!

"사… 살려줘!"

기병들이 신나게 지밀 왕국 병사들을 베어 넘기는 것을 보
면서 그란츠는 검에 마나를 밀어 넣으며 계속 혼란을 야기시
키기 위해서 지휘관급으로 보이는 기사들과 귀족을 찾아다니
며 빠르게 죽이고 있었다.

"당황하지 말고 차분히 대응해라!"

채챙! 챙!

"컥!"

"놈들이 정신을 못 차리게 계속 밀어붙여라!"

"이놈! 여기가 어디라고 감히 겁도 없이 쳐들어오느냐!"

"흥! 어디기는, 카브레라 공작 땅이지! 잔소리 말고 그만 죽
어라!"

"어림없다, 이놈!"

스각!

"끄으윽… 이런! 끄… 윽!"

"실력도 없는 놈이 말은 많아요! 자, 그럼 다음 귀족은 어디 있나?"

그란츠가 병영을 돌아다니면서 지휘관을 빠르게 찾아내 죽이면서 지휘체계를 붕괴시켜 버리자 지밀 왕국 병사들은 제대로 된 방어 한번 못해보고 라이오스 왕국 기병대의 말발굽에 힘없이 쓰러져 갔다.

이렇게 지밀 왕국 병사들을 쉽게 제압하며 병영 안 상황이 빠르게 마무리되어 가자 기병대 지휘는 마이어스에게 맡기고 그란츠는 기병 50명을 따로 빼서 돈 성 중앙에 위치해 있는 영주 저택으로 달려갔다.

한편 지난번 페낭 성 전투 패전의 책임을 지고 좌천되어 일선에서 물러나 후방 보급성인 돈 성을 책임지고 있던 카를로스 자작은 휘하 기사들과 모여서 요즘 계속해서 일어나고 있는 라이오스 왕국군의 보급 부대 기습 공격에 대한 대책을 세우기 위해서 회의를 하고 있었다. 그런데 갑자기 밖이 소란스러워지고 비상종 소리까지 울리자 불길한 생각이 들었다.

"밖이 왜 이렇게 소란스러운 건가? 그리고 저 비상종 소리는 또 뭔가?"

"제가 나가서 무슨 일인지 알아보겠습니다, 자작님!"

"그래, 어서 나가보게!"

"예! 그럼!"

카를로스 자작의 명령을 받고 제니스가 밖으로 나가려고 의자에서 일어나는 순간 회의실 문이 거칠게 열리면서 병사 한 명이 급하게 뛰어들어왔다.

꽝!

"자작님, 큰일 났습니다!"

"무슨 일인데 이렇게 무례하게 행동하느냐!"

노크 소리도 없이 문을 열고 회의실 안으로 뛰어들어 온 병사를 보며 카를로스 자작이 불쾌한 얼굴로 말을 했지만 병사는 그런 카를로스 자작의 모습을 보면서도 계속 예의를 갖추지 않고 다급하게 말을 했다.

"자작님, 지금 라이오스 왕국군이 성을 공격하고 있습니다!"

"뭐라고! 라이오스 왕국 놈들이 쳐들어왔다고?"

"예! 자작님!"

병사의 말에 카를로스 자작은 미소를 지으며 큰 소리로 말을 했다.

"하하하! 놈들이 죽을 자리인 줄도 모르고 겁도 없이 쳐들어왔구나! 그래, 이놈들을 모조리 때려잡아서 페낭 성 전투에서 당한 치욕을 갚아야겠다! 당장 병영에 있는 병사들을 준비시켜라! 내가 직접 지휘하겠다!"

상황을 정확하게 파악하지 못하고 있는 카를로스 자작의 모습에 병사는 어이가 없는 얼굴로 서둘러 다시 입을 열었다.

"자작님, 이미 라이오스 왕국군은 성문을 돌파하고 병영을 공격하고 있습니다."

"뭐? 뭐라고! 아니, 도대체 라이오스 왕국 놈들이 얼마나 많이 몰려왔기에 벌써 성문이 뚫렸단 말이냐!"

벌써 성문이 돌파당했다는 병사의 말에 카를로스 자작은 너무 놀라서 제대로 정신을 차릴 수 없었고 회의실에 있던 기사들도 큰 충격을 받았다.

"적 병력이 얼마나 되는지 자세히 알지는 못하지만 갑작스러운 기습 공격에 아군 병사들이 많이 밀리고 있습니다."

"끄응… 이런 어처구니없는 경우가 있나!"

"자작님, 상황을 들어보니 우선 여기 있는 기사들을 빨리 병영으로 돌려보내서 병사들을 수습해 성으로 밀고 들어온 라이오스 왕국군에 대항해야 합니다."

"알겠네! 제니스 경, 자네도 기사들과 같이 나가서 상황을 살펴보게! 아니, 나도 같이 나가는 게 좋겠어!"

"알겠습니다. 자작님이 나가신다. 병사들을 준비시켜라!"

"알겠습니다!"

사태의 심각성을 느낀 카를로스 자작은 일부 기사들을 먼저 병영으로 보내서 병사들을 수습하게 하고 자신도 바로 시종들의 도움을 받아서 갑옷으로 갈아입고 기사들과 함께 영주성을 나서려고 준비했다.

한편 기병 50명을 이끌고 영주 저택을 향해 빠르게 말을 달리고 있는 그란츠는 영주 저택으로 가는 길 중간중간에 지밀 왕국군 병사들이 겁도 없이 앞을 가로막을 때마다 가차없이 검을 휘둘러서 적병들의 목을 날려 버리며 거침없이 앞으로 달려나갔다.

"이랴! 앞을 가로막는 놈들을 모조리 쓸어버리고 영주 저택으로 간다! 영주성에서 지밀 왕국 놈들의 총지휘관을 죽이면 이번 전투는 우리의 승리다! 가자!"

"와아아아! 가자!"

두두두두!

"끄으윽!"

채! 채챙!

카를로스 자작의 명령을 받고 병사들을 수습하기 위해 서둘러 병영으로 돌아가던 기사 10명도 가는 길에 그란츠를 만나서 일검에 머리와 몸이 두 개로 분리돼서 피를 흘리며 차가운 땅바닥에 누워 있었다.

이런 상황을 모르고 휘하 기사들과 병사들을 데리고 영주 저택을 나서던 카를로스 자작은 뿌연 먼지를 피워 올리면서 달려오는 그란츠와 기병대를 발견하고는 크게 놀라 소리쳤다.

"이런! 저놈들은 뭔가? 벌써 이곳까지 뚫렸단 말인가?"

카를로스 자작의 말에 기사들의 안색이 급격하게 어두워지며 일제히 검을 뽑아 들었다.

스르릉!

"자작님, 저놈들은 저희들이 맡겠습니다!"

"오! 제니스 경, 그럼 경들이 수고를 좀 하시오!"

"알겠습니다, 자작님. 가자! 저 겁없는 놈들을 쓸어버리자! 이랴!"

"이랴! 돌격!"

카를로스 자작의 허락이 떨어지자 기사 제니스는 주변에 있던 기사 30명과 함께 말에 박차를 가하면서 영주 저택을 향해 먼지구름을 피워 올리면서 올라오고 있는 그란츠와 기병 50명을 향해 마주 돌격해 들어갔고 그 모습을 발견한 그란츠는 마주 달려오는 상대가 전원 기사이기 때문에 뒤에서 따라오는 기병들의 피해를 줄이기 위해서 들고 있는 검에 마나를 더욱더 밀어 넣으며 기병들보다 더 앞으로 나가기 위해서 달리는 속도를 더 높였다.

어느새 얼굴이 보이는 거리까지 서로 가까이 접근하자 그란츠는 검에 흘러들어 간 마나를 일순간에 뿜어내며 검을 사선으로 크게 휘둘렀다.

"내 앞을 가로막는 놈들은 모조리 쓸어버리겠다! 모두 비켜라! 이야압!"

슈아앙!

속전속결로 끝내 버리려는 그란츠가 전설적인 기사 르마크의 기술 중에 하나인 마나탄을 사용하자 말을 타고 마주 달려오던 지밀 왕국 기사들은 마나에 민감한 사람들답게 즉시 무언가 위험하다는 걸 깨닫고 말에 매달려 있는 방패를 급히 들어 올려서 방어를 했지만 가공할 힘을 가지고 밀려오는 마나탄의 위력에 선두에서 달려오던 기사 절반 이상이 피떡이 돼서 날아갔다.

"위험하다! 전원 방패를 들어 올려라!"

꽈아앙!

"끄으윽!"

그란츠가 날려 보낸 마나탄의 강력한 위력에 선두에서 달려가던 기사들이 너무나 허무하게 죽어버리자 기사들의 돌격 대형은 순식간에 흐트러졌고 그란츠는 그 틈을 바로 파고들면서 마나를 검에 씌워서 휘둘러 대기 시작했다.

"내가 앞을 가로막으면 모조리 쓸어버린다고 했지 않느냐! 이야압!"

서걱!

"끄으윽!"

"놈을 막아라!"

챙! 채챙!

"흥! 막을 수 있으면 막아봐!"

그란츠가 검에 마나를 씌워서 휘두르기 시작하자 두꺼운 쇠로 만든 갑옷까지 힘없이 잘려 나가기 시작했고 그 모습에 지밀 왕국 기사들도 마나를 끌어올려서 그란츠를 공격했지만 그란츠는 바로 패도적인 카미넬 검법을 펼치면서 지밀 왕국 기사들을 학살하기 시작했다.

"그렇게 죽고 싶다면 확실하게 죽여주마! 이얍!"

서걱!

챙! 채챙!

"끄으윽!"

"도… 도대체 어떻게! 이런……!"

슈각!

"으윽!"

뒤따라오는 기병들의 사기를 끌어올리고 영주 저택 앞에 모여 있는 지밀 왕국 병사들의 사기를 죽이기 위해서 그란츠는 최대한 화려하고 잔인하게 지밀 왕국 기사들을 죽이기 시작했고 그란츠의 검이 한 번씩 움직일 때마다 지밀 왕국 기사들의 목은 피분수를 뿌리며 잘려져 나갔다.

"협공해라! 협공으로 놈을 죽여라!"

챙! 챙! 채챙!

"컥!"

"그래, 나도 귀찮으니까! 모두 한꺼번에 덤벼라!"

"이… 이놈! 이얍!"

챙! 채챙!

"끄으윽!"

저택을 공격해 오는 적병을 죽이고 병영으로 가는 길을 뚫기 위해서 용맹하게 앞으로 돌격해 나가던 기사들이 그란츠 단 한 사람에게 막혀서 힘없이 죽어나가기 시작하자 카를로스 자작은 크게 놀라며 직접 기사들과 병사들을 이끌고 앞으로 달려나갔다.

"이런! 단 한 놈에게 기사들이 저렇게 당하다니! 더 늦기 전에 어서 기사들을 구해야겠다. 모두 돌격 앞으로!"

"가자! 공격하라!"

포위 공격하는 지밀 왕국 기사들을 한 명씩 검을 휘둘러서 죽이던 그란츠는 화려한 갑옷을 입은 카를로스 자작이 남은 병력을 이끌고 달려오자 몸속에 잠재되어 있는 마나를 더 많이 끌어올려서 기사들을 공격하며 뒤따라 달려오고 있는 기병들에게 큰 소리로 돌격 명령을 내렸다.

"저기, 놈들의 총지휘관이 있다! 놈의 머리를 자르는 사람에게는 지위 고하를 막론하고 금화 50골드를 상으로 내리겠다! 돌격!"

"와아아아! 금화 50골드가 걸려 있다! 가자!"

두두두두!

"대박이다!"

마나를 가득 실은 그란츠의 목소리가 사방으로 쩌렁쩌렁 울려 퍼지자 전속력으로 말을 타고 달려오는 라이오스 왕국 기병들은 크게 사기가 오르면서 함성을 질렀고 자신의 목에 금화 50골드를 건 그란츠의 말에 카를로스 자작은 크게 흥분하며 병사들을 몰고 앞으로 달려나갔다.

"이놈! 감히 그따위 말을 하다니! 죽여 버리겠다!"

카를로스 자작이 잔뜩 흥분해서 검을 뽑아 들고 달려오자 그란츠는 주변에서 검을 날리고 있는 지밀 왕국 기사들을 검을 휘둘러서 밀쳐 버리고는 공중으로 크게 뛰어올라서 말을 타고 달려오고 있는 카를로스 자작에게 강하게 검을 내려쳤다.

"하하하! 죽일 수 있으면 죽여보시지! 이야압!"

"그래! 아주 토막토막 내서 죽여주마!"

그란츠가 공중으로 크게 뛰어올라서 위에서 아래로 검을 내려치자 카를로스 자작도 검에 마나를 밀어 넣으며 검을 들어서 그란츠의 공격을 막았다.

추아앙!

"크윽……!"

대수롭지 않게 생각했던 그란츠의 공격이 예상외로 강한 힘을 발휘하며 들고 있던 검까지 부숴 버리면서 날아오자 카를로스 자작은 큰 위협을 느끼면서 날아오는 검을 피해 말에서 뛰어내렸다.

서걱!

이히잉!

카를로스 자작이 말에서 뛰어내리자 마나를 잔뜩 피워 올리는 그란츠의 검은 카를로스 자작이 타고 있던 말을 두 쪽으로 잘라 버렸고 말에서 뛰어내려 겨우 땅에 착지한 카를로스 자작은 그 모습을 보며 내심 크게 놀랐다.

한편 사기가 잔뜩 오른 라이오스 왕국 기병들은 순식간에 30명에 달하는 기사들을 제압하고 카를로스 자작의 말까지 두 쪽으로 만들어 버린 그란츠의 엄청난 실력에 놀라 얼이 빠진 지밀 왕국 병사들을 인정사정없이 공격하기 시작했다.

"남작님을 따라라! 놈들을 모조리 쓸어버려라!"

"와아아아! 돌격!"

"노… 놈들을 막아라!"

챙! 챙! 채챙!

"크아악!"

"끄윽!"

카를로스 자작이 타고 있던 말을 한 번에 두 쪽으로 잘라 버린 그란츠는 검에 묻은 피를 털면서 천천히 카를로스 자작에게 다가갔다.

"자! 이제 우리도 슬슬 싸움을 끝내야지요!"

"이… 이놈 도대체 네놈의 정체는 뭐냐!"

"후후후! 그건 저승에 가서 물어보시고, 저쪽에 있는 병사들도 처리해야 하니까 어서 덤비라고!"

"이놈! 끝까지 나를 모욕하는구나! 죽어라!"

그란츠가 또다시 비아냥거리며 신경을 건드리자 다혈질인 카를로스 자작은 금방 이성을 잃어버리고는 검에 마나를 뿜어내면서 그란츠에게 덤벼들었고 그 모습을 바라보는 그란츠는 입가에 미소를 지으면서 검을 들고 마주 달려갔다.

"그래! 한 번에 끝내자고! 이야압!"

추아앙! 채챙!

사선으로 그어오는 카를로스 자작의 검을 살짝 몸을 비틀어서 피한 그란츠는 공격 후에 자세가 흐트러진 카를로스 자작의 몸에 마나가 씌워진 검을 깊숙이 박아 넣었고 검이 단단한 갑옷을 뚫고 들어가 심장에 박히자 카를로스 자작은 입에서 검붉은 피를 토해내며 힘없이 무릎을 꿇으며 쓰러졌다.

"하얍!"

푸욱!

"끄… 끄윽… 이렇게 허무하… 게 당하다니…….. 커헉!"

카를로스 자작이 비통함을 토해내며 죽자 그란츠는 카를로스 자작의 몸에 박힌 검을 뽑아내며 목소리에 마나를 실어 큰 소리로 카를로스 자작의 죽음을 알렸다.

"적장이 죽었다! 지밀 왕국 놈들을 모두 쓸어버려라!"

"남작님이 적장을 죽이셨다!"

"와아아! 놈들을 죽여라!"

적장을 죽였다는 그란츠의 외침에 라이오스 왕국 기병들은 큰 함성을 지르며 사기가 올라서 힘차게 검을 휘둘렀고 카를로스 자작의 죽음을 알게 된 지밀 왕국 기사들과 병사들은 가슴에 큰 검상을 입고 죽어 있는 카를로스 자작을 발견하고는 전의를 상실해 버렸다.

챙! 챙! 채챙!

"크아악!"

이히이잉!

서걱!

"커헉!"

사기가 바닥까지 떨어진 지밀 왕국군은 거세게 몰아붙이는 라이오스 왕국 기병대의 공격에 계속해서 밀리기 시작했고 그란츠까지 검에서 마나를 뿜어내며 전투에 가담하자 힘없이 바닥에 쓰러져 죽어나갔고 결국 더 이상 버티기 힘들어진 지밀 왕국 병사들은 무기를 버리고 도망치기 시작했다.

"허… 헉! 살려줘!"

"으으윽!"

"도… 도망가자!"

"놈들이 도망친다! 한 놈도 빠져나가게 하지 마라!"

두두두두!

챙! 챙! 채챙!

"커헉!"

지밀 왕국군이 도망치기 시작하자 기병들은 계속해서 말을 타고 지밀 왕국 병사들을 죽이기 시작했다.

"이놈! 감히 자작님을 돌아가시게 하다니, 죽어라!"

"그렇게 겁도 없이 덤비니까 죽지. 너도 죽어야겠다! 이얍!"

"커헉! 끅!"

카를로스 자작의 죽음에 눈이 뒤집혀서 공격해 오는 기사 제니스와 조너반은 카미넬 검법을 극성까지 깨우친 그란츠의 현란한 검술에 힘없이 피분수를 뿜어내며 땅에 쓰러졌다.

카를로스 자작에 이어서 실질적으로 기사들을 지휘해서 병력을 움직이던 기사 제니스와 조너반까지 그란츠의 검에 죽어 버리자 돈 성의 지밀 왕국군은 완전히 붕괴되어 버렸고 늦은 오후부터 시작된 전투는 단 2시간 만에 라이오스 왕국군의 완벽한 승리로 끝나 버렸다.

전투가 끝나자 그란츠는 마이어스에게 전후 처리를 맡기고 영주 저택 안에 있는 집무실에 들어가서 투구를 벗고 푹신한 의자에 앉아서 휴식을 취하고 있었다.

고작 천 명이 조금 넘는 병사로 그 두 배인 2천 명이 넘는 병력이 주둔하고 있는 돈 성을 공격한다는 것은 누가 보아도 무모한 일이었고 그란츠도 자신이 강행해서 작전을 실행했지만 정신적인 부담감이 컸는지 잠깐 휴식을 취하려고 앉은 집무실 의자에서 자신도 모르게 잠이 들어버렸다. 전후 처리 보고를 위해서 그란츠를 찾아온 마이어스는 집무실에서 곤히 자는 그란츠의 모습에 조용히 문을 닫고 나가서 그란츠 대신 업무를 보면서 그란츠가 편히 휴식을 취할 수 있게 배려했다.

마이어스의 배려로 오랜만에 잠을 푹 잔 그란츠는 다음날 아침 집무실 창문 밖에서 들리는 새소리와 함께 잠에서 깨어났다.

"으… 으음! 아! 이런 잠시 쉬기만 하려 했는데 잠을 자버렸군."

그란츠는 밝은 아침 햇살이 가득 들어오는 집무실 창문 앞에 서서 크게 기지개를 한번 켜서 잠에서 깨어난 뻐근함을 날려 버렸다.

그때 계속 집무실 앞에서 대기 중이던 영주 저택에 소속된 하녀 한 명이 그란츠의 인기척 소리를 듣고 은으로 만든 세숫대야에 물을 담아서 수건과 함께 조심스럽게 들고 집무실 안으로 들어왔다.

"남작님, 세숫물을 가져왔습니다."

"응? 아! 알았다."

집무실 안에 있는 커다란 창문으로 평화로운 아침 풍경을 감상하던 그란츠는 뒤에서 들리는 하녀의 목소리에 몸을 돌려서 세숫대야가 놓여 있는 탁자로 가서 세수를 하고 하녀가 들고 있는 수건을 받아서 얼굴을 닦았다.

"아! 개운하군. 넌 나가서 마이어스를 불러오거라!"

얼굴을 닦은 수건을 하녀에게 건네주면서 그란츠가 마이어스를 불러오라고 하자 하녀는 조심스러운 발걸음으로 집무실을 나가서 집무실 밖에 대기 중인 시종에게 그란츠의 말을 전달했고 저택에 있는 시종을 통해서 그란츠가 부른다는 것을 전달받은 마이어스는 그란츠에게 보고할 자료들을 가지고 집무실로 찾아갔다.

똑똑똑!

"남작님, 저 마이어스입니다."

"들어오게!"

"남작님 편하게 잘 주무셨습니까?"

오랜만에 편하게 쉬어서 그런지 한결 밝아진 얼굴로 창밖 풍경을 구경하고 있던 그란츠는 창에서 몸을 돌리면서 마이어스를 바라보았다.

"계속 야영을 하다가 오랜만에 건물 안에서 자서 그런지 몸이 많이 개운하군. 그래, 마이어스도 잘 쉬었는가?"

"예! 저도 잘 쉬었습니다, 남작님!"

그란츠는 웃는 얼굴로 집무실 소파에 앉으며 마이어스에게 앉으라 손짓했다.

"자! 그럼 어제 못한 보고를 해보게."

"예! 남작님! 일단 어제 전투에서 저희가 입은 피해는 기병이 650명, 보병이 46명, 총 694명이 전사를 했습니다."

"흐음… 전사자가 694명이라. 이번 전투로 휘하 병력의 절반 이상이 날아가 버렸군."

700명에 가까운 병사들이 전사했다는 마이어스의 보고에 그란츠가 얼굴을 찌푸리며 말을 하자 마이어스는 그란츠의 기분을 풀어주기 위해서 피해 보고를 빨리 마무리하고 전과 보고로 넘어갔다.

"두 배가 넘는 적을 상대로 그것도 공성전을 벌여서 이 정도 피해를 입고 승리한 것은 정말 대단한 일입니다, 남작님."

"후우… 그렇지만 병력 보충을 받는 게 불가능한 우리 사정상 이번 피해는 정말 뼈아픈 일이네……."

병력 보충을 걱정하며 말하는 그란츠의 모습에 마이어스는 얼굴 가득 미소를 지으며 기쁜 소식을 이야기했다.

"남작님, 이제 병력 보충은 걱정하지 마십시오. 성을 함락시키면서 알아본 결과 성안에 지밀 왕국에게 포로로 잡힌 저희 왕국 병사들이 3,600명이나 남아 있어서 어제 모두 저희 부대에 편입시켰습니다."

"그 말이 정말인가?"

마이어스의 말에 그란츠는 크게 기뻐하며 정말인지 되물었고 마이어스는 웃는 얼굴로 다시 한 번 사실을 확인해 주었다.

"정말입니다, 남작님. 제가 왜 거짓말을 하겠습니까? 그리고 돈 성에 저장되어 있는 보급품 양도 정말 엄청났습니다. 그 보급품으로 포로로 잡혀 있던 병사들을 완전히 무장시키고도

2만 명 정도는 더 완전 무장시킬 수 있는 무기와 갑옷들이 노획되었고 군량도 3만 병력을 1년은 충분히 먹일 수 있는 양이 있었습니다."

어느 정도 예상은 하고 있었지만 예상보다 더 많은 노획물에 그란츠는 얼굴 가득 미소를 지으며 마이어스의 전과 보고를 들었다.

"하하하! 지밀 왕국군의 중간 보급 기지라서 어느 정도 예상은 하고 있었지만 정말 엄청난 성과야! 특히 3,600명에 달하는 병력을 새로 합류시킨 것은 정말 하늘이 도운 일이야!"

"그렇습니다, 남작님!"

"좋아! 이제 우리 병력도 4천 명이 넘는 대군이 됐으니까 처음 세웠던 계획을 완전히 수정해야겠어!"

"어떻게 하실 생각이십니까?"

"병력이 부족해서 어쩔 수 없이 뒤로 밀려났지만 이제 우리도 병력이 늘어났으니 당연히 이곳 돈 성에서 아르미스 왕성으로 이어지는 보급로에 새로 배치된 지밀 왕국 놈들을 공격해서 모조리 쓸어버려야지!"

의욕적으로 말하는 그란츠의 모습에 마이어스는 웃는 얼굴로 말을 이어갔다.

"하하하! 이번 기회에 지밀 왕국군의 숨통을 확실하게 끊어 버릴 계획이시군요."

"그래, 맞아! 마이어스도 그렇게 알고 병사들을 준비시키게. 내일 바로 출병하겠네!"

"알겠습니다, 남작님. 철저하게 준비하겠습니다."

"좋아! 아! 그리고 마이어스, 지밀 왕국 포로들을 심문해서 혹시 주변에 또 우리 왕국 병사들이 포로로 잡혀 있는 곳이 있는지 알아봐!"

"알겠습니다. 즉각 조치하겠습니다."

다음날 그란츠는 부상을 당하고 포로로 잡혀 있던 기사 8명과 힘이 떨어지고 부상이 심한 병사 600명을 돈 성에 치안 유지 목적으로 남겨두고 3,500명의 병력을 이끌고 보급로에 주둔 중인 지밀 왕국군을 공격하기 위해서 돈 성을 출발했다.

물론 600명에 불과한 병력으로는 상주인구가 3만 명이 넘는 돈 성을 지키기 힘들다는 사실을 잘 알고 있는 그란츠는 돈 성을 출발하기 전에 병사들과 기사들에게 도저히 이기기 힘든 적이 나타나면 어리석게 싸워서 돈 성 주민들에게 피해를 주지 말고 바로 적군에게 항복하라는 명령을 내렸다.

이렇게 모든 조치를 내리고 돈 성을 출발한 그란츠는 돈 성에서 아르미스 왕성으로 이어지는 보급로 중간중간에 보급로 유지를 위해서 천 명 단위로 병사를 나누어서 주둔하고 있던 지밀 왕국군을 하나씩 격파해 나갔고 이런 그란츠의 움직임 때문에 아르미스 왕성을 공략하고 있는 지밀 왕국군은 큰 압박을 받기 시작했다.

Grants Saga

4. 지밀 왕국을 몰아내다

가뜩이나 후방에서 신경을 건드리는 그란츠의 유격 부대 때문에 전 병력을 공성전에 다 투입할 수 없는 지밀 왕국군은 북쪽 지방에 주둔하고 있으면서 로만 제국과의 국경선을 지키고 있던 라이오스 왕국 북부군 병력 일부까지 아르미스 왕성에 입성하자 더욱더 공성전이 힘들어졌다. 누가 봐도 완벽한 승리를 이야기하던 상황에서 이제 한 치 앞도 예상하기 힘든 어려운 지경에 빠지자 호킨 왕자는 화가 나서 매일 병사들과 귀족들을 다그쳤다.

오늘도 많은 피해만 입고 공성전에 실패하자 대형 지휘천막 안 상석에 앉은 호킨 왕자는 주먹으로 탁자를 내려치며 천막 안에 앉아 있는 귀족들과 지휘관급 기사들에게 화를 내고 있었다.

꽝!

"아니! 하루면 충분히 함락시킬 수 있다고 자신하던 경들이 공성전을 시작한 지 20일이 지난 오늘까지 아르미스 왕성을 함락시키지 못하고 있는 이유가 도대체 뭐요!"

얼굴을 온통 붉게 물들이며 화가 나 소리치는 호킨 왕자의 모습에 귀족들과 기사들은 감히 입을 열지 못하고 고개만 숙이고 있었고 그 모습에 호킨 왕자는 더욱더 화가 치밀어 올랐다.

"단체로 벙어리라도 된 것이오! 왜들 말이 없소!"

계속되는 호킨 왕자의 추궁에 옆에 앉아 있던 하이노넨 백작이 대표로 마지못해 입을 열었다.

"왕자님, 왕자님도 잘 아시겠지만 처음 공성전을 시작할 때와는 달리 지금 아르미스 왕성에 있는 병력은 계속적인 지원군의 도착으로 이제 5만 명으로 불어났습니다. 그 때문에 더 이상 저희가 병력의 우위를 내세워서 공성전을 펼칠 수 없고, 이런 상황에서 저희 후방에서 설치고 있는 라이오스 왕국군 때문에 보급로까지 막혀 버린 상태입니다. 이제는 보급품이 부족해서 제대로 공성전을 펼치기도 힘든 상황입니다."

하이노넨 백작이 여러 가지 이유를 대면서 공성전이 어렵다고 하자 호킨 왕자는 더 화를 내며 말을 했다.

"그러게! 내가 처음부터 모든 병력을 투입해서 한번에 아르미스 왕성을 밀어버리자고 말했지 않소! 뭐가 그렇게 겁이 나서 계속 본진에 병사들을 배치해 병력을 나누는 실수를 했단 말이오!"

"왕자님, 그건 후방에서 저희를 노리고 있는 라이오스 왕국 군으로부터 본진을 지키기 위해서는 어쩔 수 없는 선택이었습 니다."

"흥! 라이오스 왕국군이 겁이 나서 그런 것은 아니오, 백 작!"

"그게 무슨 말씀입니까! 왕자님!"

답답한 지금 상황이 너무 화가 나서 점점 도를 넘어가는 호 킹 왕자의 말에 하이노넨 백작이 발끈하자 호킹 왕자의 측근 부하인 스코페 자작이 나서서 잔뜩 흥분한 두 사람을 진정시 켰다.

"두 분 다 너무 많이 흥분하셨습니다. 잠시만 진정하시고 제 말을 한번 들어보십시오."

차분히 말하는 스코페 자작의 모습에 호킹 왕자와 하이노넨 백작은 흥분했던 마음을 진정시키면서 스코페 자작을 쳐다봤 다.

"아르미스 왕성을 함락시키고 싶은 왕자님의 마음은 여기 모여 있는 귀족들도 모두 잘 알고 있고 저희들도 어서 성을 함 락시켜서 전쟁을 끝내고 싶은 마음입니다. 하지만 지금 저희 가 처한 상황에서는 죄송하지만 더 이상 공성전은 불가능합니 다, 왕자님."

하이노넨 백작에 이어서 자신의 심복인 스코페 자작까지 공성전이 더 이상 불가능하다고 말을 하자 호킨 왕자는 화가 나는지 눈썹을 심하게 꿈틀거리며 말을 했다.

"공성전이 힘들면 여기까지 와서 아르미스 왕성을 포기하고 후퇴라도 해야 한다는 말인가!"

"송구스럽습니다만 지금 상황에서는 병력을 뒤로 물려야 합니다, 왕자님!"

철수를 해야 한다는 스코페 자작의 말에 호킨 왕자는 다시 주먹으로 탁자를 강하게 내려치며 불같이 화를 냈다.

꽝!

"아니, 그게 무슨 소리인가! 스코페 자작, 우리가 여기까지 어떻게 왔는데 아르미스 왕성을 눈앞에 두고 후퇴를 하다니, 그게 무슨 망발인가!"

엄청나게 화를 내는 호킨 왕자의 모습에 다른 귀족들은 기가 죽어서 고개를 더 깊숙이 숙였지만 스코페 자작은 시종일관 차분한 어조로 이유를 설명하기 시작했다.

"호킨 왕자님, 그동안 계속된 공성전과 보급선을 지키기 위한 병력 분산으로 저희 병력은 10만이 넘는 대군에서 이제 겨우 6만 명을 유지할 정도로 전력이 많이 줄어들었습니다. 하지만 아르미스 왕성에서 농성 중인 라이오스 왕국군은 계속되는 지원군의 입성으로 오히려 병력이 더 늘어나서 이제 5만 명이 넘습니다. 이런 상황에서는 공성전은 고사하고 이제 병력이 늘어난 라이오스 왕국군의 반격을 심각하게 걱정해야 하는 상황입니다."

조금은 과장된 스코페 자작의 말에 호킨 왕자는 심각한 얼굴로 입을 열었다.

　"스코페 자작, 상황이 그 정도로 심각한가? 내가 알고 있기로는 병력은 비슷해졌지만 라이오스 왕국 놈들의 병사들은 거의 대부분이 훈련도가 떨어지는 징집병들이 아닌가? 그렇다면 아직까지는 우리 쪽이 많이 유리한 것 같은데?"

　아직까지 공성전에 대한 미련을 버리지 못하는 호킨 왕자의 말에 스코페 자작은 한숨을 쉬며 미련을 빨리 버리게 하기 위해서 공성전이 힘든 이유를 설명했다.

　"물론 왕자님이 알고 계신 것처럼 라이오스 왕국군 대부분이 경험과 훈련이 부족한 징집병으로 이루어져 있습니다. 하지만 적들은 튼튼한 성벽을 가지고 있고 그동안 계속된 전투로 경험도 어느 정도 쌓여서 이제는 노련한 병사들이 되었습니다. 그에 비해서 우리 병사들은 계속된 전투로 많이 지쳐 있고 보급 물자까지 부족해서 형편이 말이 아닙니다. 또 후방에서 준동하고 있는 라이오스 왕국군에 돈 성이 함락당하고 본국으로 돌아가는 퇴로까지 차단당했다는 소문이 진중에 돌면서 사기까지 바닥에 떨어져 있는 상태입니다."

　"끄응! 일이 이렇게까지 악화되다니……."

　스코페 자작의 말을 들은 호킨 왕자는 가슴속 깊은 곳에서 신음을 토해내며 괴로운 심정을 나타냈고 그 모습에 지휘막사 안에 있는 귀족들도 지금 처지가 한심한지 한숨을 쉬었다.

　"후우… 정말 큰일이군요."

"그러게 말입니다."

여기저기서 웅성거리는 귀족들을 보며 하이노넨 백작은 호킨 왕자에게 한 번 더 강력하게 후퇴를 건의했다.

"호킨 왕자님, 이런 상황에서는 잘못하면 정말 퇴로까지 완전히 차단당해서 큰 낭패를 당할 수도 있습니다. 지금은 어서 빨리 아르미스 왕성을 포기하고 후퇴해서 병력을 다시 수습해야 합니다."

"으… 음."

"그렇습니다. 이 정도에서 병력을 뒤로 물려야 합니다."

하이노넨 백작에 이어서 스코페 자작까지 계속해서 후퇴를 권유하자 호킨 왕자도 여러 가지 문제점은 알고 있었지만 아르미스 왕성에 대한 미련 때문에 계속 망설이던 마음을 다잡고 결정을 내렸다.

"그래… 계속 미련을 두고 있어봐야 피해만 더 커지겠지. 공성전이 불가능하다면 빨리 물러나야지. 알겠네! 이왕 후퇴하기로 마음을 먹었으니 하루라도 빨리 철수를 할 수 있도록 준비하게!"

호킨 왕자가 마침내 후퇴를 결심하자 지휘천막 안에 있던 귀족들은 얼굴을 활짝 펴며 후퇴 결정을 반겼다.

"정말 어려운 결정을 내리셨습니다."

"그렇습니다, 호킨 왕자님. 정말 잘 결정하셨습니다."

자신의 후퇴 결정을 기뻐하는 귀족들의 모습에 호킨 왕자는 심기가 많이 불편했지만 어쩔 수 없는 상황이라는 것을 잘 알고 있기에 화를 꾹 눌러 참았다. 호킨 왕자의 후퇴 결정에 따라 귀족들은 병사들을 움직여서 급히 후퇴 준비를 하기 시작했다.

한편 보급로에 배치된 5개의 천인대 중에 마지막으로 남은 천인대를 포위 공격해서 전멸시킨 그란츠는 지밀 왕국 천인대가 쓰던 요새 망루에 올라 전투 과정에서 전사한 시체를 치우면서 전장을 정리하고 있는 병사들을 바라보고 있었고 그 모습을 그란츠와 같이 보고 있던 마이어스가 입을 열었다.

"축하드립니다, 남작님. 이제 저희가 아르미스 왕성으로 이어지는 보급로를 완전히 장악했습니다."

"그동안 강행군을 하고 계속 전투를 치른다고 병사들이 고생을 많이 했어! 오늘은 병사들이 편히 쉴 수 있도록 조치하게!"

"예! 그렇게 조치하겠습니다, 남작님. 그런데 이제부터는 어떻게 하실 생각이십니까?"

이번 전투를 승리함으로써 목표였던 지밀 왕국군 보급로를 완전히 차단하자 마이어스는 그란츠에게 앞으로 어떻게 병력을 운영할지에 대해서 물었다. 그러자 그란츠는 고개를 돌려 멀리 있는 아르미스 왕성 쪽을 바라보며 입을 열었다.

"이제 놈들의 목줄을 끊어놨으니 지쳐서 집으로 도망가는 놈들을 때려잡기만 하면 되는 거야!"

"그렇군요. 그럼 아르미스 왕성 쪽에 정찰병들을 더 투입하겠습니다, 남작님."

자신의 마음을 정확하게 알아보고 말하는 마이어스를 보고 그란츠는 만족스러운 얼굴로 고개를 끄덕이며 미소를 지었다.

한편 서둘러 후퇴 준비를 끝낸 지밀 왕국군은 아르미스 왕성에 있는 라이오스 왕국군이 알지 못하게 늦은 밤 어둠을 틈타 은밀하게 후퇴를 시작했다.

다음날 아침 텅 비어버린 지밀 왕국군 본진을 발견하고 라이오스 왕국군은 크게 놀랐지만 혹시라도 성안에 있는 병력을 성 밖으로 끌어내기 위한 함정일지도 모른다는 신중한 생각에 이틀간 아무런 조치도 취하지 않고 계속 경계를 늦추지 않고 있었다. 하지만 이틀이 지나도 아무런 움직임이 없고 성 밖으로 보낸 정찰병을 통해 지밀 왕국군이 완전히 철수했다는 것을 확인하자 카브레라 공작은 아르미스 왕성을 수비하기 위해 2만 명의 병력을 남겨두고 나머지 3만 명의 병사들을 이끌고 서둘러 지밀 왕국군을 추적하기 시작했다.

아르미스 왕성에서 철수한 지밀 왕국군은 처음 얼마 동안은 라이오스 왕국군의 추적과 기습을 상당히 경계하면서 조심스럽게 병사들을 움직였지만 돈 성 근처에 도착할 때까지 아무런 움직임도 없자 긴장을 조금 늦췄고 밤이 되자 야영에 들어갔다.

돈 성에서 반나절 정도 떨어진 평원에 야영지를 만든 지밀 왕국군 지휘부는 호킨 왕자의 대형 지휘천막에 모여서 돈 성에 대한 문제로 회의를 하고 있었다.

"아직까지 라이오스 왕국군이 아무런 움직임도 보이지 않는 걸 보면 우리 생각보다 라이오스 왕국군의 피해가 심각한 것 같소. 그래서 내 생각에는 이 정도에서 후퇴를 멈추고 돈 성을 다시 점령해서 돈 성 이남 지역을 영구적으로 우리 지밀 왕국에 편입시켰으면 좋겠는데 경들의 의견은 어떻소?"

돈 성을 다시 점령하자는 호킨 왕자의 말에 지휘천막에 모인 귀족들은 다들 긍정적인 표정으로 고개를 끄덕였다. 사실 가스파 지밀 왕국 국왕을 어렵게 설득해서 11만이 넘는 대군을 동원해서 라이오스 왕국을 공격했는데 병력의 절반을 날려 버리고 아무런 성과도 없이 왕국으로 돌아간다면 어떤 핑계를 대더라도 큰 처벌을 피할 수 없는 상황이었다. 하지만 돈 성을 다시 점령해서 돈 성 이남 지역을 영구적으로 왕국에 귀속시킨다면 넓고 비옥한 라이오스 왕국 남부 지역을 상당 부분 차지할 수 있기 때문에 처벌은 제쳐 두고 오히려 국왕으로부터 상까지 받을 수 있는 공을 세우는 것이었다. 그렇기 때문에 귀족들 입장에서는 호킨 왕자의 의견을 적극 찬성해야 했다.

"맞습니다, 왕자님. 저희 병력이라면 충분히 가능한 계획입니다!"

"그렇습니다. 돈 성 이남 지역을 왕국에 편입시켜야 합니다, 왕자님!"

자신의 의견에 귀족들이 모두 나서서 찬성을 하자 호킨 왕지도 기분 좋은 표정으로 고개를 끄덕였고 그 모습에 왕자 옆

자리에 앉아 있던 스코페 자작도 왕자의 계획에 찬성하는 의견을 냈다. 사실 가스파 국왕을 직접 설득해서 병력을 받아온 호킨 왕자의 입장에서는 아르미스 왕성 함락은 실패했지만 어떻게 해서든 그 과오를 지워 버릴 수 있는 성과를 만들어야 하는 절박한 입장이었다.

"돈 성을 살피고 온 정찰병들의 보고에 의하면 돈 성을 지키고 있는 라이오스 왕국군이 1천 명도 되지 않는 소규모 병력이라고 합니다. 그리고 저희 움직임에 제대로 대응을 하지 못하는 라이오스 왕국군의 움직임을 보면 호킨 왕자님의 말씀대로 돈 성 이남 지역을 충분히 장악할 수 있을 것 같습니다."

호킨 왕자의 의견에 찬성하는 스코페 자작의 말에 지휘막사 안에는 돈 성 공략을 확정적으로 몰고 가는 분위기가 만들어졌다.

하지만 스코페 자작 반대편에 앉아 있던 하이노넨 백작은 걱정되는 얼굴로 반대 의견을 냈다.

"하지만 왕자님, 아직까지 후방에서 움직이던 라이오스 왕국군의 움직임이 포착되지 않았습니다. 저희가 돈 성을 공격하는 순간에 후방을 공격해 온다면 잘못하면 큰 낭패를 당할 수도 있습니다."

좋은 분위기에 찬물을 끼얹는 하이노넨 백작의 말에 호킨 왕자는 아주 불쾌한 표정을 지으며 입을 열었다.

"또 그 소리인가, 하이노넨 백작! 돈 성에 주둔 중인 적병은 1천 명뿐이고 후방에서 소동을 피우던 라이오스 왕국 놈들도

5천 명 이하라고 들었네. 둘 다 합해봐야 만 명이 안 되는 병력이란 말이야! 그에 비해서 우리 병력은 아직 5만이 넘는 대군이라고! 그렇게 계속 소극적으로 병력을 운영한다면 될 일도 안 될 거야! 내일 돈 성을 공격할 것이니 그렇게 알고 있게!"

"왕자님, 하지만……."

"아! 그만 하게. 다들 내일 공성전을 치르는 것으로 알고 물러들 가시오!"

"알겠습니다, 왕자님!"

"끄응… 알겠습니다, 왕자님!"

계속해서 충고를 하는 하이노넨 백작의 말을 중간에 끊으며 호킨 왕자는 단호하게 돈 성 공략을 명령하며 축객령을 내렸고 그 모습에 귀족들은 큰 소리로 대답을 하며 지휘천막을 나갔다. 하이노넨 백작은 그런 호킨 왕자의 모습에 불안함을 느꼈지만 더 이상 충고를 해봤자 왕자의 신경만 더 건드릴 것 같아서 무거운 마음으로 인사를 하고 지휘천막을 나갔다.

하이노넨 백작의 작은 반대가 있었지만 호킨 왕자의 강력한 주장으로 돈 성 공략은 기정사실이 되었고 지밀 왕국 병사들은 지휘관들로부터 공성전 이야기를 전해 듣고 마음의 준비를 하며 일찍 잠자리에 들었다.

하지만 이런 지밀 왕국군 야영지를 은밀하게 감시하는 눈이 있었으니 바로 그란츠가 지휘하는 라이오스 왕국군 병사들이었다.

밤이 되자 은밀히 병사들을 이동시켜서 야영지 근처 언덕 뒤에 병사들을 매복시킨 그란츠는 밤이 깊어져서 야영지에 있는 병사들이 대부분 잠이 들자 정예 병사 30명으로 이루어진 소부대를 마이어스의 지휘하에 조심스럽게 야영지 안으로 잠입시켰다.

사사삭!

야영지 외곽 곳곳에서 모닥불을 피우고 있는 지밀 왕국군 경비병들의 눈길을 피해서 은밀히 야영지 근처까지 접근한 마이어스는 소리를 내지 않기 위해 수하로 병사들에게 명령을 내리며 야영지 안으로 침투해서 계속 밀려오는 졸음과 힘든 싸움을 하고 있던 경비병들을 소리없이 한 명씩 처리하기 시작했다.

"아함~! 정말 잠이 쏟아지는구만! 이봐, 자네는 안 그런가?"

"……."

"아니, 왜 말이… 끅… 끄윽! 켁!"

경비병들을 조용히 해치우고 야영지 깊숙한 곳까지 침투해 들어간 마이어스와 병사들은 야영지 한쪽에 질서 정연하게 세워져 있는 짐마차들을 발견하고는 회심의 미소를 지으며 그쪽으로 조용히 접근해 들어가서 20명뿐인 경비병들을 해치우고는 주변에 피워놓은 모닥불에서 불씨를 가져와서 군량과 각종 보급 물자가 가득 실려 있는 짐마차에 불을 지르기 시작했다.

"빨리 움직여라! 서둘러 불을 지르고 이곳을 빠져나가야 한다!"

"알겠습니다!"

화르르륵!

조용히 매복하고 있는 병사들과 함께 지밀 왕국군의 야영지를 뚫어져라 쳐다보고 있던 그란츠는 야영지 한쪽에서 불길이 치솟아오르기 시작하자 회심의 미소를 지으며 자리에서 일어나서 말을 타고 허리에 차고 있던 검을 뽑아 들고 병사들에게 큰 소리로 돌격 명령을 내렸다.

"철천지원수 같은 지밀 왕국 놈들이 저기 있다! 모조리 한칼에 쓸어버려라! 돌격!"

"와아아아! 모조리 죽여 버려라! 가자!"

"궁수, 화살을 쏴라! 놈들의 야영지를 불바다로 만들어 버려라!"

슈슉! 슉! 슉! 쉬이익!

그란츠의 돌격 명령과 함께 500발이 넘는 불화살이 지밀 왕국군 야영지로 날아갔고 뒤를 이어서 3천 명의 라이오스 왕국 병사들이 큰 함성을 지르며 용감하게 야영지로 돌격해 들어갔고 그란츠도 말을 타고 제일 선두에서 검을 뽑아 들고 지밀 왕국군을 향해 돌격해 들어갔다.

이렇게 용감하게 돌격해 들어오는 라이오스 왕국군에 비해서 단잠에 빠져 있던 지밀 왕국 병사들은 갑작스러운 함성과 사방에서 떨어지는 불화살 공격에 서둘러 무장을 갖추고 천막을 뛰쳐나왔지만 거세게 밀고 들어오는 라이오스 왕국군의 공격에 제대로 방어 대형도 못 만들고 인정사정없이 찌르고 베어오는 검과 창에 허무하게 목숨을 잃어갔다.

"무… 무슨 일이야?"

"라이오스 왕국군의 기습이다!"

슈슉! 슉! 슉!

"놈들을 막아라!"

채챙! 챙! 챙!

병사들과 함께 야영지 안으로 난입해 들어간 그란츠는 들고 있는 검을 통해 붉은 마나를 마구 뿜어내며 앞을 가로막는 지밀 왕국 병사들을 가차없이 베어버리면서 안으로 계속 밀고 들어갔고 야영지 중앙에 있는 대형 천막 안에서 잠을 자고 있던 호킨 왕자는 갑자기 들려오는 병사들의 비명 소리와 병장기 부딪치는 소리에 놀라서 잠에서 깨어나 서둘러 옆에 있던 갑옷을 대충 걸치면서 밖에서 천막을 지키고 있는 호위기사들을 소리쳐서 불렀다.

"여봐라! 밖에 아무도 없느냐!"

호킨 왕자의 외침에 바로 천막 휘장이 걷히면서 다급한 표정의 호위기사 한 명이 급히 들어와서 무릎을 꿇었다.

"부르셨습니까, 왕자님?"

"도대체 이게 무슨 소란인가?"

천막 안으로 뛰어들어 온 호위기사를 향해 호킨 왕자가 급히 묻자 호위기사는 송구스러운 표정으로 입을 열었다.

"라이오스 왕국군이 저희 야영지를 기습 공격해 왔습니다, 왕자님."

"뭐라고! 라이오스 왕국 놈들이 쳐들어왔다고! 이런! 앞장서라! 내가 직접 나가봐야겠다!"

라이오스 왕국군이 기습 공격을 해왔다는 기사의 말에 크게 놀라서 호킨 왕자는 천막 한쪽에 걸려 있는 검을 뽑아 들고 직접 상황을 파악하기 위해 천막 밖으로 나갔다. 둥글게 원진을 펼쳐서 지휘막사를 지키고 있던 호위기사들과 병사들은 화려한 금박 무늬가 들어가 있는 갑옷을 입은 호킨 왕자가 천막 휘장을 거칠게 열며 밖으로 나오자 서둘러 고개를 숙이며 군례를 올렸다. 호킨 왕자는 군례를 올리는 기사들과 병사들은 신경 쓰지도 않고 곳곳에서 방화로 불길이 솟아오르고 병사들의 비명 소리와 병장기 소리가 울려 퍼지는 주변 상황을 살피면서 화난 목소리로 소리쳤다.

"도대체 얼마나 많은 적병들이 쳐들어왔기에 이렇게 제대로 대처하지 못하고 혼란에 빠진 것이냐! 귀족들에게 명령을 내려서 어서 병사들을 수습해서 라이오스 왕국 놈들을 격퇴하라고 전해라!"

"알겠습니다, 왕자님!"

"갑자기 기습이라니… 이런 어처구니없는 상황이 생기다니!"

주변에 있던 기사 한 명이 서둘러 뛰어가서 하이노넨 백작과 귀족들에게 호킨 왕자의 명령을 전했지만 갑작스러운 기습과 방화로 당황한 병사들을 수습하는 것은 절대 쉬운 일이 아니었다.

"차분히 대응해라!"

"지밀 왕국 놈들을 계속 밀어붙여라! 이얍!"

슈악!

"크악!"

"으으윽!"

챙! 채챙! 챙! 챙!

"아악! 내 팔! 내 팔!"

"사… 살려줘!"

갑작스러운 라이오스 왕국군의 기습 공격에 지밀 왕국 병사들이 당황해서 제대로 저항을 못하자 지밀 왕국 기사들과 귀족들은 사방으로 흩어져서 병사들을 수습해 보려고 했지만 틈을 주지 않고 강력하게 밀어붙이는 라이오스 왕국 병사들과 그란츠 때문에 제대로 대처를 하지 못하고 계속 피해를 키워 나갔다. 특히 붉은 마나를 뿜어내면서 온통 주위를 피바다로 만들고 있는 그란츠 때문에 지밀 왕국 병사들은 힘없이 무너져 내리고 있었다.

"저… 저런 괴물 같은!"

챙! 채챙! 챙!

"끄아악!"

"모조리 쓸어버려라!"

"적은 소수다! 당황하지 말고 차분하게 대항해라!"

치열하게 난전이 벌어지고 있는 상황에서도 라이오스 왕국 병사들은 꾸준하게 야영지 안에 있는 천막에 계속 불을 질러서 지밀 왕국군의 혼란을 키워 나갔다. 하지만 처음부터 병력의 차이가 심하게 나기 때문에 시간이 흐를수록 지밀 왕국군이 혼란을 수습해서 반격을 해오기 시작하자 그란츠는 조금의 망설임도 없이 후퇴 명령을 내렸고 라이오스 왕국 병사들은 절대 서두르지 않고 질서 정연하게 방화로 곳곳에서 불이 나서 대낮처럼 밝은 지밀 왕국군 야영지를 빠져나갔다.

"후퇴하라! 서두르지 말고 천천히 야영지를 빠져나가라!"

채챙! 챙! 챙!

"크악!"

"끄으윽… 다… 다리가!"

푸각!

"대형을 갖추고 놈들을 공격하라!"

스각!

"으윽… 살려줘!"

"놈들이 도망친다! 공격하라!"

채챙! 챙! 챙!

라이오스 왕국 병사들이 방화로 혼란스러운 야영지를 빠져나가기 시작하자 겨우 병력을 수습한 지밀 왕국 기사들과 귀족들은 병사들을 독촉해서 후퇴하는 라이오스 왕국 병사들을 공격하도록 명령을 내렸고 특히 대책없이 계속 당하는 아군의 모습에 화가 나서 호위기사들을 이끌고 직접 검을 뽑아 들고 앞으로 나온 호킨 왕자는 큰 목소리로 병사들의 공격을 독려했다.

"한 놈도 도망치지 못하게 해라! 모조리 죽여 버려라!"

채챙! 챙! 챙!

"끄아악!"

"커헉!"

슈슉! 슉! 슉!

"이익! 죽어라!"

"커헉!"

슈각!

후퇴하는 병사들을 위해서 뒤에 남아 지밀 왕국 병사들의 목을 치면서 시간을 벌고 있던 그란츠는 화려한 갑옷을 입고 호위기사들에게 둘러싸여서 큰 목소리로 병사들에게 공격 명령을 내리고 있는 호킨 왕자를 발견하고는 두 눈을 빛내며 검을 크게 휘둘러서 주변에서 귀찮게 계속 달라붙는 지밀 왕국 병사들과 거리를 벌리고는 온몸에 마나를 활성화시키면서 호킨 왕자가 있는 방향으로 몸을 날렸다.

공포스러운 붉은 마나를 검에 가득 피워 올리면서 그란츠가 호킨 왕자가 있는 방향으로 움직이기 시작하자 주변에 있던 지밀 왕국 기사들과 병사들이 벌 떼처럼 몰려들어서 사방에서 그란츠를 공격하기 시작했다. 하지만 마나가 뿜어져 나오는 검을 휘두르며 그란츠가 앞으로 달려가자 앞을 가로막았던 기사들과 병사들은 마치 썩은 짚단처럼 힘없이 그란츠의 검에 몸이 두 조각으로 잘려 나갔다.

"앞을 가로막는 놈들은 모조리 숨통을 끊어주겠다! 덤벼라!"

"노… 놈을 막아라!"

"크악!"

채챙! 챙! 챙!

서걱!

"괴… 괴물이다!"

"으악!"

쉬이익!

"끄아악!"

서걱! 채챙!

그란츠가 검을 휘두를 때마다 지밀 왕국 병사와 기사들의 목숨이 사라졌고 어느새 주변은 몸통이 두 조각으로 잘리고 목이 날아간 시체들로 산을 이루고 이들이 쏟아낸 피로 강을 이루고 있었다. 이런 그란츠의 가공한 무력에 지밀 왕국 병사들은 전의를 완전히 상실하고 주춤주춤 자신도 모르게 뒤로 물러서기 시작했다. 그 틈을 노려서 그란츠는 재빨리 앞으로 움직여서 호킨 왕자에게 최대한 가까이 접근한 뒤에 검을 사선으로 내리그으며 호킨 왕자를 향해 파괴적인 힘이 실린 붉은 마나탄을 쏘았다.

"이쯤에서 정리를 해야지! 하이얍!"

"헉! 왕자님을 보호해라!"

"마… 막아라!"

"마나를 끌어올려서 검막을 만들어라!"

"이야합!"

우우웅!

꾸꽈꽝!

"끄아악!"

"크흑!"

호위기사들이 마나를 끌어올려서 검막을 만들자 기사들 앞에는 하얀색 마나로 만들어진 방어막이 하나 만들어졌지만 그란츠가 날려 보낸 마나탄의 강력한 파괴력에 커다란 굉음과 함께 검막이 깨지면서 왕자를 보호하던 호위기사들은 밀려오는 충격파에 피떡이 돼서 사방으로 날아갔고 뒤에 있던 호킨 왕자도 큰 타격을 입고 뒤로 3미터나 날아가서 땅에 떨어졌다.

"으으윽!"

"꺼억!"

"아아악!"

"와… 왕자님!"

"왕자님을 보호하라!"

"방어진을 만들어라!"

순식간에 이루어진 그란츠의 공격에 호킨 왕자가 쓰러지자 병사들을 지휘해서 후퇴하는 라이오스 왕국군을 추격하던 하이노넨 백작과 다른 귀족들은 크게 놀라며 당장 추격을 중단하고 호킨 왕자를 보호하기 위해서 병사들을 호킨 왕자 쪽으로 집결시키기 시작했고 기사들도 호킨 왕자가 쓰러진 곳으로 달려가서 검을 뽑아 들고 주변을 철통같이 지키기 시작했다.

이렇게 모든 지밀 왕국군의 이목이 호킨 왕자에게 쏠리자 라이오스 왕국 병사들은 편하게 야영지를 빠져나갔고 아군이 무사히 후퇴하는 모습을 확인한 그란츠도 호킨 왕자의 죽음을 확인하지 못한 것이 많이 아쉬웠지만 미련없이 몸을 돌려서 야영지를 빠져나가기 시작했다.

"아쉽지만 이쯤에서 나도 몸을 빼야지!"

"주변을 철통같이 지켜라!"

"어서 신관을 데려와라! 어서!"

"왕자님, 정신 좀 차려보십시오!"

쓰러져서 정신을 못 차리고 있는 호킨 왕자에게 정신없이 달려온 하이노넨 백작은 내장 조각이 섞인 검붉은 피를 입으로 계속 토해내며 숨을 가쁘게 쉬고 있는 호킨 왕자의 모습에 기겁을 하며 큰 소리로 서둘러 신관을 찾았다.

"이런 낭패가 있나!"

하이노넨 백작은 엄청난 충격에 찌그러지고 부서져서 제 기능을 완전히 상실한 호킨 왕자의 갑옷을 직접 손으로 벗겨내며 호킨 왕자의 상세를 살폈다.

"백작님, 여기 신관을 데려왔습니다!"

"아! 어서 왕자님을 치료하게!"

"예! 예! 알겠습니다."

하이노넨 백작이 비켜준 곳에 자리를 잡고 선 신관은 고대어로 된 신성 주문을 외우면서 한눈에 봐도 심각한 상태인 호킨 왕자에게 치유 능력이 있는 신성력을 마구 퍼부었다.

탁월한 치유 능력을 보이는 신성력 덕분에 여기저기 터지고 찢어진 외상은 순식간에 다 나았지만 어찌 된 영문인지 신성력을 몇 번이나 더 퍼부어도 호킨 왕자는 계속해서 검붉은 피를 토해내며 정신을 못 차렸고 호킨 왕자의 지위 때문에 지쳐 탈진할 때까지 신성력을 퍼붓던 신관은 결국 모든 기력을 다 소비하고 지쳐서 땅에 주저앉았다.

"헉! 헉! 더 이상은 무리입니다."

"그게 무슨 소리요!"

"신성력으로 외상은 깨끗하게 치료했지만 어찌 된 영문인 지 마나가 완전히 역류해서 크게 상한 내장 기관들은 신성력 이 통하지 않습니다."

신성력으로도 치유가 안 된다는 신관의 말에 하이노넨 백작 은 당황한 목소리로 신관에게 말을 했다.

"신성력으로도 치유하기가 힘들다니, 그럼 어떻게 해야 한 단 말이오!"

"제 생각에는 본국에 계시는 대사제님이시라면 왕자님을 치료할 수도 있을 겁니다."

"대사제님이라면 가능하다는 말인가?"

"저와는 비교도 할 수 없을 정도로 강한 신성력을 가지고 계 신 분이니 충분히 가능할 겁니다."

"끄응… 알겠네. 그래도 혹시 모르니까 자네가 계속 왕자님 곁에서 치료를 해주게!"

"알겠습니다, 백작님!"

"뭣들 하느냐! 어서 왕자님을 지휘막사로 모셔라!"

"예! 들것을 가져와라!"

"빨리빨리 움직여라!"

본국 왕성에 있는 대사제라면 치료가 가능할 것이라는 종군 신관의 말에 하이노넨 백작은 주변에 서 있는 기사들에게 호킨 왕자를 지휘막사로 모셔가게 하고는 낭패한 표정으로 주변에 있는 귀족들을 둘러봤다.

한편 호킨 왕자에게 치명적인 타격을 입히고 야영지를 빠져나온 그란츠는 쑥대밭으로 만든 지밀 왕국군 야영지에서 2시간 거리쯤 떨어진 숲까지 후퇴를 한 뒤에 병사들을 수습하면서 휴식을 취하고 있었다.

난전 중에 입은 부상을 치료하고 미리 준비한 빵으로 허기를 달래고 있는 병사들을 보며 그란츠는 만족스러운 얼굴로 마이어스를 쳐다보며 입을 열었다.

"예상보다 병사들이 많이 살아 돌아왔군!"

"그렇습니다, 남작님. 전사자가 500명 미만입니다."

"그래? 정말 다행이군."

"남작님의 활약 덕분에 지밀 왕국 놈들이 후퇴하는 저희들을 공격하는 것을 포기해서 피해가 더 줄었습니다."

마이어스의 칭찬에 그란츠는 어색한 미소를 지으며 대화 주제를 다른 것으로 돌렸다.

"그건 그렇고, 지밀 왕국군의 보급품은 확실하게 처리했겠지?"

"물론입니다, 남작님. 최소한 보급품의 절반 이상이 불길에 휩쓸리는 것을 확인했습니다."

자신감이 넘치는 표정으로 말하는 마이어스의 모습에 그란츠는 고개를 끄덕이며 입을 열었다.

"다른 곳에서 지원을 받기도 힘든 상황에서 보유하고 있는 보급품을 절반이 넘게 날려 버렸으니 지밀 왕국 놈들 많이 당황스럽겠군."

"모르긴 몰라도 오늘 밤 약이 바짝 올라서 잠 한숨 제대로 자기 힘들 겁니다."

"하하하! 그런가? 아무튼 우리 병사들도 전투를 치르느라 많이 피곤할 거야. 일단 이곳에서 눈을 조금 붙이고 다음 장소로 이동하겠네! 마이어스, 자네가 알아서 경계병을 세우고 병사들을 쉬게 하게!"

"알겠습니다, 남작님. 명령대로 바로 조치하겠습니다."

일단 최소한의 피해로 목표를 달성한 그란츠는 기분 좋은 표정으로 병사들에게 달콤한 휴식을 주면서 다음 전투를 대비하게 했다.

한편 병사들에게 온통 엉망이 된 야영지를 정리하게 명령을 내리고 하이노넨 백작의 막사에 모인 지밀 왕국 귀족들은 심각한 얼굴로 이야기를 나누고 있었다.

"다들 알고 있다시피 호킨 왕자님이 큰 부상을 입으시고 계속 혼수상태에 빠져 있고 적의 기습 공격으로 가지고 있던 보급품의 절반이 불에 타버렸소. 비록 기습으로 인한 병사들의 피해가 고작 1,200명에 불과하다고 하지만 이런 상황에서는 돈 성 공략은 불가능하다는 것이 내 생각인데 경들의 의견은 어떻소?"

하이노넨 백작의 말에 귀족들은 지금 상황이 너무 답답한지 아무 말도 못하고 한결같이 얼굴을 찡그리며 한숨을 쉬었다.

그런 귀족들의 모습에 하이노넨 백작 옆에 앉아 있던 스코페 자작이 대표로 입을 열었다.

"다른 일도 아니고 호킨 왕자님이 쓰러지신 상황에서는 더 이상 무의미하게 시간을 끌고 있을 수 없습니다. 잘못해서 왕자님이 돌아가시기라도 한다면 여기 있는 모든 사람들이 그 책임을 피할 수 없을 겁니다. 그러니 하루라도 빨리 병력을 회군시켜서 호킨 왕자님을 본국으로 모시고 가야 합니다."

스코페 자작의 말에 다른 귀족들도 고개를 끄덕이며 동의를 했고 이런 귀족들의 의견을 확인한 하이노넨 백작은 단호한 목소리로 입을 열었다.

"알겠소! 그럼 이 자리에 모인 모든 귀족들이 후퇴에 찬성한 것으로 알고 내일부터 다른 것은 아무것도 신경 쓰지 않고 오직 그로이켄 성을 향해 병사들을 움직일 것이오!"

"알겠습니다."

이렇게 후퇴를 결정한 지밀 왕국군은 호킨 왕자를 살리기 위해서 병력을 서둘러서 철수시키기 시작했고 한편으로는 전령을 지밀 왕국의 왕성인 몬슨 성으로 보내서 호킨 왕자를 치료할 수 있는 대사제를 그로이켄 성까지 모셔오도록 했다.

하지만 이런 지밀 왕국군의 귀로가 결코 평탄하지는 못했는데 기회가 있을 때마다 기습 공격을 가해오는 그란츠 때문에 지밀 왕국군의 발걸음은 계속 느려졌고 결국 오넥스 성 근처에서 서둘러 추격해 온 카브레라 공작의 부대에게 꼬리를 잡혀 버렸다.

거기에다가 아르미스 왕성에 있는 맥클라인 후작의 연락을 받고 급히 병력을 모아서 이베스트 성을 함락시키고 달려온 모츠 백작의 귀족 연합군과 그란츠의 병력이 합쳐져 5만 대군을 만들어서 라이오스 왕국군이 공격을 가해오자 보급 물자도 떨어지고 사기까지 바닥인 지밀 왕국군은 속수무책으로 피해를 입기 시작했다. 상황이 이렇게 악화되자 하이노넨 백작은 어쩔 수 없이 그로이켄 성까지 포기하고 천연 방벽인 안드호프 숲을 넘어 지밀 왕국 본국으로 병력을 완전히 철수시켰다.

이렇게 해서 라이오스 왕국의 국토 절반 이상을 전쟁터로 만들어 버린 지밀 왕국과의 전쟁은 라이오스 왕국의 승리로 막을 내렸다. 하지만 전쟁에서 승리를 한 라이오스 왕국이나 패전해서 본국으로 돌아간 두 왕국 모두 아무것도 얻은 것이 없는 불행한 전쟁이었다.

특히 라이오스 왕국은 전쟁 과정에서 왕국의 가장 비옥한 곡창지대인 왕국 남부가 전화에 휩쓸리고 왕국의 심장인 왕성까지 전쟁터로 변하는 큰 타격을 입었고 왕국의 정예 병력 대부분을 전쟁으로 상실해 버려서 내부적으로 큰 혼란에 빠져들기 시작했다.

　지밀 왕국과의 전쟁에서 승리한 라이오스 왕국은 승리의 기
쁨을 제대로 즐길 시간도 없이 너무나 엄청난 전쟁 후유증에
큰 홍역을 치르고 있었다. 특히 왕국의 식량 창고라고 불리는
왕국의 남부와 중부가 전쟁에 휩쓸려서 추수도 제대로 못하고
초토화되어 버리자 라이오스 왕국은 다가오는 겨울을 맞아 극
심한 식량난을 겪기 시작했고 전쟁 과정에서 국왕파의 가장
강력한 무력 수단인 왕국 정규군이 거의 대부분 소모되어 버
리고 국왕파의 수장인 카브레라 공작의 영지마저 전쟁터로 변
해서 엉망이 되어버리자 국왕파의 세력은 급격히 축소되어 버
렸다. 반면에 지밀 왕국군의 주 진격로에서 비켜나 있어서 전
쟁 과정에서 비교적 영지를 잘 보존한 귀족파 귀족들의 세력

은 급격히 늘어나기 시작했다.

이런 불안한 국내 정세와 왕국민들의 불만을 잠시 다른 곳으로 돌리기 위해서 하마스 국왕과 카브레라 공작을 위시한 국왕파 귀족들은 지밀 왕국과의 전쟁에서 많은 공을 세운 그란츠를 왕성으로 불러 올려서 대대적인 승전 축하 축제를 열기로 했다.

애초 목적이었던 지밀 왕국군을 모두 물리치고 전쟁에서 승리했지만 전쟁 과정에서 왕국 정규군이 거의 모두 소모되는 바람에 그란츠는 영지로 바로 돌아가지 못하고 계속해서 병사들을 이끌고 지밀 왕국과의 국경 지역인 그로이켄 영지에 머물러 있었는데 전쟁 과정에서 끌어 모은 병사들을 모두 새로 편성된 남부군에 합류시키고 자신의 지위에 맞게 천인대 하나를 맡아서 지휘하게 된 그란츠는 천인대원 대부분이 신병인 것을 생각해서 매일매일 강훈련을 시키고 있었다.

"전투에서 네놈들의 목숨을 살려주는 것은 너희들이 들고 있는 창과 검이다. 최대한 그놈들과 친해져라!"

"더 힘차게 앞으로 찔러라!"

"하얍! 이얍!"

챙! 채챙!

가신인 마이어스와 함께 병사들의 훈련 모습을 지켜보던 그란츠는 훈련이 많이 힘들어 보이는 병사들의 모습에 측은한 표정으로 말을 했다.

"병사들이 많이 힘들어하는군."

"병사들 대부분이 징병된 지 일주일밖에 안 된 완전 초보들이어서 어쩔 수가 없는 상황입니다, 남작님."

"왕국의 안전을 책임지는 국경 수비대 병력 대부분을 신병들로 채워야 겨우 정원을 유지할 수 있을 정도로 군사력이 약해지다니… 정말 왕국의 앞날이 걱정이군."

"그렇습니다, 남작님. 병사들 대부분이 신병이라 전투력도 많이 떨어지고 군기도 엉망입니다. 일부 고참병들을 중심으로 훈련과 군기 교육을 계속 실시하고 있지만 최소한 한 달은 지나야 제대로 된 병사로 만들 수 있을 것 같습니다."

"한 달이라… 한 달은 너무 길어! 어렵겠지만 최대한 기간을 단축시켜 보게!"

"알겠습니다, 남작님."

이렇게 그란츠가 마이어스와 함께 이야기를 나누고 있을 때 전령 깃발을 등 뒤에 꽂은 병사 한 명이 그란츠에게 서둘러 다가와서 군례를 올렸다.

"충! 그로이켄 영주성에 계시는 존 드 그로이켄 백작님의 메시지입니다."

"그로이켄 백작님께서?"

"예! 남작님!"

전령이 공손하게 건네주는 메시지를 받아서 읽어본 그란츠는 옆에 있는 마이어스에게 메시지를 넘겨주고는 전령을 향해 말했다.

"일주일 안에 이곳 일을 마무리하고 영주성으로 찾아뵙겠다고 그로이켄 백작님에게 전해 드려라!"

"알겠습니다, 남작님. 그럼!"

그란츠의 답변을 들은 전령이 군례를 올리고 돌아가자 그란츠가 넘겨준 메시지를 읽은 마이어스가 고개를 갸웃거리면서 입을 열었다.

"갑자기 천인대를 내일 부임해 오는 귀족에게 넘기고 영주성으로 오라고 하다니, 도대체 무슨 일일까요, 남작님?"

"나도 잘 모르겠네. 아무튼 지휘권을 넘기고 그로이켄 영주성으로 갈 준비를 하게!"

"알겠습니다."

일주일 후 그란츠는 천인대 지휘권을 다른 귀족에게 넘기고 마이어스와 영지에서 데려온 사병 40명을 데리고 그로이켄 영주성을 향해 움직였는데 여기서 특이한 것은 그란츠 일행에 왕국 수군 함장 출신인 윈터스와 그의 휘하 수병 출신 병사 10명이 포함되어 있는 것이었다.

영주성에 도착해서 그로이켄 백작으로부터 다시 아르미스 왕성으로 올라가라는 명령을 전달받은 그란츠는 일행을 이끌고 다시 그로이켄 영주성을 나와서 아르미스 왕성을 향해 발걸음을 옮기고 있었는데 올라가는 길 곳곳에 펼쳐진 처참한 왕국민들의 상황에 저절로 눈살이 찌푸려졌다.

"전쟁 때문에 왕국 사정이 많이 안 좋은 건 알고 있었지만 지금 보니 생각보다 더 심각한 것 같군."

"그렇습니다, 남작님. 식량 부족이 얼마나 심각한지 여기까지 오면서 발견한 굶어 죽은 시체가 벌써 30명이 넘는 것 같습니다."

"전쟁으로 인한 피해가 심각하다고는 하지만 전쟁이 끝난 지 이제 한 달이 다 되어가는데 아직까지 제대로 복구가 이루어지지 않다니 이렇게 가다가는 이번 겨울에 엄청난 재앙이 닥치겠군."

"왕국민들에게 정말 잔인한 겨울이 될 것 같습니다, 남작님."

왕성으로 올라가는 가도 곳곳에 파괴되어 방치되고 있는 마을과 의욕을 잃고 아무렇게나 널브러져 있는 왕국민들을 바라보며 얼굴이 어두워진 그란츠의 걱정대로 겨울이 되자 라이오스 왕국은 부족한 식량 사정 때문에 엄청난 아사자와 유민이 발생하기 시작했다.

이런 어려운 상황은 아르미스 왕성이라고 해서 다른 곳과 나은 점이 하나도 없었는데 오히려 일할 곳과 먹을 수 있는 식량을 찾아서 지방의 유민들이 계속해서 왕성으로 몰려들어서 왕성의 치안 상황이 계속 악화되고 있었다. 왕성에 도착한 그란츠는 이런 왕국민들의 비참한 상황과 이런 문제를 해결하지 못하는 왕국 귀족들의 무능력함에 절로 한숨이 새어 나왔다.

그러나 이런 불쾌한 기분은 왕성 안에 있는 카미넬 가문의 저택에 들어가서 오랜만에 가족들과 만나면서 눈 녹듯이 다 사라져 버렸다.

"다녀왔습니다. 아버님, 어머님!"

"하하하하! 그래, 어서 오너라, 그란츠!"

"오빠!"

"어디 다친 곳은 없니?"

따뜻한 가족들의 환대에 그란츠는 미소를 지으며 병사들은 마이어스에게 맡기고 가족들과 저택 안으로 들어갔다. 어느새 다 자라서 숙녀티가 팍팍 나는 여동생 사프란은 오랜만에 가족들이 한자리에 다 모인 것이 좋은지 계속 미소를 지으면서 그란츠의 한쪽 팔을 잡고 있었고 어머니와 아버지는 그 모습에 흐뭇한 미소를 지으면서 오랜 여행에 지친 그란츠를 쉬게 해주었다.

"하하하! 사프란, 왕성까지 오느라고 그란츠가 많이 피곤할 테니 일단 방에 올라가서 목욕도 하고 좀 쉬게 해주거라!"

"음! 알았어요. 오빠, 빨리 목욕하고 내려와!"

카미넬 백작의 말에 사프란이 귀엽게 웃으면서 잡고 있던 그란츠의 팔을 놓아주자 그 모습에 그란츠는 웃음을 지으며 이층에 있는 자신의 방으로 올라갔다.

방에 들어가 검을 내려놓고 갑옷을 벗고 있자 시종 5명이 따뜻한 목욕물이 가득 담긴 욕조를 가지고 올라왔고 뒤를 이어서 시녀 3명이 방으로 들어와서 그란츠의 목욕 시중을 들었다.

첨벙! 첨벙!

따뜻한 물에 몸을 담그고 앉아 있자 그동안 여행을 하느라고 뭉쳐 있던 근육이 풀리기 시작했고 시녀들의 도움을 받아서 목욕을 끝내고 1층에 있는 식당으로 내려갈 때에는 피로가

다 풀린 얼굴이었다.

"목욕을 하고 내려오니 한결 더 말끔해졌구나!"

"아직 식사를 안 하시고 계셨습니까?"

"오빠가 내려올 때까지 기다리고 있었지! 빨리 와서 앉아, 오빠. 배고파 죽겠단 말이야!"

"사프란! 숙녀가 그런 말을 쓰면 안 돼요!"

"네… 어머니!"

배고프다며 투정을 부리던 사프란이 어머니에게 숙녀답지 못하다고 가볍게 야단을 듣는 모습이 너무 귀여웠던 그란츠는 가볍게 사프란의 머리를 한번 쓰다듬어 주고는 식탁에 있는 자기 자리에 앉았다.

"오늘은 그란츠 네가 좋아하는 음식을 많이 준비했단다. 많이 먹으렴!"

"그러고 보니까 제가 좋아하는 음식이 정말 많네요, 어머니!"

"흥! 오늘 오빠가 온다고 엄마가 하루 종일 주방에서 요리사들을 독촉해서 만든 거야! 평소에는 이런 거 안 만들어주고 정말 편애하는 거 있지!"

"하하하! 우리 이쁜 딸이 많이 삐쳤구나?"

"네! 아빠!"

"하하하하!"

애교를 부리는 사프란과 자상하게 웃어주는 부모님을 보면서 그란츠의 마음은 편안해졌고 그날 하루는 가족의 품속에서 모든 긴장을 풀고 푹 쉴 수 있었다.

다음날 아침 그란츠는 아버지인 카미넬 백작과 함께 카미넬 가문의 상징인 붉은 사자를 새겨 넣은 마차를 타고 가문의 기사 론과 데니스의 호위를 받으면서 천천히 거리를 가로질러서 하마스 국왕을 알현하기 위해서 왕궁으로 향했다.

따각! 따각!

마차 안에서 아버지인 카미넬 백작과 단둘만의 시간을 갖게 되자 그란츠는 아르미스 왕성으로 올라오는 내내 궁금했던 일을 물어보았다.

"아버님, 그런데 갑자기 국왕 전하께서 절 왜 불러 올리시는 겁니까?"

그란츠의 질문에 카미넬 백작은 아무 말 없이 그란츠를 잠시 쳐다보더니 조용히 대답을 해주었다.

"이번 전쟁에서 공을 세운 귀족들을 왕성으로 불러 모아서 하마스 국왕 전하께서 직접 공을 치하하고 승리를 축하하는 연회를 연다고 하더구나. 그란츠 너도 이번 전쟁에서 큰 공을 세웠기 때문에 축하 연회에 참석시키기 위해서 왕성으로 부른 것이란다."

축하 연회를 하기 위해서 국경을 지키고 있던 자신을 왕성으로 불렀다는 카미넬 백작의 말에 그란츠는 정말 어이가 없었다. 왕국을 휩쓴 전쟁의 피해 때문에 굶어 죽는 자가 속출하고 살기 위해서 고향을 버리는 유민이 넘쳐 나는 상황에서 승리를 위한 대규모 축하연을 열다니 정말 황당한 일이었다.

"지금 왕국 사정에서 승전 축하연이라니, 그게 무슨 말입니까? 왕국민들은 먹을 것이 없어서 굶어 죽고 있는데 파티라니! 도대체 왕성에 있는 귀족들이 제정신인 겁니까!"

황당하다는 감정을 넘어서 화를 내는 그란츠의 반응에 카미넬 백작은 이해한다는 표정으로 손을 들어서 흥분한 그란츠를 진정시키면서 승전 파티를 열게 된 전후 사정을 설명해 주기 시작했다.

"그란츠, 흥분하지 말고 우선 앉아서 차분히 아버지 말을 들어보거라! 나도 화가 나는 네 마음을 충분히 이해한단다. 하지만 이런 어려운 왕국 상황에서도 무리하게 승전 파티를 열 수밖에 없는 피치 못할 사정이 있단다."

"피치 못할 사정이라니, 그게 무슨 말씀입니까? 지금 하루하루 죽어가는 왕국민들의 문제가 가장 시급한 문제지, 도대체 뭐가 문제란 말입니까?"

"후우… 그란츠, 넌 지밀 왕국과의 전쟁이 끝난 후에도 계속 국경 지역에서 병사들을 조련하고 있어서 잘 모르겠지만 지금 왕국은 국왕파와 귀족파의 주도권 다툼이 치열하게 벌어지고 있단다."

"아버님, 귀족파와 국왕파의 세력 다툼은 전쟁 전에도 계속 있었던 일 아닙니까?"

아직 흥분이 가라앉지 않은 그란츠의 말에 카미넬 백작은 어두운 얼굴로 계속 설명을 이어갔다.

"물론 두 파벌의 세력 다툼은 전쟁 전에도 있었지. 하지만 지금 상황은 그때와는 다르게 아주 많이 심각하단다!"

"아니, 도대체 파벌 싸움이 얼마나 심각하기에 이러시는 겁니까?"

"잘못하면 내전이 벌어질 수도 있다, 그란츠."

"…내전이라니! 아버지, 그게 무슨 말씀입니까!"

"너도 잘 알겠지만 이번 지밀 왕국과의 전쟁으로 하마스 국왕 전하의 손발이나 마찬가지인 왕국 정규군이 거의 괴멸되어 버렸어. 거기에다가 전쟁터가 되어버린 지역 대부분이 국왕파 귀족들의 영지들이었지. 덕분에 현재 국왕파의 무력은 거의 없는 거나 마찬가지일 정도로 무력화되어 버렸다. 반면에 전쟁에서 한 발짝 피해 있던 귀족파의 세력은 지금 왕국이 가진 무력의 7할 이상을 차지한다고 해도 과언이 아닐 정도로 성장해 있는 상태야. 이런 귀족파들이 그동안 국왕파의 득세로 눌려 있던 세력을 확장하기 위해서 물불을 가리지 않고 정계 요직을 차지하고 있는 국왕파 귀족들을 제거하기 위해서 덤벼들고 있는 상황이지. 거기에다가 전쟁의 후유증으로 인한 왕국민들의 불만까지 터지기 일보 직전이고 말이야!"

카미넬 백작의 말에 그란츠의 얼굴은 점점 굳어지면서 심각한 표정으로 말을 했다.

"왕국 사정이 많이 어려운 것은 알고 있었지만 아르미스 왕성의 정계 상황이 그 정도로 심각한 줄은 정말 몰랐습니다. 하지만 아버님, 그것이랑 이번 승전 축하 파티가 무슨 관계가 있습니까?"

"후우… 이번에 열리는 승전 축하 파티는 하마스 국왕 전하와 국왕파 수장인 카브레라 공작님의 고육지책이란다. 계속되는 귀족파의 압력에 약간의 시간을 벌고 지밀 왕국과의 전쟁에서 활약한 국왕파 귀족들을 승전 축하 파티를 통해서 왕국민들에게 알려서 많이 흐트러진 민심을 국왕파 쪽으로 끌어들이려는 생각이지!"

"결국 전쟁의 영향으로 힘든 생활을 하며 불만이 가득 찬 왕국민들의 시선을 다른 곳으로 돌리고 귀족파의 공세에서 시간을 벌기 위한 허수아비 전쟁 영웅이 필요하다 이 말이군요."

"너무 그렇게 삐딱하게 생각하지는 말거라, 그란츠. 넌 이번 전쟁에서 왕국민들의 환호를 받을 만큼 충분히 훌륭한 공을 세웠다!"

"알고 있습니다. 하지만 기분이 내키지 않는 것은 어쩔 수 없습니다."

"……."

이렇게 두 부자가 이야기를 나누는 동안 마차는 왕궁 입구에 도착했고 그란츠와 카미넬 백작은 마차에서 내려서 천천히 왕궁 안으로 걸어 들어갔다. 왕궁 안은 오랜만에 열리는 파티를 준비하느라고 시녀와 시종들이 이리저리 바쁘게 뛰어다니고 있었고 그란츠는 그 모습을 씁쓸하게 쳐다보면서 근위기사들이 지키고 있는 화려한 대전 안으로 하마스 국왕을 알현하기 위해서 들어갔다.

"국왕 전하, 카미넬 백작님과 그란츠 남작님이 알현을 하러

오셨습니다."

대전 안에서 카브레라 공작과 이야기를 나누고 있던 하마스 국왕은 그란츠와 카미넬 백작이 왔다는 시종장의 말에 미소를 지으면서 알현을 허락했다.

"오! 그래, 어서 들라 하라!"

"알겠사옵니다, 전하!"

하마스 국왕의 말에 시종들이 대전 문을 열자 그란츠와 카미넬 백작이 조심스럽지만 당당한 발걸음으로 안으로 걸어 들어왔고 그 모습을 바라보며 하마스 국왕이 부드럽게 입을 열었다.

"어서 오게, 카미넬 백작! 오늘은 그란츠 남작과 같이 왔군!"

"신 카미넬 백작, 문안드리옵니다."

"하하하! 이렇게 든든한 카미넬 백작과 그란츠 남작 같은 왕국의 검들이 있어서 편안하게 잘 지냈소. 그래, 그란츠 남작은 국경 지역에서 바로 올라오는 길이라고?"

"예, 전하! 어제 왕성에 도착했사옵니다."

"그래, 그동안 여러 귀족들을 통해서 이번 전쟁에서 펼친 그란츠 남작의 활약상을 들었다네. 정말 엄청난 활약을 했더군."

"과찬이십니다, 전하!"

"하하하! 아니야! 카브레라 공작의 말에 의하면 자네가 아니었으면 아르미스 왕성도 위험했을 거라고 하더군. 그란츠 남작, 앞으로도 아버지인 카미넬 백작을 도와서 왕국을 지키는 날카롭고 든든한 검이 되어주길 바라네!"

"예! 전하의 말씀 언제나 가슴속에 새기고 있겠습니다."

"하하하! 경이 그렇게 말을 해주니 마음이 든든하군!"

많은 의미가 내포된 하마스 국왕의 말에 그란츠는 한쪽 가슴에 손을 올리면서 큰 소리로 대답을 해서 하마스 국왕을 기쁘게 해주었다.

이렇게 그란츠가 하마스 국왕을 알현하고 있을 때 요즘 한창 주가를 올리고 있는 귀족파의 주요 귀족들이 수장인 맥클라인 후작의 저택 서재에 모두 모여서 회담을 갖고 있었다.

"그래, 지금 카미넬 백작 부자가 왕궁에서 국왕을 알현하고 있다고?"

"예, 후작님. 그란츠 남작이 어제 국경에서 올라와서 오늘 카미넬 백작과 같이 입궁했다고 합니다."

"흐음… 승전 축하 파티 때문에 국경에 있는 그란츠 남작이 왕성으로 돌아올 것이라고 생각은 하고 있었지만 막상 그란츠 남작이 돌아왔다고 하니 신경이 쓰이는군."

"맞습니다, 후작님. 이번에 전쟁 영웅으로 떠오른 귀족들 중에서 그란츠 남작은 타의 추종을 불허할 정도로 엄청난 실력을 보여줬습니다. 아버지인 카미넬 백작이 국왕파 인물인만큼 그란츠 남작에 대한 경계를 늦추면 안 됩니다."

그란츠를 경계해야 한다는 모츠 백작의 말에 맥클라인 후작도 고개를 끄덕이면서 찬성을 했다.

"그래, 맞는 말이야! 그렇지만 아깝군. 그런 인물이 우리 쪽 사람이었으면 일이 더 쉬워졌을 텐데……."

"아쉽지만 우리 쪽 사람이 될 수 없는 인물이라면 미련을 가지지 말고 빨리 포기하는 것이 좋습니다, 후작님."

"그래, 자네 말이 맞네. 그건 그렇고 모츠 백작, 귀족 연합군은 잘 유지하고 있겠지?"

"예! 불안한 지밀 왕국과의 국경을 핑계로 페낭 성에 병력을 계속 주둔시키고 있습니다."

"무슨 일이 있더라도 귀족 연합군을 계속 유지해야 하네. 유사시에 그 병력들이 우리에게 큰 힘이 될 것이네!"

"예! 명심하고 있습니다."

한동안 국왕파에게 눌려서 제대로 기를 못 펴고 지냈던 맥클라인 후작은 이번에 국왕파 귀족들을 정계에서 밀어내지 못한다면 귀족 연합군을 동원해서 무력으로 뜻을 이룰 생각도 가지고 있었다. 맥클라인 후작의 최측근인 모츠 백작은 이런 후작의 생각을 잘 알고 있었기에 계속해서 조금씩 귀족 연합군의 병력을 늘리면서 귀족 연합군의 지휘권을 완전히 장악하고 있었고 이런 귀족파의 움직임 때문에 하마스 국왕과 카브레라 공작은 상당히 불안감을 느끼고 있었다.

"좋아! 귀족 연합군에 관련된 문제들은 모츠 백작에게 전적으로 맡기겠네. 그리고 볼링 남작, 국왕파의 세력이 약화된 지금 무슨 일이 있더라도 국왕파 귀족들을 정계에서 완전히 밀어내야 하네!"

"알겠습니다, 후작님. 승전 축하 파티가 끝날 때까지 국왕파 귀족들을 축출하기 위한 공작을 모두 다 끝내겠습니다."

"좋아! 모두들 국왕파 귀족들을 완전히 밀어낼 때까지 방심하지 말고 맡은 일을 잘 수행해 주길 바라네!"

"알겠습니다, 후작님."

맥클라인 후작의 말에 서재에 모여 있는 귀족들이 듬직한 모습으로 대답을 하자 후작은 만족스러운 미소를 지었다.

이렇게 귀족파와 국왕파의 주도권 다툼이 점점 치열해지고 있는 가운데 시간은 빠르게 흘러서 하마스 국왕이 개최하는 승전 축하 파티가 왕궁에서 화려하게 열렸고 왕국 귀족들은 화려한 색상의 옷과 값비싼 보석을 몸에 걸치고는 파티가 열리는 왕궁으로 마차를 타고 속속 들어가기 시작했다.

승전 축하 파티에서 상을 받을 대상인 그란츠도 가족들과 함께 가문의 상징인 붉은 사자가 그려진 마차를 타고 파티를 위해 불을 환하게 밝힌 왕궁 안으로 들어갔고 마차가 파티장에 들어간 귀족들의 마차들이 늘어서 있는 영광의 홀 앞 광장에 도착하자 마차 뒤에 타고 있던 시종이 뛰어내려 마차 문을 공손하게 열었다.

"워워~!"

이히히잉!

"백작님, 파티장에 도착했습니다."

"알겠네!"

화려한 금실로 가슴 부위에 가문의 상징인 붉은 사자가 멋있게 수놓인 진갈색 정장을 입은 카미넬 백작을 선두로 분홍색과 하얀색 드레스를 입은 카미넬 백작부인과 사프란이 마차에서 내렸고 마지막으로 눈처럼 하얀 정장에 카미넬 백작처럼 가슴 부위에 금실로 가문의 문장을 새겨 넣은 그란츠가 따라 내렸다.

이렇게 그란츠의 가족들이 마차에서 다 내리자 광장 한쪽에서 대기 중이던 왕궁 소속 시종 한 명이 다가와서 인사를 하며 파티가 열리고 있는 영광의 홀로 가족들을 안내했다.

파티가 열린 영광의 홀 안에는 화려한 복장의 귀족들이 넓은 홀을 가득 채우고는 감미로운 음악에 맞춰서 춤을 추거나 평소 친분이 있는 사람들끼리 모여서 대화를 나누며 달콤한 와인을 마시고 있었다.

파티장에 들어온 카미넬 백작 가족들도 평소 친분이 있던 사람들을 찾아서 이야기를 나누면서 파티를 즐기기 시작했는데 그란츠도 아버지와 함께 파티에 참석한 사랑스러운 연인 죠슬린을 만나서 오랜만에 즐거운 시간을 보내고 있었다.

"죠슬린은 그동안 더 예뻐진 것 같아!"

"아이~ 참! 그란츠는! 그런데 전쟁터에서 어디 다친 데는 없어요?"

"보시다시피 이렇게 상처 하나 없이 튼튼하게 살아 돌아왔어!"

"정말 다행이에요, 그란츠."

조금이라도 다쳤을까 봐 자신을 진심으로 걱정해 주는 죠슬린의 모습에 그란츠는 미소를 지으면서 살짝 죠슬린의 이마에 키스를 했다.

"죠슬린, 사랑해!"

"저도 사랑해요, 그란츠."

이렇게 사람들이 한창 파티를 즐기고 있을 때 깔끔한 정장을 입은 시종장이 파티장 안으로 들어와서는 금으로 만들어진 긴 막대로 바닥을 두드리면서 국왕 가족의 입장을 알렸다.

쿵! 쿵! 쿵!

"대 라이오스 왕국의 위대한 국왕이신 하마스 폰 라이오스 국왕 내외분과 용감한 왕자님, 그리고 아리따운 공주님이 입장하십니다."

빵빠밤~! 빵빠밤~!

우렁찬 나팔 소리와 함께 온갖 보석으로 치장한 화려한 복장의 왕실 가족들이 파티장 안으로 들어오자 파티장 안에 있는 모든 귀족들이 고개를 숙이면서 예를 표했고 파티장 한쪽에 높은 단을 만들어서 마련된 자리에 가족들과 함께 올라간 하마스 국왕은 계속해서 고개를 숙이고 있는 귀족들을 향해서 근엄한 목소리로 입을 열었다.

"오늘은 저 간악한 지밀 왕국과의 전쟁에서 승리하는 데 큰 공을 세운 우리 라이오스 왕국의 영웅들과 전쟁 기간 동안 왕국을 위해서 물심양면으로 노력을 아끼지 않은 여러 귀족들을 위한 자리이니 모두들 즐겁게 파티를 즐기도록 하시오!"

"라이오스 왕국 만세! 하마스 국왕 전하 만세!"

파티장에 모인 귀족들이 이구동성으로 라이오스 왕국 만세를 외쳤다. 그 모습을 바라보던 하마스 국왕이 단위에 설치된 왕좌에 자리를 잡고 앉자 시종장이 악공들에게 신호를 해서 음악을 연주하게 했다.

음악이 연주되자 파티장에 모인 젊은 귀족들은 각자 파트너의 손을 잡고 홀 중앙으로 나와서 흥겨운 음악에 맞춰서 춤을 추기 시작했는데 귀족파의 수장이자 왕국의 내무대신인 맥클라인 후작은 파티장 한쪽에서 측근 귀족들과 함께 하마스 국왕 쪽을 가만히 바라보면서 의미심장한 미소를 지었다.

"후후후! 하마스 국왕이 오늘 파티에 꽤 공을 들였군."

"그렇습니다, 후작님. 저희 쪽으로 쏠리는 힘의 균형을 어떻게 해서든 막아보려는 국왕파의 발악이 눈에 보이는군요."

"오늘은 파티를 느긋하게 즐기자고. 이번이 국왕파의 마지막 파티가 될 테니까 말이야!"

"하하하! 알겠습니다, 후작님."

한편 국왕파의 수장인 카브레라 공작은 귀족파 수뇌들의 움직임을 유심히 살피면서 불안한 얼굴을 하고 있었는데 그런 카브레라 공작의 모습에 공작의 심복인 레인 백작이 다가와서 말을 걸었다.

"공작님, 어디 불편하십니까? 안색이 많이 안 좋습니다."

"후우… 아니네!"

"그럼 뭐 때문에 안색이 안 좋으신 겁니까?"

"저기 모여 있는 사람들 때문에 걱정이 돼서 그러네!"

레인 백작이 카브레라 공작이 가리키는 곳을 쳐다보자 그곳에는 귀족파의 수장인 맥클라인 후작을 중심으로 상당한 숫자의 귀족들이 몰려 있었는데 자세히 보면 파티장 안에 있는 거의 대부분의 귀족들이 맥클라인 후작을 중심으로 몰려 있었다.

"맥클라인 후작 주위에 귀족들이 상당히 많이 몰려 있군요."

"파티에 참석한 귀족들의 행동만 보고 있어도 확실히 귀족파 쪽으로 권력이 쏠린 것을 알 수 있겠군."

카브레라 공작의 말에 레인 백작은 다시 한 번 사람들이 바글바글 모여 있는 맥클라인 후작 쪽을 바라보면서 한숨을 쉬었다.

"후우… 그렇군요."

"아무튼 레인 백작, 우리가 다시 세력을 회복할 때까지는 어떻게 해서든 귀족파에게 약점을 잡혀서는 안 되네!"

"알겠습니다, 공작님."

이렇게 화려한 파티장 안에서도 귀족파와 국왕파의 치열한 신경전은 계속되고 있었다.

한편 죠슬린과 춤을 추고 들어온 그란츠는 죠슬린의 아버지인 엑터 드 부폰 남작에게 처음으로 인사를 하게 되었는데 지밀 왕국의 대군에 맞서서 용감하게 검을 휘두르던 전쟁 영웅은 저 멀리 사라져 버리고 사랑하는 여인의 아버지에게 어떻게 해서든 마음에 들려고 노력하는 남자가 되어버렸다.

사랑하는 남자를 아버지에게 소개시켜 준다는 생각에 죠슬린은 미처 눈치 채지 못했지만 죠슬린이 그란츠와 함께 다가오자 부폰 남작의 눈초리가 매섭게 변하기 시작했고 그 모습을 본 그란츠는 자신도 모르게 식은땀을 흘리기 시작했다.

"소개시켜 줄 사람이 있어요, 아빠!"

"그래, 누군데 그러느냐?"

"인사드려, 그란츠. 이분이 우리 아버지인 엑터 드 부폰 남작님이셔!"

"처음 뵙겠습니다, 남작님. 그란츠 드 카미넬이라고 합니다."

"그란츠 드 카미넬이라…… 이렇게 만나서 나도 반갑네!"

그란츠와 부폰 남작이 웃는 얼굴로 악수를 하자 죠슬린은 마냥 행복한 미소를 지었지만 그란츠는 은근히 잡은 손에 힘을 주는 부폰 남작의 모습에 정말 당혹스러웠다. 이런 그란츠의 마음을 아는지 모르는지 부폰 남작은 시종일관 그란츠의 허점을 찾기 위해서 여기저기를 살펴보았고 자신이 사랑하는 두 남자가 같이 있는 모습에 마냥 즐거운 죠슬린과 달리 그란츠는 부폰 남작의 매서운 눈빛에 파티가 끝날 때까지 계속 식은땀을 흘리면서 보냈다.

자신을 딸 도둑놈이라고 생각하는 부폰 남작에게 얼마나 시달렸으면 그날 밤 파티를 끝내고 저택으로 돌아온 그란츠는 지친 몸을 침대에 눕히면서 이렇게 혼잣말을 했다.

"차라리 검을 뽑아 들고 혼자 적진으로 뛰어드는 것이 낫지, 죠슬린 아버지의 눈빛 공격은 정말 못 견디겠군."

한편 지밀 왕국과의 전쟁 여파로 생긴 식량 부족과 치안 불안 때문에 불만이 가득한 왕국민들의 관심을 다른 곳으로 돌리기 위해서 부족한 왕국 재정 상황에서도 무리해서 개최한 승전 축하 파티와 승전 축제는 국왕파의 기대와는 달리 오히려 왕국민들의 큰 반발을 가져왔다. 그 배후에는 귀족파의 세작들이 퍼뜨린 소문이 크게 작용했다.

오늘도 아르미스 왕성 빈민가에는 하루 끼니를 때우기 위해서 일거리를 찾는 사람들이 주점 근처에 바글바글 모여 있었는데 이런 사람들 틈 사이로 둥글둥글한 인상의 남자 하나가 끼어서 사람들과 이야기를 나누고 있었다.

"아! 집에 있는 마누라는 밀가루가 떨어졌다고 잔소리가 장난이 아닌데 일거리는 왜 이렇게 없는지 모르겠군."

"그러게 말일세. 오늘도 공치고 집에 들어가면 마누라 바가지가 장난이 아닐 텐데……."

"그러게 말이야. 정말 큰일이야!"

하루 일당 일도 없는지 사람들 대부분이 그냥 주점 근처에 모여서 신세 한탄만 하고 있자 한구석에서 사람들이 하는 이야기만 듣고 있던 둥글둥글한 인상의 남자가 대화에 끼어들면서 국왕파에 대한 불만을 털어놓기 시작했다.

"이게 다 국왕파 귀족 놈들 때문 아닌가!"

"그게 무슨 말인가?"

"가뜩이나 왕국 사정이 힘든 상황에서 굶어 죽는 왕국민들에게 구휼미를 풀 생각은 하지 않고 국왕과 귀족들이 승전 파티니 승전 축제니 하면서 돈을 펑펑 써대니 우리같이 힘없는 사람들만 죽어나가는 것 아닌가!"

"듣고 보니 그 말도 맞군. 이런 죽일 놈들!"

"그러게 말이야! 이건 해도 해도 너무하는군."

"에이! 나쁜 놈들!"

"우리 같은 놈들은 비참하게 굶어 죽어도 괜찮다 이거지!"

"아! 정말 화가 나는군!"

"세상 참 더럽구만!"

힘든 세상살이 때문에 불평불만이 많았던 사람들에게 둥글둥글한 인상의 남자가 불씨를 던져 주자 순식간에 국왕파 귀족들을 성토하는 자리로 변해 버렸다.

이런 사람들의 모습에 둥글둥글한 인상의 사내는 살짝 미소를 지으면서 자리를 빠져나갔고 이렇게 왕국민들과 국왕파를 이간질시키는 일이 귀족파의 간세들에 의해서 왕성 곳곳에서 벌어졌다.

이렇게 귀족파의 배후 공작으로 왕국민들의 민심이 전혀 의도하지 않았던 방향으로 흘러가자 하마스 국왕과 카브레라 공작은 크게 당황했다. 승전 축하 파티와 축제가 끝나자 맥클라인 후작을 수장으로 한 귀족파 귀족들은 일제히 왕국민들의 민심을 앞에 내세워서 국왕파를 압박하기 시작했다.

상황이 이렇게 전개되자 중앙정계에서 국왕파의 입지가 급격하게 줄어들기 시작했고 반면에 귀족파들은 맥클라인 후작을 중심으로 뭉쳐서 국왕파 귀족들을 정계에서 밀어내면서 정권을 장악해 나갔다. 상황이 이렇게 최악으로 굴러 떨어지자 하마스 국왕과 카브레라 공작은 극단적인 선택을 하고 말았다.

왕궁에서 하마스 국왕과 긴 시간 동안 독대를 하고 나온 카브레라 공작은 시종일관 굳은 표정으로 자신의 저택으로 돌아와서는 집사를 보내서 자신의 심복부하이자 근위군단장을 맡고 있는 레인 백작을 은밀히 자신의 저택으로 불러들였다.

카브레라 공작이 기다리고 있는 응접실로 들어간 레인 백작은 심각한 표정으로 소파에 앉아 있는 공작의 모습에 살짝 긴장된 표정을 짓고는 맞은편 소파에 앉으며 입을 열었다.

"부르셨습니까, 공작님?"

"어서 오게, 레인 백작. 내 자네에게 긴히 할 말이 있어서 불렀네."

"무슨 말씀이신데 이렇게 심각한 표정을 지으시는 겁니까?"

"그전에 자네에게 물어볼 것이 있네! 자네, 근위군단의 지휘권을 확실하게 장악하고 있는가?"

카브레라 공작의 입에서 근위군단이 거론되자 레인 백작은 불길한 느낌을 받으면서 질문에 대답을 했다.

"무슨 이유에서 그런 말씀을 하시는지 잘 모르겠지만 근위군단의 지휘권은 제가 확실하게 장악하고 있습니다, 공작님."

근위군단의 지휘권을 확실하게 가지고 있다는 레인 백작의 말에 카브레라 공작은 고개를 끄덕이더니 긴장된 목소리로 본론을 꺼내기 시작했다.

"자네가 근위군단의 지휘권을 확실하게 장악하고 있다니 일단 마음이 놓이는군. 자네도 잘 알고 있다시피 민심을 진정시키려던 승전 축제는 완전히 실패로 돌아갔고 맥클라인 후작을 중심으로 한 귀족파의 공세에 우리 국왕파의 입지가 상당히 좁아졌네. 아니, 이미 정권이 귀족파에 넘어갔다고 봐도 무방할 정도이지. 그래서 하마스 국왕 전하께서 오늘 큰 결심을 하셨네!"

"큰 결심이라고 하시면……."

"한 달 후에 열리는 맥클라인 후작의 생일 파티날 근위군단을 동원해서 귀족파 귀족들을 모조리 잡아들이게!"

"헉! 그 말씀은!"

"그렇네! 국왕 전하께서는 무력을 동원해서 귀족파 귀족들을 완전히 숙청하기로 결정을 내리셨네!"

무력으로 피의 숙청을 하겠다는 카브레라 공작의 말에 레인 백작은 큰 충격을 받았지만 이내 냉정을 되찾고는 차분한 얼굴로 공작에게 말을 했다.

"국왕 전하께서 그렇게 결정하셨다면 명령에 따르겠습니다."

"후우! 자네만 믿겠네! 귀족파들이 눈치를 못 채도록 파티날까지 철저하게 비밀을 지켜야 할 것이네!"

"알겠습니다, 공작님."

"마음도 심란한데 우리 같이 술이나 한잔하세!"

믿음직스러운 레인 백작의 대답에 카브레라 공작은 미소를 지으면서 레인 백작의 어깨를 두드려 주었다.

다음날부터 레인 백작은 근위군단 소속의 휘하 천인장들을 은밀히 불러서 병사들을 확실하게 장악하도록 명령을 내리고는 한 달 동안 특별 훈련을 실시하도록 명령을 내렸다.

이렇게 국왕파가 위험한 도박을 준비하고 있는 사이에 지밀 왕국과의 전쟁에서 세운 공을 인정받아 자작으로 승작한 그란츠는 사랑하는 여인 죠슬린의 아버지인 부폰 남작에게 점수를 따기 위해서 뻔질나게 죠슬린의 집을 들락거리고 있었는데 처음에는 딸을 훔쳐 가는 도둑놈이라고 싫어하던 부폰 남작도 그란츠가 얼굴에 철판을 깔고 계속해서 찾아오자 조금씩 그란츠에게 마음을 열기 시작했다.

오늘도 죠슬린의 집을 찾아간 그란츠는 응접실에서 부폰 남작이 제일 좋아하는 놀이인 체스를 함께 두고 있었는데 그동안 노력의 성과인지 체스를 두는 두 사람의 분위기가 무척 부드러웠다.

"자! 체크메이트!"

"이런! 그런 수가 있었군요?"

"어떤가? 이번에도 졌지?"

"끄응… 분하지만 졌습니다."

"하하하! 이로써 20전 18승 2패로군! 어떤가? 다시 한 판 더 두겠는가?"

"당연하지요. 한 번 더 부탁드리겠습니다."

"하하하하! 이 사람, 부탁은. 자, 그럼 다시 한 번 더 둬볼까?"

그란츠가 패배를 인정하자 부폰 남작은 어린아이처럼 좋아했고 다시 한 번 더 두자는 말에 즐거운 표정으로 체스 말을 다시 정리하기 시작했는데 그때 응접실 문이 열리면서 죠슬린이 쟁반에 따뜻한 차와 쿠키를 가지고 들어왔다.

"어머! 아직도 체스를 두고 있는 거예요?"

"체스가 뭐가 어때서. 이것만큼 재미있는 놀이가 있으면 한 번 가지고 와보거라!"

"하하하하! 맞습니다, 장인어른!"

"그렇지! 자네가 뭘 조금 아는군!"

처음에 어색했던 것을 극복하고 어느새 자연스럽게 장인어른이라고 부를 정도로 가까워진 두 사람의 모습에 죠슬린은 부드럽게 미소를 지으면서 가지고 온 차와 쿠키를 탁자에 내려놓았다.

"호호호! 이제 두 사람 손발이 척척 맞는군요."

"허허허! 그러냐? 아무튼 차는 잘 마시겠다."

"목이 조금 컬컬했었는데 차를 가져다줘서 고마워, 죠슬린."

"호호호! 알았어요. 쿠키도 가져왔으니까 어서들 드세요."

죠슬린이 자리에 앉자 체스판을 한쪽으로 잠시 치우고 가지고 온 차와 쿠키를 먹으면서 즐겁게 이야기를 하기 시작했다.

"그래, 내일 영지로 내려간다고?"

"예, 장인어른. 그동안 지밀 왕국과의 전쟁 때문에 영지를 너무 오래 비워두었습니다. 아버님도 근위군단에 종사하고 계셔서 몸을 빼기 어려운 상황이니 제가 영지에 한번 내려가 봐야 합니다."

"그렇지. 영지를 너무 오래 비워두는 것도 안 좋은 일이야. 카미넬 백작이 시간이 없다면 당연히 자네가 영지를 챙겨야지! 그래, 이번에 내려가면 얼마나 영지에 있다가 다시 왕성으로 올라올 생각인가?"

"아무래도 그동안 밀린 일이 많으니 내년 봄에나 다시 왕성에 올라올 수 있을 겁니다."

"그렇겠지. 아무튼 영지 일을 끝내면 빨리 왕성으로 돌아오게. 우리 죠슬린이 자네가 돌아오기를 눈이 빠지게 기다리고 있으니까 말이야!"

"어머! 아버지는……."

죠슬린이 기다리고 있다는 부폰 남작의 말에 죠슬린이 부끄러운지 얼굴을 붉히자 부폰 남작은 큰 소리로 웃음을 터뜨렸고 그란츠는 그런 죠슬린을 쳐다보면서 부드러운 미소를 지었다.

"허허허허! 녀석, 부끄러워하기는. 아무튼 빨리 돌아오게. 나도 자네랑 다시 체스를 두고 싶으니까 말이야!"

"하하하! 알겠습니다, 장인어른."

이렇게 영지로 내려가기 전에 죠슬린의 집에서 즐거운 시간을 보내고 저택으로 돌아온 그란츠는 마이어스와 유그라스 집사는 물론 저번 지밀 왕국과의 전쟁 때 영지군을 대신해서 용병을 모아서 이끌고 왔다가 아직 영지로 내려가지 않은 기사 드팔린과 계속 저택을 지키면서 카미넬 백작을 보좌하고 있는 기사 론과 데니스를 자신의 방으로 불렀다.

　"부르셨습니까, 자작님?"

　"어서들 오세요. 일단 편하게 자리에 앉아서 이야기를 나누지요."

　"알겠습니다."

　드팔린 등이 미리 준비해 둔 의자에 앉자 그란츠가 심각한 얼굴로 말문을 열었다.

　"이렇게 다들 내 방으로 부른 이유는 혼란스러운 요즘 정계 상황에서 일어날 수 있는 위급한 사태에 대한 대비책을 세우기 위해서요."

　"으음……."

　"아버님은 계속 괜찮다고 하시지만 내가 보기에 현재 왕국 정계는 언제 피바람이 불어도 이상하지 않을 정도로 위급한 상황이오. 그래서 난 저택과 가족들을 지킬 사병들을 더 뽑았으면 하는데 여러분의 생각은 어떤지 모르겠소."

　그란츠의 말에 방 안에 모인 모든 사람들이 고개를 끄덕이면서 찬성을 했다.

　"현명한 선택이십니다. 요즘같이 어지러운 상황에서는 스스로를 지킬 수 있는 무력을 갖추는 것이 최고입니다."

"맞습니다. 지금보다 저택에 있는 사병을 두 배는 더 늘려야 합니다."

"저도 찬성입니다."

"저… 그런데 자작님, 만약을 대비해서 사병을 확충하는 것도 좋은 생각이시지만 그것보다 더 시급한 문제가 있습니다."

"시급한 문제라… 그것이 무엇이오, 유그라스 집사?"

"왕성에서 사병이 필요할 정도의 문제가 생긴다면 그건 귀족파와 국왕파의 대규모 무력 충돌밖에 없을 겁니다. 그런 상황에서는 사병이 많은 것보다 차라리 유사시에 영주님과 가족 분들이 왕성에서 안전하게 빠져나갈 수 있는 방법을 마련하는 것이 더 필요할 것 같습니다."

"그렇군. 탈출 방법이라… 그건 생각을 못했군."

"유그라스 집사님의 말씀이 맞는 것 같습니다. 그런 상황에서는 사병들을 동원해서 저택을 지키는 것보다 왕성을 탈출해서 영지로 돌아가는 것이 최고의 선택입니다."

"좋아! 그럼 두 가지 일을 동시에 다 추진하도록 하지요. 우선 유그라스 집사와 론 경은 사병들을 추가로 뽑아서 사병들의 숫자를 두 배로 늘리도록 하고 드팔린 경과 데니스 경은 유사시에 왕성을 안전하게 빠져나갈 수 있는 탈출로를 알아보도록 하시오. 그리고 유그라스 집사는 이걸 항상 가지고 있다가 급박한 상황이 발생하면 이 구슬을 깨도록 하세요."

그란츠가 미리 준비해 둔 주먹만 한 하얀 마법 구슬을 건네

주자 유그라스 집사는 궁금중이 일어서 무슨 구슬인지를 물었고 그란츠는 살짝 미소를 지으면서 구슬에 대해서 설명을 해줬다.

"마법 구슬입니다. 그걸 깨면 아무리 멀리 있어도 급한 일이 일어난 것을 알 수 있으니까 상황에 따라서 내가 적절하게 대응할 수 있을 겁니다."

"오! 대단한 물건이군요."

"이런 신기한 물건이 있다니 놀랍군요."

그란츠의 설명에 유그라스 집사는 신기하다는 표정으로 구슬을 이리저리 살펴보기 시작했고 방 안에 있는 다른 사람들도 신기한지 구슬을 쳐다보고 있었다. 그런 사람들의 모습에 그란츠는 피식 미소를 지으면서 회의를 정리했다.

다음날 아침 그란츠는 가족들에게 인사를 하고는 불안한 마음을 뒤로하고 마이어스와 호위병 몇 명을 데리고 영지로 내려갔다.

그동안 카미넬 영지는 엄청난 발전을 거듭하고 있었는데 모잠 요새 근처에 개발된 금광과 철광에서는 안정적으로 상당히 많은 양의 광물들이 채광되어졌고 그동안 오크들 때문에 제대로 개간하지 못했던 비옥한 토지들을 개간해서 곡식을 심자 영지민들을 다 먹이고도 절반 이상이 남을 만큼 많은 양의 곡식들이 생산되었다.

그리고 인구도 많이 늘어서 이제 영지민의 숫자가 30만에 육박하고 있었는데 이 숫자도 카미넬 영지가 살기 좋다는 소문을 듣고 구름같이 몰려드는 유민들로 인해 언제 깨질지 모르는 상황이었다. 이렇게 영지민들이 폭발적으로 늘어나고 여러 가지 그란츠가 벌려놓은 사업들 때문에 총관으로 승진한(?) 크레인은 정말 잠잘 시간도 부족할 정도였고 밑에서 일하는 다른 행정관들도 정말 과로로 쓰러지기 일보 직전이었다.

크레인은 오늘도 과로로 충혈된 두 눈을 억지로 뜨고는 평상시처럼 집무실을 가득 채우고 있는 서류 더미들을 열심히 처리하고 있었다.

똑똑똑!

노크 소리와 함께 문이 열리면서 하급 행정관으로 보이는 남자 하나가 서류를 한 아름 안고 안으로 들어왔다.

"으싸! 크레인 총관님, 오늘 결재해 주셔야 하는 서류를 가져왔습니다."

급한 서류를 가져왔다는 하급 행정관의 말에 자기 키보다 더 높이 쌓인 서류 더미에 파묻혀 있던 크레인이 겨우 고개를 들면서 입을 열었다.

"어디서 올라온 서류인데 그렇게 급하다는 건가?"

"으음… 일단 므네 마을에 있는 선착장 확장 예산 집행 건과 포그 마을에 있는 목장 확장 건, 그리고 군부 쪽에서 올라온 영지병 추가 모집안입니다."

"후우… 알겠네. 거기 놓고 나가보게! 아! 그리고 나가는 길에 주방에 이야기해서 집무실로 내 식사를 가져다 달라고 이야기해 주게!"

집무실 안에 가득 쌓인 서류 더미를 보며 크레인이 한숨을 쉬자 하급 행정관이 그 마음 잘 안다는 표정으로 크레인을 애처롭게 바라보았다.

"알겠습니다. 수고하십시오, 총관님."

"그래, 자네도 수고하게!"

정말 주인을 잘못 만나서 엄청 고생하는 크레인이었다.

한편 아르미스 왕성을 출발한 그란츠 일행은 전원이 말을 타고 빠르게 움직여서 출발 이틀 만에 국왕 직영지 경계선 근처에서 야영 준비를 하고 있었는데 이번에 왕국 정규군에서 빼온 원터스와 수군 출신 부하들이 야영 준비를 하는 모습을 쳐다보면서 그란츠는 마이어스와 함께 지도를 펼쳐서 이동 경로를 의논하고 있었다.

"마이어스, 자네 말은 영지까지 되도록 마을을 거치지 않고 바로 직선으로 달려가자는 말이군."

"그렇습니다, 자작님. 이미 영주님과 자작님이 국왕파로 분류된 이상 자작님의 행적이 알려지면 귀족파 영지를 지나갈 때 괜한 시비에 말려들 수도 있습니다."

"흐음! 그렇군. 하루라도 빨리 영지를 둘러보고 다시 왕성으로 올라가야 하는데 괜한 시비에 휘말려서 아까운 시간을 허비할 수는 없지! 알겠네. 내일부터는 꼭 필요한 때를 제외하면 불편하지만 계속 야영을 하면서 최대한 빨리 영지로 돌아가도록 하지!"

"알겠습니다, 자작님."

이렇게 마이어스와 그란츠가 앞으로 움직일 이동 경로를 상의하고 있을 때 나귀를 탄 젊은 남자 두 명이 그란츠 일행의 야영지로 다가왔고 그 모습에 주변 땅을 고르고 모닥불을 지피고 있던 윈터스와 부하들이 일제히 허리에 찬 검을 뽑아 들었다.

"누구냐!"

"진… 진정하십시오! 근처를 지나가다가 여러분이 보이길래 같이 노숙을 할 수 있을까 해서 온 겁니다."

"어떻게 할까요, 자작님?"

윈터스와 부하들이 검을 뽑아 들면서 소리를 치자 나귀를 타고 오던 젊은 남자 두 명은 상당히 당황한 얼굴로 급하게 나귀에서 내리면서 사정을 설명했고 그 모습에 윈터스가 고개를 돌려서 어떻게 해야 할지 의견을 묻자 그란츠는 검을 잡았던 흔적이 전혀 보이지 않는 부드러운 손과 대충 봐도 먹물깨나 먹은 티가 팍팍 나는 두 사람의 모습에 순순히 같이 야영하는 것을 허락했다.

"왕성 근처라 비교적 안전하다고 하지만 그래도 혹시 모르니 같이 야영을 하도록 하지!"

"알겠습니다, 자작님. 자작님이 허락을 하셨으니 나귀는 저쪽에 말들과 같이 매어두고 이리 와서 모닥불을 쬐게!"

"고… 고맙습니다."

그란츠의 허락이 떨어지자 윈터스는 바로 검을 집어넣으면서 아까와는 다르게 두 사람에게 친절하게 말을 했지만 금방이라도 목을 베어버릴 것처럼 행동했던 것이 머릿속에 남아있는지 떨린 목소리로 대답을 했다.

초짜티가 팍팍 풍기는 두 사람의 모습에 윈터스와 부하들은 피식 미소를 지으면서 야영 준비를 끝마쳤고 야채 수프와 빵뿐이지만 저녁까지 준비가 되자 일행은 모두 크게 지펴놓은 모닥불에 빙 둘러앉아서 식사를 하기 시작했다.

물론 노먼과 토니—사람 좋은 윈터스가 물어봐서 두 사람의 이름을 알게됐다—도 그란츠 일행에 끼어서 한자리를 차지하고 저녁을 맛있게 먹고 있었다.

"쩝쩝! 우와! 정말 맛있는데요!"

"하하하! 내가 뭐라고 했나. 생긴 건 저래도 잭이 음식 솜씨하나는 일품이라니까!"

"맞아! 굼벵이도 구르는 재주가 있다고, 잭이 음식은 잘하지!"

"하하하하!"

"그런데 자네들은 뭐 때문에 이렇게 단둘이서 여행을 하고 있는 건가? 이 근처가 왕성에 가까워서 몬스터들은 없다고 하지만 사나운 맹수들이나 간간이 나타나는 도적들 때문에 이렇게 아무런 무장도 없이 여행을 하면 많이 위험하다고!"

어느새 많이 친해졌는지 위험하게 돌아다니고 있는 두 사람이 걱정이 된 윈터스의 말에 토니와 노먼은 안색이 어두워지면서 여행을 하게 된 사연을 하소연하듯이 이야기했다.

"후우… 저희는 뭐 이러고 돌아다니는 게 좋겠습니까? 하지만 어쩔 수 없는 사정이 있습니다."

"사정이라니? 무슨 일인데 그러나?"

"사실 저희들은 왕성에 있는 왕립 아카데미를 졸업한 학생들입니다."

"왕립 아카데미라? 그러면 행정학부를 졸업했겠군?"

왕립 아카데미를 졸업했다는 말에 그란츠가 흥미를 느끼면서 질문을 하자 다른 사람들의 행동과 말을 통해서 그란츠가 자작 작위를 가진 귀족인 것을 알고 있는 토니와 노먼은 조심스러운 눈빛으로 질문에 대답을 했다.

"그렇습니다, 자작님. 저희 둘 다 행정학부를 졸업했습니다."

"호오! 그럼 금의환향해서 고향으로 돌아가는 중인가?"

금의환향이라는 그란츠의 말에 토니와 노먼은 동시에 한숨을 내쉬면서 말을 이었다.

"그랬으면 얼마나 좋겠습니까? 실은 졸업한 지 반년이 넘었지만 일자리를 구하지 못하고 고향으로 돌아가는 길입니다."

"아니? 왕립 아카데미를 졸업했다면 상당한 인재들인데 왜 일자리를 못 구한 건가?"

계속되는 그란츠의 질문에 두 사람은 쓸쓸한 미소를 지으면서 이렇게 된 사연을 계속 이야기했다.

"물론 왕립 아카데미를 졸업하면 거의 다 졸업과 동시에 좋은 곳에 취직을 하는 것이 보통입니다. 하지만 저희같이 아무런 배경이 없는 평민 출신 졸업생들은 일자리를 구하기 어렵습니다. 기껏해야 시골 영지에서 평생토록 세금 징수관 노릇이나 하면 다행입니다."

두 사람의 말에 그란츠는 예전에 콜만 경이 영지로 오게 된 사연을 떠올리고는 그런대로 실력은 있어 보이는 두 사람을 영지로 데려가서 크레인의 쫄병으로 주기로 마음먹었다.

"흐음… 그렇단 말이지. 그래, 고향에 내려가면 할 일은 있나?"

"딱히 할 일이 있는 것은 아닙니다. 돈도 없는데 계속 왕성에 있기도 그렇고 계속 있어봤자 미래도 없어서 그냥 고향으로 돌아가는 겁니다."

"그래? 그러면 잘됐군! 마침 영지에 행정관이 필요했었는데 고향에 내려가도 마땅히 할 일이 없다면 우리 영지에 가서 행정관으로 일해보는 건 어떤가?"

"저… 정말이십니까?"

자포자기 심정으로 고향으로 돌아가던 토니와 노먼은 갑작스러운 카미넬의 제의에 놀라서 자신들이 잘못 들은 게 아닌가 싶어서 무례라는 걸 알면서도 그란츠에게 다시 한 번 확인을 했고 그런 두 사람의 모습에 그란츠는 사람 좋은 미소를 지으면서 친절하게 대답해 줬다.

"내가 자네들을 상대로 왜 이런 농담을 하겠는가? 분명히 자네들에게 영지 행정관 직을 제의하는 것이네!"

"가… 감사합니다!"

"받아만 주신다면 열심히 일하겠습니다, 자작님."

일 지옥에 한발을 걸치는 것이라는 것도 모르고 토니와 노먼은 행정관 직 제의를 덥석 받아들이면서 너무 좋아하고 있었고 그란츠는 그런 두 사람의 모습을 바라보면서 의미심장한 미소를 지으며 아무도 듣지 못할 정도의 작은 목소리로 혼잣말을 했다.

"우리 영지 행정관 직이 보수도 좋고 다 괜찮은데 한 가지 흠이 있다면 잠을 제대로 못 잘 정도로 일이 많다는 거지……. 뭐, 그 정도는 영지에 가서 일하다가 코피 몇 번 흘리다 보면 금방 극복할 수 있을 거야!"

이렇게 영지로 내려가는 길에 뜻밖의 행운으로 토니와 노먼이라는 인재를 주워가는 그란츠였다.

한편 맥클라인 후작의 심복이자 귀족파의 브레인 역할을 하고 있는 모츠 백작은 왕성 곳곳에 심어놓은 세작들로부터 올라오는 정보를 분석하면서 뭔가 찝찝한 기분을 느끼고 있었다.

"왕성 안에서 뭔가 큰일이 벌어지고 있는 것 같은데 무슨 일인지 정확하게 집어낼 수가 없으니 정말 답답하군."

세작들의 보고서를 보면 왕성 안은 평안 그 자체인데 무슨 일인지 계속해서 자신을 자극하는 불길한 예감에 모츠 백작은 혹시라도 자신이 놓치고 지나간 것이 있는지 집무실 책상에 앉아서 세작들의 보고서를 다시 한 번 자세하게 검토하고 있었는데 그때 갑자기 집무실 문이 거칠게 열리면서 모츠 백작의 장남인 크라이가 급하게 들어오면서 긴장된 목소리로 입을 열었다.

"아버님, 알아냈습니다!"

"알아냈다니, 도대체 뭘 알아냈다는 말이냐?"

"그동안 계속해서 아버님의 마음을 불안하게 했던 원인을 알아냈습니다."

"뭐라고? 뭘 알아냈는지 어서 이야기를 해보거라!"

"근위군단에 잠입해 있는 세작의 보고에 의하면 얼마 전부터 훈련을 핑계로 근위군단 병사들의 외출을 막고 강훈련과 함께 국왕 전하에 대한 충성을 강조하는 정신 교육을 강도 높게 실시하고 있다 합니다."

"으음, 근위군단이라… 이거 생각보다 일이 심각하게 돌아가는 것 같군. 애야, 넌 지금 당장 세작들을 풀어서 근위군단의 움직임을 철저하게 감시하도록 해라. 난 당장 맥클라인 후작님께 가봐야겠다."

"알겠습니다, 아버님. 조심해서 다녀오십시오."

왕성에 있는 무력단체 중 가장 강력한 무력을 보유하고 있는 근위군단의 수상한 움직임에 모츠 백작은 바로 맥클라인 후작을 찾아가서 근위군단의 이상 징후에 대해서 자세하게 보고를 했고 귀족파의 수장답게 영민한 맥클라인 후작도 불길한 기분을 느끼고는 귀족파 핵심 인물들을 자신의 저택으로 불러

들여서 최악의 경우 근위군단과 맞서 싸울 수 있는 무력을 보유하기 위해서 각자 보유하고 있는 사병들을 최대한 왕성으로 불러들이기로 했다.

물론 이렇게 복잡한 경로로 사병들을 왕성으로 불러들이는 것보다 상당한 군세를 보유한 귀족 연합군을 바로 왕성으로 진격시키는 것이 효과적이지만 국왕의 인가 없이 대규모 병력을 왕성 가까이 진격시키는 것은 바로 반역을 의미하는 것이기에 귀족 연합군의 동원은 최대한 자제를 하고 나중에 히든 카드로 남겨두기로 했다.

급박하게 돌아가는 왕성 상황을 모른 채 드디어 그란츠 일행은 영지로 들어가는 관문인 드래곤 협곡 관문 요새에 도착했고 그곳에서 하루를 쉰 다음 바로 잘 정비된 영지 가도를 타고 금방 영지성에 도착할 수 있었다.

생각보다 길어진 지밀 왕국과의 전쟁 때문에 오랜만에 영지로 돌아온 그란츠는 전쟁의 피해로 삭막하게 변해 버린 다른 영지들과 달리 한눈에 봐도 풍요롭고 여유로운 영지의 모습에 절로 미소가 지어졌고 일행과 같이 영지로 들어온 토니와 노먼은 앞으로 자신들이 일할 곳이라고 생각해서인지 여기저기 신기한 눈으로 두리번거리고 있었고 그런 두 사람의 모습을 발견한 그란츠는 피식 미소를 지으면서 입을 열었다.

"하하하! 앞으로 자네들이 일할 곳인데, 어떤가? 마음에 드나?"

"물론입니다, 자작님. 다른 곳과 달리 영지민들의 얼굴 표정이 밝은 것이 영주님이 영지 경영을 잘하시는 것 같습니다."

"그렇습니다. 아주 좋은 곳 같습니다, 자작님."

"하하하! 그런가! 첫인상이 좋다니 다행이군."

"자작님, 저기 크레인 총관님과 영지 가신들이 마중을 나왔습니다."

그때 마이어스가 말을 타고 옆으로 와서 저택 앞에 나와 있는 가신들의 모습을 전해주었다. 마이어스의 말대로 크레인 총관을 선두로 가신들과 영지 관리 20명이 저택 앞에 모여 있다가 말을 탄 그란츠가 저택 앞에 도착하자 일제히 허리를 굽히면서 인사를 했다.

"어서 오십시오, 소영주님."

"소영주님, 개선을 축하드립니다."

"하하하! 영지 일로 바쁠 텐데 뭐 하러 이렇게 다 나왔어요? 우선 안으로 들어가지요."

"알겠습니다. 어서 안으로 드시지요."

가신들의 인사를 받으면서 저택 안으로 들어간 그란츠는 2층 방으로 올라가서 천천히 목욕을 하면서 장거리 여행에 지친 몸을 추슬렀다.

마이어스는 이런 그란츠를 대신해서—자기가 꼬셔서 영지에 데려와 놓고는 피곤하니까 마이어스에게 떠넘겨 버렸다—토니와 노먼을 데리고 저택 옆에 있는 행정청으로 크레인 총관을 찾아갔다.

똑똑똑!

"총관님, 저 마이어스입니다."

"들어오세요."

들어오라는 크레인 총관의 말에 무심코 문을 열고 총관 집무실로 들어간 마이어스는 집무실을 가득 채우고 있는 산더미 같은 서류에 놀라서 자기도 모르게 몇 발자국 뒷걸음을 쳤고 마이어스를 따라서 안으로 들어온 토니와 노먼도 방 안을 가득 채우고 있는 서류를 보고는 너무 놀라 멍하니 입만 벌리고 있었다.

그때 서류 산 사이에서 크레인 총관의 목소리가 흘러나왔다.

"거기 있는 서류들 안 무너지게 조심해서 안으로 들어와요."

"아… 아! 예! 알겠습니다, 총관님."

안쪽으로 들어오라는 크레인 총관의 말에 위태롭게 쌓여 있는 서류 산을 피해서 조심스럽게 안으로 들어가자 서류 산에 둘러싸여서 책상에 앉아 정신없이 서류를 처리하고 있는 크레인의 모습이 눈에 들어왔다.

"소영주님을 모시고 영지까지 오느라고 많이 피곤할 텐데 쉬지 않고 여기까지 무슨 일입니까?"

"아! 예! 총관님에게 소개시켜 줄 사람이 있어서 이렇게 찾아왔습니다."

"소개시켜 줄 사람이요?"

소개시켜 줄 사람이 있다는 마이어스의 말에 이야기를 들으면서도 계속해서 서류에 고개를 박고 있던 크레인이 고개를 들며 마이어스의 뒤에 서 있는 토니와 노먼을 쳐다봤다.

"네! 여기 있는 두 사람인데 이름은 토니와 노먼이라고 합니다. 이분은 우리 영지 행정을 책임지고 계시는 크레인 총관님이네. 어서 인사드리게!"

"안녕하십니까? 토니라고 합니다."

"처음 뵙겠습니다. 노먼이라고 합니다."

"반갑네! 난 크레인 므 엔시라고 하네! 그러고 보니 아까 소영주님 뒤에서 말을 타고 있던 사람들이군."

"네! 맞습니다, 총관님. 이 두 사람은 이번에 왕립 아카데미를 졸업한 인재들입니다. 영지로 돌아오는 길에 우연히 저희 일행과 인연을 맺어서 자작님께서 영지 행정관으로 영입했습니다. 그래서 이렇게 총관님에게 인사를 드리러 온 겁니다."

두 사람이 그란츠가 영입해 온 새로운 행정관이라는 말에 많이 지쳐 보이는 크레인의 얼굴에 순식간에 화색이 돌면서 자리에서 벌떡 일어났다.

"정말인가? 오~! 정말 잘 왔네! 하하하!"

"예? 예……!"

"좋아! 좋아! 일단 왕립 아카데미를 졸업했다니 기본적인 행정 업무는 바로 할 수 있겠군. 그럼 당장 일을 시작하도록 하지! 자네들은 이리로 날 따라오게!"

크레인 총관은 뭐가 그리 좋은지 연신 싱글벙글 미소를 지으면서 마이어스를 집무실에 혼자 남겨둔 채 어디로 도망이라도 갈까 봐 직접 토니와 노먼의 손을 꼭 잡고 밖으로 나가서 과로에 지친 행정관들에게 이 기쁜 소식을 알렸고 자신들이 행정관으로 새로 왔다는 소식에 자리에서 벌떡 일어나서 만세까지 부르면서 좋아하는 선배 행정관들의 모습에 토니와 노먼은 이게 도대체 어찌 된 영문인지 정신을 차릴 수 없었다.

이렇게 자신이 데려온 토니와 노먼이 크레인 총관에게 잡혀서 영지 도착 첫날부터 일 지옥 속에 끌려 들어간 것도 모르고 저택에서 혼자 푹 잔 그란츠는 다음날 아침이 되자 오랜만에 주요 가신들을 불러서 그동안 밀린 업무를 보고받기 시작했는데 회의실을 가득 채우면서 모인 가신들은 그란츠가 안으로 들어오자 일제히 자리에서 일어나면서 허리를 숙여 인사를 했다.

"편히 쉬셨습니까, 소영주님?"

"오랜만에 저택으로 돌아와서 그런지 푹 쉬었습니다. 대충 다 모인 것 같으니까 이제 그만 회의를 시작하지요. 다들 자리에 앉아요!"

"알겠습니다, 소영주님."

가신들의 인사를 받으면서 그란츠가 상석에 위치한 자신의 자리에 앉으면서 회의를 시작하자고 하자 그란츠 옆 자리에 앉아 있는 크레인 총관이 대표로 일어나서 회의를 진행하기 시작했다.

"회의를 시작하기 전에 지밀 왕국과의 전쟁에서 큰 공을 세우시고 무사히 영지로 귀환하신 소영주님께 축하를 드립니다."

"축하드립니다, 소영주님."

"왕국을 지킬 의무가 있는 귀족으로서 전쟁에 나가 작은 공을 세운 것이니 너무 그렇게 얼굴에 금칠을 하시지 마시오!"

"아닙니다. 충분히 훌륭한 공을 세우셨습니다."

"맞습니다. 왕성에서 보내온 전령을 통해서 소영주님의 활약상을 다 들었습니다. 그 소식을 전해 들은 영지민들이 얼마나 소영주님을 자랑스러워하는지 모릅니다."

가신들의 칭찬에 그란츠가 겸손하게 말을 하자 가신들은 너나 할 것 없이 전령을 통해 전해 들은 그란츠의 활약상을 마치 자신들이 한 일인 것처럼 이야기하기 시작했고 그란츠는 부끄러운지 얼굴을 붉혔다.

"흠흠… 뭘 그렇게까지. 아무튼 그 이야기는 그 정도에서 마무리하고 어서 회의를 진행하게. 크레인 총관."

"알겠습니다, 소영주님. 그럼 지금부터 회의를 시작하겠습니다. 우선 그동안 늘어난 영지 인구부터 보고를 올리겠습니다. 그동안 지밀 왕국과의 치열한 전쟁으로 삶의 터전을 잃어버린 왕국 남부 주민들이 안정된 삶을 찾아서 대규모로 저희 영지에 들어오는 바람에 영지민의 숫자가 30만 명까지 불어났습니다."

지밀 왕국과의 전쟁에 참전하기 위해서 영지를 떠날 때까지만 해도 10만 명에 불과하던 영지 인구가 아무리 전쟁 때문에 발생한 대규모 피난민들이 영지로 들어왔다고 하지만 불과 몇 달 사이에 세 배인 30만 명으로 불어났다는 크레인 총관의 말에 그란츠는 너무 놀랐다.

"3… 30만 명이라니? 그게 정말인가, 크레인 총관!"

"예! 많이 놀라셨겠지만 사실입니다. 30만 명이라는 숫자도 조만간 넘어설 것이라는 예상입니다."

"아니! 총관, 아무런 준비도 없이 갑자기 인구가 늘어나면 발생하는 여러 가지 부작용을 충분히 알고 있으면서 계속 영지로 들어오는 유민들을 통제하지 않고 아직도 계속 늘어나고 있다니 도대체 이게 어떻게 된 것인가?"

너무 놀라 이유를 물어보는 그란츠의 모습에 크레인 총관은 자기도 답답한지 한숨을 쉬면서 많은 문제를 일으키는 유민들의 유입을 통제하지 못하고 있는 이유를 설명했는데 사실 지금 카미넬 영지처럼 급격한 변화와 개발로 미처 관리 체계가 자리를 잡지 않은 상태에서 기존 영지민들과 이질적인 유민들의 대규모 유입은 치안 부재와 각종 문제들을 유발시킬 수 있는 아주 심각한 문제였다.

"후우… 소영주님이 뭘 걱정하시는지 저도 잘 알고 있습니다. 하지만 유민들의 상태가 너무 심각해서 어쩔 수 없었습니다."

"유민들의 상태가 심각하다니 그게 무슨 말인가?"

"사실 소영주님이 전쟁에 참전하시고 있는 동안은 영지에 인구를 늘릴 생각이었었습니다. 하지만 영지에서 필요한 물자를 조달하기 위해서 저희 영지와 몰타 왕국에 있는 롬펜 성을 왕래하는 리즈레인스 상단을 통해서 전쟁 기간 중에 포로로 잡히거나 지밀 왕국군의 인간 사냥에 의해서 잡힌 저희 왕국민들을 지밀 왕국이 천문학적인 전쟁 비용을 충당하기 위해서 대규모로 몰타 왕국 노예시장에 팔고 있다는 소식을 듣고는 그냥 방관만 하고 있을 수는 없었습니다. 그리고 계속해서 늘어나는 개발 수요 때문에 인력 수입은 불가피한 선택이었습니다. 그래서 롬펜 성에서 저희 왕국 출신 노예를 사들이면서 전쟁을 피해 피난을 떠나온 왕국민들을 영지에 받아들인 겁니다."

전쟁 기간 중에 지밀 왕국으로 잡혀간 포로들과 왕국민들이 모두 비참한 노예가 되어서 롬펜 성에 있는 국제 노예시장에서 대규모로 팔려 나가고 있다는 크레인 행정관의 말에 그란츠는 크게 분노했다.

"지밀 왕국으로 끌려간 왕국민들이 노예로 팔리고 있다니 그게 사실인가?"

"사실입니다, 소영주님. 그동안 롬펜 성에서 거래된 노예의 대부분이 저희 왕국 출신이었습니다."

"죄없는 왕국민들이 지밀 왕국에 끌려가서 노예로 전락하다니… 정말 부끄럽군. 그래, 롬펜 성에서 사들인 우리 왕국민은 총 몇 명인가?"

"그동안 재정이 허락하는 한도 안에서 최대한 사들여서 2만 명 정도를 영지로 데려올 수 있었습니다."

"2만 명이라… 크레인 총관, 나중에 내가 따로 자금을 내줄 테니 비참한 노예 생활을 하고 있는 왕국민들을 최대한 많이 구해오세요."

"알겠습니다, 소영주님."

"그런데 갑자기 인구가 많이 늘어나서 여러 가지 문제가 많이 발생했을 텐데 문제들을 어떻게 해결하고 있나요?"

"일단 정착을 시키기 전에 기존 영지민들과의 원만한 융화를 위해서 영주성 근처에 임시 수용 시설을 만들어서 한 달간 저희 영지에서 지켜야 하는 일과 여러 가지 특이 사항들을 철저하게 교육시킨 다음에야 영지에 가족별로 정착을 시키고 있습니다. 그리고 갑작스러운 인구 증가로 일어나는 치안 불안을 줄이기 위해서 대대적으로 영지군과 자경대를 증강시켰고 영지민들의 안정적인 경제활동을 위해서 소영주님이 계획을 세워놓으신 여러 가지 건설 사업을 서둘러서 진행시키고 있습니다."

자신이 없는 상황에서도 폭발적인 인구 증가에 당황하지 않고 차분하게 대처를 하면서 문제를 해결해 나가고 있는 가신들의 모습에 그란츠는 만족스러운 미소를 떠올랐다.

"좋아요! 훌륭하게 대처를 했어요. 영지민들 간에 화합을 위해서 한 달간 교육을 시키고 돈을 벌 수 있는 일자리와 치안을 확립하다니, 정말 훌륭해요. 그럼 그 문제는 이쯤에서 넘어가고, 영지군은 얼마나 확충을 시켰나요?"

그란츠가 만족스러운 미소를 지으면서 영지군에 관해서 묻자 크레인 총관 맞은편에 앉아 있는 기사 콜만이 입을 열었다.

"예! 영지군에 대해서 보고를 올리겠습니다. 우선 불안한 왕국의 내정 상황 때문에 최대한 영지군을 확충하라는 소영주님의 전갈에 기존에 있던 영지군을 대폭 확충해서 소영주님이 영지를 떠나시기 전에 말씀하신 대로 1만 5천 명을 한 개 군단으로 한 총 3개 군단 4만 5천 명의 영지군을 편성해서 연일 맹훈련을 하고 있습니다. 그리고 카미넬 검법을 전수한 3천 명의 기사 후보생들은 그동안 실행한 강도 높은 수련으로 상당한 진전을 보이고 있습니다."

4만 5천 명의 영지군을 훈련시키고 있다는 콜만의 말에 그란츠는 든든한 표정을 지어 보이면서 그동안 아무것도 모르는 오합지졸들을 정예 병력으로 훈련시키느라 힘들었을 콜만 경과 군부 쪽 가신들을 칭찬했다.

"4만 5천의 대군이라! 정말 말만 들어도 든든하군요. 그동안 정말 수고했어요!"

"과찬이십니다, 소영주님."

"그저 할 일을 했을 뿐입니다."

정말 좋아하는 그란츠의 칭찬에 콜만과 군부 쪽 가신들은 그동안의 고생이 봄철 눈 녹듯이 모두 녹아내리면서 자신들의 고생을 알아주는 그란츠의 말에 뿌듯한 마음이었고 금방이라도 무슨 일이 벌어질 것 같았던 왕성 분위기에 내심 불안하던 그란츠는 최악의 경우 내전이 벌어져도 상황을 충분히 극복할 수 있을 정도의 병력이 자신의 지휘하에 있다는 것을 알자 정말 든든한 마음이었다.

이날 개최된 회의는 대체적으로 만족스럽게 끝이 났는데 영지군의 확충과 인구 증가 건을 제외하고 모잠 요새 근처에서 추가로 은광이 하나 발견되고 농업 생산력이 비약적으로 늘어났다는 희망적인 보고가 줄을 이었다. 하지만 이런 와중에도 특이한 보고가 하나 있었다. 바로 괴짜 건축 기술자 랭커스터가 감독하고 있는 새로운 영주성 건설이 계속해서 설계 변경을 하면서 엄청난 영지 예산을 잡아먹고 있다는 것이었다. 당장 영지에 유입된 새로운 영지민들의 일자리가 필요한 그란츠는 일단 당분간은 필요에 의해서 랭커스터의 행동을 지켜보기로 했다(나중에 이런 그란츠의 결정에 의해서 대륙 최고의 규모와 예술성을 자랑하는 카미넬 성이 완성되었다).

이렇게 그란츠가 영지에 돌아와 있을 때 국왕파의 불온한 움직임을 미리 눈치 챈 귀족파 귀족들은 만약의 사태를 대비하기 위해서 각자 영지에 있는 사병들을 은밀하게 왕성 안으로 불러들이기 시작했다. 이렇게 왕성으로 들어온 사병들은 맥클라인 후작의 심복인 모츠 백작의 지휘하에 각 귀족들의 저택에 흩어져서 저택을 지키는 사병들로 위장하고는 은밀하게 비상사태에 대비하고 있었다. 맥클라인 후작의 생일 파티에 맞춰서 거사를 준비하고 있는 국왕파에서는 이런 귀족파의 움직임을 전혀 눈치 채지 못하고 있었다.

이렇게 된 원인에는 근위군단 군단장인 레인 백작의 실수가 크게 작용했는데 거사에 대한 보안과 확실한 지휘권 확립을 위해서 이례적으로 레인 백작이 근위군단 전체를 이끌고 왕성 안에 있는 근위군단 주둔지에서 훈련을 실시하자 자연적으로 500명의 로얄 가드들이 지키고 있는 왕궁을 제외한 아르미스 왕성의 경비와 4개의 성문 관리가 치안대에게 넘어갔는데 이 치안대를 장악하고 있는 사람이 귀족파 인물인 렌지 드 오몬트 자작이었고 이 때문에 정보가 완전히 차단되어서 귀족파 사병들의 대규모 입성을 국왕파 쪽에서는 전혀 알 수가 없었다. 오늘도 평상복으로 갈아입어 위장한 귀족파 사병들이 성문을 지키고 있는 치안대의 묵인 아래 하나둘 아르미스 왕성으로 들어오고 있었다.

Grants Saga

6. 피로 얼룩진 생일 파티

근위군단을 대신해서 아르미스 왕성 동쪽 성문을 지키고 있는 왕성 치안대 백인대장 스미스는 이른 아침부터 성문을 통과하고 있는 100명 정도 규모의 상단 행렬을 성문 위에서 의미심장한 표정으로 바라보고 있었는데 그런 스미스에게 상단을 검문한 부장 테플이 다가와서 말을 건넸다.

"지금 성문을 지나가고 있는 상단까지 포함하면 지금까지 저희 백인대가 지키고 있는 성문을 통과해서 성안으로 들어간 인원이 1천 명이 넘습니다."

"1천 명이라… 벌써 그렇게 많이 들어갔나? 하긴 그동안 아무리 적어도 하루에 2~30명씩은 꼭 오몬트 자작님이 그냥 검문없이 왕성 안으로 들여보내라는 무리들이 성문을 통과했으니. 후우… 이거 정말 조만간에 왕성에 무슨 일이 생겨도 아주 크게 벌어질 것 같구만!"

"그러게 말입니다. 치안장이신 오몬트 자작님의 명령대로 저들을 그냥 통과시키고는 있지만 한눈에 봐도 용병이나 귀족들의 사병들로 보이는 무리들을 이렇게 왕성 안에 많이 들여보내도 되겠습니까?"

걱정스러운 표정으로 말하는 테플 부장의 말에 스미스도 어두운 표정으로 이제 성문을 완전히 통과해서 왕성 안 어딘가로 이동하고 있는 상단의 뒷모습을 바라보면서 입을 열었다.

"후우… 나도 그게 걱정이지만 위에서 무슨 생각이 있으니까 이렇게 저들을 왕성 안으로 들여보내는 것이겠지! 아무튼 왕성 안에 돌아가는 상황도 그렇고 예감이 좋지 않으니까 자네는 부하들을 잘 챙겨서 만일의 사태에 대비하고 있게!"

비상 상황에 대비하라는 스미스 백인대장의 말에 테플 부장은 굳은 얼굴로 대답을 했다.

"알겠습니다, 스미스 백인장님!"

이런 식으로 근위군단을 대신해서 왕성을 지키고 있는 치안대의 묵인 아래 아르미스 왕성 안으로 들어온 귀족들의 사병은 총 4,700명에 달했는데 아무리 이들이 사병들 중에서 골라 뽑은 정예 병력이라고 하지만 이들만 가지고는 유사시에 1만 명이 넘는 병력을 보유하고 있고 왕국에서 가장 훈련이 잘된 최정예 병사들로 구성된 근위군단을 상대하기에는 역부족이 었다. 하지만 더 이상 사병들을 아르미스 왕성 안으로 들여오면 만일을 대비해서 사병을 왕성 안으로 들여온 비밀을 지키기도 어려웠고 자칫 잘못해서 이 사실이 국왕파의 귀에 들어간다면 꼼짝없이 사병들을 왕성으로 데려와서 반역을 시도한다는 누명을 뒤집어쓰면서 명분을 국왕파 쪽에 넘겨 버릴 수도 있었기 때문에 더 이상 사병들을 왕성 안으로 데려오지 않았다.

하지만 근위군단의 수상한 움직임이 마음속에서 계속 걸린 맥클라인 후작은 션즈 백작에게 명령을 해서 귀족 연합군 일부 병력을 은밀히 움직여서 아르미스 왕성에서 반나절 거리에 있는 더크립 숲에 주둔시켰다.

한편 그동안 밀려 있던 결재 서류를 검토하고 사인을 하느라고 정신없이 시간을 보내던 그란츠는 크레인 총관이 산더미처럼 가지고 온 서류들 중에서 급한 서류를 일단 먼저 처리하고는 영지에 돌아온 지 4일 만에 이번에 영지로 데려온 원터스와 왕국 수군 출신 병사들을 데리고 영지 서쪽에 위치해 있는 영지 유일의 항구 마을 므네로 시찰을 떠났다.

그동안 도끼눈을 뜨며 지키고 있는 크레인 총관 때문에 제대로 쉬지도 못하고 계속 머리 아픈 서류 더미에 둘러싸여서 스트레스를 받던 그란츠는 오랜만에—4일을 견디지 못하고 크레인 총관의 감시가 느슨해지자 바로 원터스와 수군 출신 부하들을 이끌고 영지 시찰을 간다는 핑계로 저택 밖으로 빠져나왔다—말을 타고 시원한 바람을 맞으면서 밖으로 나와서 달리자 그란츠는 해방감에 정말 하늘을 날아갈 것만 같았다.

몇 년 전 왕성에서 있었던 불미스러운 일로 그란츠가 영지에 돌아왔을 때만 해도 그저 그런 작은 어촌 마을에 불과했던 므네 마을은 이제 평상시 상주인구가 1만 명이 넘고 마을 주변은 두텁고 튼튼한 성벽으로 둘러싸인 중급 규모의 성으로 발전해 있었고 해안가에 만들어진 거대한 부두와 대규모 상업 지역을 중심으로 발전한 중심가는 바쁘게 오고 가는 화물과 사람들로 정신이 없을 정도였다.

바다에서 풍겨오는 짠 냄새와 활기찬 부두 모습에 그란츠를 수행해서 온 윈터스와 왕국 수군 출신 병사들은 다들 상당히 들뜬 표정들이었다. 그런 일행의 모습을 발견한 그란츠는 살짝 미소를 지으면서 입을 열었다.

"다들 므네 성에 온 소감이 어때?"

"그냥 작은 어촌 마을 정도를 예상하고 있었는데 이렇게 큰 부두를 가지고 있는 성이었다니 정말 놀랍습니다, 소영주님."

"맞습니다. 정말 대단합니다."

활기찬 부두 모습에 온통 마음을 빼앗긴 윈터스와 병사들의 대답에 그란츠는 만족스러운 웃음을 지으면서 그란츠의 신분을 알고 므네 성 외곽까지 마중 나와 있던 본 행정관에게 고개를 돌리면서 말을 했다.

"본 행정관, 이번에 새로 확장하겠다고 보고서를 올린 부두는 어디인가?"

"계속 늘어나는 화물 물량을 원활하게 처리하기 위해서 저기 부두 옆에 있는 갯벌에 새로운 부두를 만들려고 합니다, 자작님."

그란츠의 질문에 본 행정관이 배에 실려 있는 화물을 내리느라고 정신이 없는 부두 한쪽에 펼쳐져 있는 넓은 갯벌을 가리키면서 대답을 하자 그란츠는 갯벌 주변을 잠시 살펴보고는 고개를 끄덕이면서 입을 열었다.

"흐음… 부두를 만들기에는 적당한 땅이군."

"그렇습니다, 자작님. 배후 부지도 넓고 내륙으로 움푹 들어온 것이 갯벌에 흙만 채워 넣어서 다지면 부두로써 최고의 입지 조건을 가지고 있습니다."

그란츠의 말에 옆에서 갯벌을 유심히 살펴본 원터스도 고개를 끄덕이면서 찬성을 했다.

"바다에 대해서는 전문가인 원터스 자네가 그렇게 말을 하니 더욱더 마음에 드는군. 좋아! 본 행정관, 영주성으로 돌아가는 대로 부두 건설안을 결재해 줄 테니까 그렇게 알고 미리 준비를 하고 있게!"

"알겠습니다, 자작님!"

"그럼 부두 문제는 이렇게 처리하기로 하고 이제 그만 므네성 행정청으로 가도록 하지. 본 행정관, 안내하게!"

"예! 자작님, 이리로 오시지요!"

그란츠의 말에 본 행정관은 앞장서서 말을 움직이며 므네성 중앙에 만들어진 3층 높이의 행정청 건물로 안내했고 그 뒤를 원터스와 수군 출신 병사들이 오랜만에 맡아보는 바다 냄

새와 갈매기 소리를 들으면서 정겨운 표정으로 주변을 두리번 거리면서 따라갔다.

다음날부터 그란츠는 본 행정관과 함께 므네 성의 현안들을 살펴보면서 시간을 보냈고 윈터스와 수군 출신 병사들은 그란 츠가 일을 하는 사이에 물 만난 고기처럼 므네 성 이곳저곳을 돌아다니면서 신나게 구경을 했다.

이런 식으로 일주일간을 보낸 그란츠는 윈터스와 수군 출신 병사들을 행정청 안에 있는 집무실로 불러들였는데 그동안 뭘 어떻게 하고 지냈는지 다들 얼굴이 새까맣게 타 있었고 그 모 습에 그란츠는 짐작되는 것이 있는지 빙긋 웃음을 지었다.

"부르셨습니까, 자작님?"

"후후후! 그래, 내가 불렀네. 그런데 그동안 어디서 뭘 했기 에 다들 얼굴이 그렇게 잘 탔는가?"

"천성이 뱃놈이라 그동안 부하 놈들과 계속 부두에서 낚시 도 하고 뱃사람들과 어울려 지내다 보니까 어느새 이렇게 얼 굴이 다 탔나 봅니다."

다 알고 있으면서도 일부러 모르는 척하면서 물어보는 그란 츠의 질문에 윈터스는 뒷머리를 긁적이면서 그동안 부두 주변 을 신나게 돌아다닌 것을 사실대로 이야기했고 윈터스의 말에 그란츠는 크게 웃음을 터뜨리면서 입을 열었다.

"하하하! 천성이 뱃놈이라! 그렇지, 그래서 하는 말인데 윈 터스 자네가 여기 므네 성에서 영지 수군을 창설하고 직접 지 휘해 보는 것은 어떻겠나?"

"그… 그게 무슨 말씀입니까, 자작님?"

"무슨 말이기는, 이번에 영지에 새로 만들 수군을 자네가 직접 맡아서 지휘해 보라고 제의를 하고 있는 것이네! 사실 어지러운 왕국 내부 사정 때문에 영지를 오고 가는 물자들을 육로로 안정적으로 운송할 수 없는 상황에서는 안전한 해상 운송로의 확보가 필수적인데, 그동안 잠잠하던 해적들이 영지를 오고 가는 배들의 왕래가 많아지자 가끔씩 영지 주변 바다에 나타나서 화물선들을 약탈하기 시작했네. 지금은 피해가 적지만 앞으로 해적들의 출몰이 많아지면 최악의 경우 항로가 완전히 봉쇄될 수도 있기에 항로를 위협하는 해적들을 완전히 토벌할 계획이네. 하지만 영지에 제대로 된 수군이 없는 상황이라 제대로 된 대항을 못하고 있었는데 마침 이번에 윈터스 자네가 우리 영지에 왔으니 이번 기회에 자네와 같이 영지로 들어온 수군 출신 병사들을 중심으로 영지 수군을 창설할 생각인데, 자네들 의견은 어떤가?"

"마, 맡겨만 주신다면 절대 실망시키지 않겠습니다, 자작님!"

"맞습니다. 맡겨만 주십시오!"

그동안 계속된 지밀 왕국과의 전쟁 때문에 생긴 병력 부족 문제를 해결하기 위해서 왕국 수군이 완전히 폐지되어서 계속 왕국군에 남아 있어도 바다에 나가 배를 탈 수 없었기에 반쯤 포기하고 있던 바다에 대한 꿈을 그란츠가 다시 꽃피울 수 있는 기회를 주자 윈터스는 너무 놀랍고 좋아서 제대로 정신을 차릴 수 없을 정도였다.

"하하하! 그렇게 좋아하다니 정말 다행이군. 그럼 오늘부터 원터스 자네는 책임을 지고 이곳 므네 성에서 영지 수군을 창설하고 훈련을 시키게!"

"알겠습니다! 자작님의 마음에 꼭 드는 용맹한 수군들을 육성시켜 놓겠습니다!"

"좋아! 그런 마음가짐과 자네의 능력이라면 자네 말대로 최고의 수군들을 육성할 수 있을 거야!"

"과찬이십니다! 저… 그런데 자작님, 새로 창설하는 영지 수군의 규모는 어느 정도로 생각하고 계십니까?"

"음… 일단 이곳 므네 성을 중심으로 우리 영지를 안전하게 왕래할 수 있는 항로를 확보하려면 인근 해적들을 완전히 압도할 수 있는 규모는 되어야겠지. 자세한 규모나 편성은 나보다 자네가 전문가이니 알아서 하도록 하게! 필요한 예산과 인력은 영주성에 있는 크레인 총관에게 말을 하면 바로 지원해 줄 거야!"

자신을 믿고 영지 수군에 대한 전권을 모두 맡기는 그란츠의 말에 원터스는 다시 한 번 감격한 표정으로 말을 했다.

"이렇게 저를 믿어주신다니, 자작님의 기대를 절대 저버리지 않겠습니다!"

"아하하하! 좋아! 자네만 믿네!"

다시 바다에 나가서 마음껏 배를 탈 수 있다는 생각에 의욕이 넘친 원터스는 다음날 아침 바로 므네 성 전역에 그란츠의 이름으로 새로 창설하는 영지 수군을 모집한다는 포고문을 붙이고 예전에 수군 기지가 있던 착참 성에 사람을 보내서 조선 기술자들을 모집해서 데려오도록 했다.

이렇게 그란츠가 영지에 내려와서 그동안 쌓여 있던 일을 처리하고 왕국 수군 함장 출신인 윈터스를 중심으로 영지 수군을 새롭게 창설하고 있을 때 귀족파 수장인 맥클라인 후작의 생일 파티를 며칠 앞에 둔 아르미스 왕성은 국왕파와 귀족파들 간에 묘한 긴장감이 흐르고 있었는데 특히 맥클라인 후작의 생일 파티날 거사를 치를 계획인 근위군단장 레인 백작은 심복부하들을 통해서 휘하 병력들을 완전히 장악하고 조용히 때를 기다리고 있었다.

"모두 잘 알고 있다시피 이제 거사 날짜가 얼마 남지 않았소! 다들 거사를 성공적으로 치르기 위해서 휘하 병력들을 완벽하게 장악하도록 하시오!"

"알겠습니다, 군단장님!"

국왕파 사람들로 채워진 휘하 천인대장들을 회의실로 불러 모아 놓고 굳은 얼굴로 입을 여는 레인 백작의 말에 11명의 천인대장들은 씩씩한 목소리로 대답을 했고 그 모습에 레인 백작은 든든하다는 표정을 지으며 계속 말을 이어갔다.

"일단 내일부터 치안대가 대신하고 있는 왕성 경비를 다시 인수받고 거사날 밤에는 귀족파 귀족들이 아르미스 왕성을 빠져나가지 못하도록 5개 천인대가 성문을 닫고 왕성을 완전히 봉쇄하도록 하고 나머지 6개 천인대는 미리 계획한 대로 귀족파 주요 귀족들의 저택과 파티가 개최될 맥클라인 후작의 저택을 철저하게 포위해서 하마스 국왕 전하에게 역심을 품고 있는 가증스러운 귀족파들을 모조리 잡아들이도록 하시오!"

"알겠습니다, 군단장님."

"좋아! 계획대로 거사가 성공한다면 며칠 후에는 왕국을 좀먹고 있는 부패한 귀족파 놈들을 왕성에서 모조리 쓸어버릴 수 있을 거야!"

귀족파의 수장인 맥클라인 후작의 생일 파티에 참석하기 위해서 왕성으로 올라온 귀족파 귀족들을 한꺼번에 모조리 잡아들이기 위해서 레인 백작은 왕성을 완전히 봉쇄하고 무려 6천 명에 달하는 근위군단 병사들을 한꺼번에 풀어서 귀족파들에게 대항할 시간을 주지 않고 속전속결로 거사를 진행할 생각이었다.

하지만 이런 레인 백작의 계획에는 치명적인 위험 요소가 잠재되어 있었는데 그건 바로 레인 백작의 예상보다 훨씬 많이 왕성 안에 들어와 있는 귀족파의 사병들이었다.

아무튼 이렇게 레인 백작이 휘하 천인대장들을 소집해서 거사 계획을 점검하고 있을 때 귀족파의 핵심 귀족인 모츠 백작과 션즈 백작은 아르미스 왕성 외곽에 있는 한 귀족파 귀족의 별장에서 은밀하게 회동을 가지고 있었다.

"근위군단을 주시하고 있는 세작들의 보고를 종합해 보면 조만간에 국왕파 쪽에서 큰일을 벌일 것이 확실하네."

"결국 걱정하던 대로 국왕파에서 무리수를 둔단 말인가?"

혹시 모를 세작들에 대비해서 두 백작이 데려온 기사들과 병사들이 별장 주변을 철통같이 지키고 있는 가운데 굳은 표정으로 응접실 소파에 앉아 있는 모츠 백작의 말에 맞은편에 앉아 있는 션즈 백작은 목이 탄지 앞에 놓인 차를 한 모금 마시면서 침울한 목소리로 입을 열었다.

"아마 며칠 후에 왕성에서 열리는 맥클라인 후작님의 생일 파티날 국왕파에서 장악하고 있는 근위군단을 동원해서 우리를 칠 생각인 것 같네!"

"그렇겠지. 귀족파의 수장인 맥클라인 후작님의 생일 파티이니 당연히 거의 대부분의 귀족파 인물들이 참석할 테고 지밀 왕국과의 전쟁으로 세력이 많이 약해진 국왕파의 입장에서는 파티장에 모인 귀족들만 모조리 사로잡을 수 있다면 큰 피해 없이 정국의 주도권을 되찾을 수 있으니 그것만큼 좋은 기회도 없을 거야!"

"그건 나도 잘 알고 있네. 하지만 난 오히려 이런 어려운 상황을 역이용해서 파티장을 공격할 근위군단을 기습해서 끈질기게 버티고 있는 국왕파의 숨통을 완전히 끊어버릴 계획이네!"

맥클라인 후작의 생일 파티를 취소해서 국왕파의 음모를 사전에 막아버릴 생각을 하고 있던 션즈 백작은 오히려 생일 파티를 강행해서 근위군단을 기습할 생각을 하는 모츠 백작의 말에 어이가 없다는 표정을 지으면서 말을 했다.

"그게 무슨 말도 안 되는 소린가? 모츠 백작, 아무리 우리가 만약을 대비해서 상당한 숫자의 사병들을 왕성 안에 모아놨다고 하지만 그 병력 가지고는 근위군단을 기습 공격하기는커녕 공격을 방어하기도 힘든 병력이네. 자네의 생각대로 무리하게 일을 추진하다가 만약 일이 잘못되어서 파티장에 모인 귀족들의 신상에 안 좋은 일이 발생한다면 우리 귀족파는 회복하기 어려운 큰 타격을 입을 것이네! 당장 맥클라인 후작님에게 국왕파의 움직임을 보고하고 예정되어 있는 생일 파티를 취소하자고 말해야 하네!"

귀족파의 핵심 인물들을 미끼로 던져야 하는 모츠 백작의 위험한 계책에 션즈 백작은 자리에서 벌떡 일어나면서 크게 화를 냈고 그 모습에 모츠 백작도 자리에서 일어나며 입을 열었다.

"션즈 백작, 너무 흥분하지 말고 일단 자리에 앉아서 내 계책에 대해서 한번 자세히 들어보고 나서 결정을 내리게!"

"으음… 알겠네! 하지만 미리 말해두지만 지금 우리가 가진 병력으로는 왕국 최정예 병력인 근위군단과 싸워서 이기는 것은 불가능하네!"

"자네의 말대로 병사들의 숫자나 질, 어느 측면으로 봐도 왕국 최정예인 근위군단에 비해 우리의 병력이 부족한 것은 사실이네. 하지만 우리는 국왕파의 움직임을 모조리 파악하고 있다는 큰 무기가 있네! 이 부분을 잘 이용해서 근위군단을 기습한다면 큰 성과를 거둘 수 있을 것이네!"

"물론 국왕파의 움직임을 모두 알고 있는 것이 크게 유리하게 작용하는 것은 사실이지만 전투는 이렇게 앉아서 하는 것이 아니라 검과 창을 들고 적의 목숨을 빼앗으면서 치르는 것이네. 아무리 기습 공격으로 근위군단에 타격을 준다고 해도 근본적으로 차이가 나는 전력 때문에 금방 전세가 역전되어 버릴 것이야!"

"후후후! 하지만 션즈 백작, 만약에 실전 경험이 풍부한 상당한 숫자의 용병들이 우리 쪽에 가담해서 싸운다면 어떻게 되겠는가?"

입가에 살짝 미소를 지으면서 말하는 모즈 백작의 말에 션즈 백작은 흥분을 가라앉히면서 상황을 잠시 생각해 보다가 신중한 목소리로 입을 열었다.

"으음… 확실히 전쟁 경험이 풍부한 용병들이라면 전력에 큰 보탬이 될 수 있지. 하지만 얼마나 많은 숫자의 용병들을 모을 수 있는지가 문제 아닌가! 갑자기 우리가 용병을 대규모로 모집한다면 국왕파 쪽에서도 눈치를 채게 될 것이고, 그렇다고 적은 숫자의 용병을 모집한다면 전투에 큰 도움이 안 된다고!"

"그 점은 염려하지 말게. 이미 여러 상단의 이름으로 1천 명의 용병들을 고용해 놓았다네! 기존에 각 귀족들의 저택을 지키고 있는 사병 8백 명에 몰래 왕성으로 들여온 사병 4천 7백 명, 그리고 전쟁 경험이 풍부한 용병 1천 명, 오몬트 자작이 장악하고 있는 왕성 치안대 2천 명 총 8천 5백 명의 병력에다가

자네가 이끌고 온 귀족 연합군 5천 명이라면 충분히 승산있는 싸움 아니겠나?"

"그 정도 전력이라면 승산이 있지. 하지만 만약에 우리가 패한다면 귀족파를 구성하는 핵심 인물들이 모두 제거되어서 이번 한번의 전투로 귀족파가 완전히 붕괴될 수도 있어!"

"아! 그 문제라면 걱정하지 말게. 근위군단이 움직이기 시작하면 파티에 참석한 귀족들을 바로 안전한 곳으로 재빨리 피신시킬 것이네!"

어떻게 준비했는지 여러 가지 안전장치를 마련해 놓은 모츠 백작의 계책에 션즈 백작은 고개를 끄덕거리면서 입을 열었다.

"좋네! 그 정도로 완벽하게 준비가 되어 있다면 승리는 우리 것이군. 자네의 계책대로 움직이겠네!"

"하하하! 고맙네!"

"고맙기는, 이게 다 우리 귀족파를 위한 일 아닌가!"

션즈 백작이 자신의 계책대로 움직이겠다고 하자 모츠 백작은 크게 웃음을 터뜨리면서 기뻐했고 션즈 백작도 눈엣가시 같았던 국왕파를 완전히 쓸어버릴 수 있다는 생각에 입가에 미소를 지으며 모츠 백작과 함께 미리 축배를 들었다.

며칠 후 저녁, 맥클라인 후작의 생일 파티에 참석하기 위한 귀족들의 마차 행렬이 후작의 저택이 있는 왕성 동부 지역으로 몰려들기 시작했고 저택 안에서는 감미로운 음악 소리와 귀족들의 웃음소리가 흘러나오고 있었다.

한편 레인 백작은 귀족들이 모두 모여서 후작의 생일 파티가 시작되자 비상대기 상태에 있던 근위군단 병력들을 일제히 움직이기 시작했다.

"빨리 움직여라! 귀족과 놈들이 눈치를 채기 전에 맥클라인 후작의 저택을 포위해야 한다!"

척척척!

"서둘러라!"

"어서 문을 잠가!"

"아빠, 저 아저씨들은 뭐야?"

"쉿! 조용히 해! 후우… 도대체 이게 무슨 일인지, 어디서 난리라도 났나?"

처음 계획했던 대로 4개 천인대가 성문을 완전히 장악해서 왕성을 봉쇄하고 귀족과 핵심 인물들의 저택을 공격하러 간 1개 천인대를 제외한 5개 천인대 5천 명의 근위군단 병사들이 파티가 열리고 있는 맥클라인 후작의 저택을 포위하기 위해서 어둠을 헤치면서 달려갔다. 길가에 살고 있던 왕성 주민들은 갑작스러운 근위군단 병사들의 움직임에 서둘러 문을 걸어 잠그고 창문 틈으로 병사들의 모습을 지켜보며 불안에 떨기 시작했다.

"백작님, 근위군단 병사들이 병영을 출발했다는 전갈입니다!"

"좋아! 당장 근위군단이 몰려오고 있는 쪽으로 이동한다! 가자!"

"알겠습니다!"

한편 미리 왕성 안으로 들어와서 근위군단 병사들의 예상 이동로에 귀족과 병사들을 곳곳에 숨겨놓은 션즈 백작은 근위 군단 병사들이 맥클라인 후작의 저택을 향해 움직이기 시작했다는 척후병들의 보고에 바로 매복해 있는 병사들에게 전투 준비를 명령하고는 자신도 휘하 기사들과 함께 근위군단 병사들이 접근해 오는 길목으로 이동했다.

잠시 뒤 후작의 저택으로 가는 대로 한쪽에 위치한 집 지붕에 자리를 잡고 몸을 숨긴 션즈 백작은 아무것도 모르고 빠른 걸음으로 다가오는 근위군단 병사들의 모습에 사악한 미소를 지으면서 입을 열었다.

"후후후! 죽을 자리인 줄도 모르고 열심히 달려오는군."

"그러게 말입니다, 백작님."

션즈 백작의 말에 옆에 있는 백작의 심복기사 홀 경이 동의한다는 말을 하자 션즈 백작은 고개를 끄덕이면서 말을 이어갔다.

"그렇다면 이쪽에서 친절하게 모조리 저승으로 보내줘야겠지! 홀 경, 저놈들이 매복 지역에 완전히 들어오면 일제히 공격하게!"

"알겠습니다, 백작님!"

션즈 백작의 명령을 받은 홀 경이 주변에서 대기하고 있던 백인장들에게 명령을 하달하자 대로 양쪽에 매복하고 있는 귀족파 병사들은 곧 벌어질 전투에 긴장이 되는지 마른침을 삼키면서 들고 있는 자신의 무기를 꽉 잡아 쥐었다.

한편 지밀 왕국과의 전쟁에서 그란츠와 함께 큰 공을 세워 근위군단 천인대장이 된 만딜로 드 미구엘 자작은 자신의 심복 기사인 알파카 경과 함께 근위군단 천인대를 이끌고 선발대로 맥클라인 후작의 저택을 포위하기 위해서 병사들을 빠르게 이동시키고 있었는데 지금까지 지나온 거리와 달리 인기척이 전혀 없는 거리의 모습에 미구엘 자작은 자꾸 불안한 마음이 들어 주변을 계속 둘러보면서 입을 열었다.

"흐음… 정말 이상하군."

"자작님, 뭐가 이상하다는 말씀입니까?"

"주변을 한번 둘러보게. 지금까지 지나온 거리와 달리 병사들의 모습에 놀라 집 안으로 들어가는 사람은커녕 이 거리에는 인기척 하나 없지 않은가? 그 점이 이상하다는 것이네!"

미구엘 자작의 설명에 고개를 돌려 주변을 살펴본 알파카 경은 뭔가 느끼는 것이 있는지 표정이 금방 굳어지면서 말을 했다.

"확실히 이상하군요. 자작님의 말씀처럼 거리에 사람의 인기척이 너무 없습니다. 꼭 숲 속에 적의 매복 부대가 숨어 있는 것처럼 말입니다."

"맞아! 아무래도 너무 불안해. 여기에서 이동을 멈추고 척후병들을 보내 거리를 수색해야겠네!"

"알겠습니다, 자작님!"

불안한 마음에 이동을 잠시 멈추려는 순간 앞에 있는 집 지붕에서 화려한 문양이 새겨진 플레이트 갑옷을 입은 기사 한 명이 벌떡 몸을 일으키더니 큰 소리로 공격 명령을 외쳤고 그와 동시에 거리 양쪽에 세워진 집 지붕에 은신해 있던 귀족파 병사들이 몸을 일으켜 세우면서 수많은 화살을 날리기 시작했다.

"하하하! 죽을 자리인지도 모르고 제 발로 걸어서 찾아온 저놈들에게 따끔한 맛을 보여줘라! 공격!"

"공격하라!"

슈슈슉! 슉! 쉬이익! 슈슉!

"적들의 매복이다! 방패를 들어라!"

"크악!"

슈슉! 슉!

"화살 공격이다! 방패를 들어서 막아라!"

채챙!

"으윽!"

슉! 슈슉!

선발대로 보이는 근위군단 천인대가 매복 지점에 들어서자 선즈 백작은 지체없이 몸을 일으키면서 큰 소리로 공격 명령을 내렸고 귀족파 병사들은 백작의 공격 명령에 일제히 화살을 쏘기 시작했다.

이런 귀족파 병사들의 매복 공격에 근위군단 병사들은 크게 당황하기 시작했고 길 양쪽에 세워져 있는 집 지붕에서 계속해서 쏘아대는 화살 공격에 순식간에 상당수의 병사들이 죽거나 부상을 입기 시작했다.

하지만 정예 병력으로 이루어진 근위군단 병사들답게 금방 정신을 차리고 각 백인대장의 지휘하에 침착하게 방패를 이용해서 화살 공격을 막아내기 시작했고, 그런 근위군단 병사들의 모습에 션즈 백작은 바로 허리에 차고 있는 검을 뽑아 들면서 귀족파 병사들을 앞으로 돌격시켰다.

"저놈들을 모조리 쓸어버려라! 돌격!"

"와아아! 돌격하라!"

"귀족파 놈들이 공격해 온다!"

채챙! 챙! 챙!

"크아악!"

"커컥!"

"왕국을 좀먹는 귀족파 놈들을 죽여라!"

겨우 병사들을 추슬러서 길 양쪽 지붕에서 날아오는 화살 공격을 막아내던 미구엘 자작은 큰 함성 소리와 함께 골목 여기저기에서 완전 무장을 한 귀족파 병사들이 쏟아져 나오자 들고 있는 검을 꽉 말아 쥐면서 휘하 병사들을 독려하면서 백병전을 시작했다.

"정의는 우리에게 있다! 국왕 전하께 반기를 든 귀족파 놈들을 모조리 죽여라!"

"와아아아!"

채챙! 챙!

"끄아아악!"

아무리 근위군단 병사들이 왕국의 최정예라고 해도 매복 기습을 당해서 기세가 꺾였고 천 명에 불과한 미구엘 자작의 천인대에 비해 매복하고 있는 귀족파 병사들의 숫자는 두 배에 달하는 2천 명이 넘었다.

결국 화살 공격에 이어 백병전이 벌어지자 미구엘 자작의 천인대는 제 실력을 발휘하지 못하고 점점 뒤로 밀리기 시작했고 션즈 백작은 근위병단 병사들이 정신을 차릴 수 없게 쉴 새 없이 계속 밀어붙였다.

"대열을 재정비할 시간을 주지 마라! 공격!"

채챙! 챙!

"커… 허억!"

"내… 내 팔!"

"이야압!"

"크흑!"

"모두 죽여라!"

"자작님! 놈들의 매복에 완벽하게 걸려들었습니다! 잘못하면 여기서 전멸당할 수도 있습니다. 더 큰 피해를 보기 전에 어서 병사들을 물려야 합니다!"

"후퇴라니! 그게 무슨 말도 안 되는 소리인가? 어서 병사들을 독려해서 저놈들을 물리치고 맥클라인 후작을 잡아야 하네!"

"하지만 자작님, 이미 놈들에게 기세를 빼앗겼습니다. 이 상태로 가다가는 힘 한번 제대로 못 써보고 천인대가 전멸될 수도 있습니다! 잠시 병력을 뒤로 물렸다가 레인 백작님이 이끌고 오시는 다른 천인대들과 힘을 합쳐서 놈들을 쓸어버리면 됩니다!"

벌써 몇 명의 적병을 죽였는지 핏물이 줄줄 떨어지는 검을 들고 다가온 알파카 경은 직접 검을 휘두르면서 병사들을 독려하고 있는 미구엘 자작에게 다급한 목소리로 계속 후퇴를 건의했고 끝까지 싸워야 한다고 주장하던 미구엘 자작도 결국 너무나 불리한 전투 상황에 어쩔 수 없이 받아들일 수밖에 없었다.

"끄으응… 알겠네! 병사들에게 천천히 뒤로 물러나라고 하게!"

"알겠습니다, 자작님!"

채챙! 챙! 챙!

"끄아악!"

"커헉!"

"천천히 뒤로 후퇴해라!"

"놈들이 도망간다! 공격해라!"

채챙!

"으윽!"

취아악! 푸욱!

이렇게 선발대로 맥클라인 후작의 저택을 포위하기 위해서 이동하던 미구엘 자작의 천인대가 션즈 백작의 매복에 걸려서 큰 피해를 입고 후퇴하고 있을 때 예전부터 그란츠와 큰 악연을 가지고 있는 퀘이크 드 볼링은 아버지인 에드워드 드 볼링 남작과 함께 용병 1천 명을 이끌고 아르미스 왕성 남문으로 빠르게 접근하고 있었다.

"남작님, 척후병들의 보고로는 성벽 위에 500명 정도가 배치되어 있고 나머지 병력은 성문 앞에 바리케이드를 치고 성문을 완전히 봉쇄하고 있다는 보고입니다."

"이런… 바리케이드라니. 일이 어렵게 됐군. 배러닛 경, 놈들이 방어선을 더 튼튼하게 만들기 전에 재빨리 기습을 해서 성문을 확보한다!"

"알겠습니다, 남작님!"

자신이 이끌고 온 용병들과 비슷한 숫자의 병사들이 성문을 지키고 있다고 하자 볼링 남작은 정면으로 싸우는 것보다 기습을 하기로 하고 용병들을 은밀하게 성문 쪽으로 접근시켜 나갔다.

한편 귀족파의 잔존 세력이 왕성을 빠져나가지 못하게 근위군단 1개 천인대를 이끌고 남문을 철통같이 지키고 있는 다니엘 드 핌코 자작은 휘하 병사들의 전투 준비 상태를 계속 점검하면서 불안한 표정을 짓고 있었다. 그런 자작의 모습에 핌코 자작의 친동생이자 천인대 부장인 애플비 드 핌코 준남작이 다가와서 왜 그러는지 이유를 물었다.

"형님 명령대로 주변에 있는 물건들을 가져와서 성문 앞에 바리케이드를 쌓았습니다."

"그래, 잘했다. 그 정도면 아무리 많은 병력이 몰려와도 성문을 쉽게 빼앗기지 않을 거야!"

"아니, 형님. 도대체 뭐 때문에 그렇게 불안해하는 겁니까? 이미 레인 백작님이 6개의 천인대를 이끌고 맥클라인 후작과 귀족파 놈들을 치러 가셨는데 도대체 누가 이곳을 공격한다는 말입니까? 그저 우리는 처음 계획처럼 이곳을 지키고 있다가 도망치려는 귀족파 잔당들을 잡아들이기만 하면 되는 것 아닙니까?"

"후우… 그래, 그렇게 처음 계획했던 대로 거사가 진행된다면 얼마나 좋겠느냐? 하지만 왠지 모르게 불안해. 10년 넘게 전장에서 뒹굴면서 생긴 육감이 계속 내게 뭔가 일이 잘못됐다고 경고를 보내고 있어."

"아이! 또 그 육감 타령이오! 알았소! 어차피 조심한다고 손해 보는 것은 없으니까 병사들에게 경계를 더 강화하라고 지시하겠소!"

오랜 경험에서 생긴 육감이 경고를 보낸다는 핌코 자작의 말에 애플비 준남작이 어이없어하면서도 그의 말대로 경계를 강화하겠다고 하자 핌코 자작은 자신이 생각해도 억지 같은 말을 그래도 동생이라고 군말없이 따라주는 동생에게 살짝 미소를 지어주었다.

"녀석… 고맙다."

"고맙기는 무슨… 새삼스럽게……."

이렇게 두 사람이 성문 위에서 이야기를 나누고 있을 때 성문 바로 앞까지 은밀히 용병들을 접근시킨 볼링 남작은 예상보다 더 견고하게 구축된 성문 앞 바리케이드를 노려보면서 공격을 망설이고 있었다.

"끄응… 생각보다 일이 어렵게 됐군. 방어선이 너무 견고해."

"그렇습니다, 남작님. 저희가 이끌고 온 용병들만으로는 성문을 장악하기 힘들 것 같습니다. 션즈 백작님에게 전령을 보내서 지원을 받는 것이 좋겠습니다."

"그래, 아무래도 지원 요청을 해야겠어."

아버지인 볼링 남작과 가문의 기사단장 배러닛이 션즈 백작에게 전령을 보내서 지원 요청을 하려고 하자 옆에 있던 퀘이크가 반대를 하고 나섰다.

"아버님, 션즈 백작님에게 지원 요청을 하면 안 됩니다!"

"그게 무슨 말이냐?"

"이번 일에 참전한 병력 중에 가장 전투력이 뛰어난 용병을 1천 명이나 이끌고 왔는데 성문 하나 점령하지 못하고 지원을 요청한다면 자칫 아버님의 능력을 의심받을 수도 있습니다."

"으음… 그럴 수도 있겠군."

"하지만 남작님, 남문의 방어 상태를 보면 저희들만으로는 쉽게 함락시키기 어렵습니다."

"그건 걱정 마시오, 배러닛 경. 우리가 남문을 공격한다면 남문 밖에 대기하고 있는 귀족 연합군 병사들이 호응을 해서 합공을 해줄 것입니다. 그러면 충분히 승산이 있습니다, 아버님."

퀘이크의 말에 볼링 남작도 고개를 끄덕이면서 공격을 결정했다.

"퀘이크 네 말이 맞구나! 배러닛 경, 공격 준비를 하게!"

"…알겠습니다, 남작님."

사전 약속도 없이 무작정 성문 밖에 도착해 있을 귀족 연합군 병력을 믿고 공격을 시도하려는 볼링 남작에게 반대 의견을 말하려고 했지만 공명심에 불타는 남작의 눈을 발견하고는 남몰래 한숨을 쉬면서 남작의 명령대로 용병들에게 공격 준비 명령을 내렸다.

볼링 남작의 명령에 따라 석궁을 가진 용병들이 사격 위치를 잡고 나머지 용병들이 가지고 있는 무기를 거머쥐면서 돌격 준비를 다 갖추자 볼링 남작은 허리에 차고 있던 검을 뽑아 들고 큰 소리로 공격 명령을 내렸고 동시에 성문 근처에 있는 집 지붕에 올라가 있던 용병들이 일제히 석궁을 발사했다.

"일제히 공격해서 성문을 함락시켜라! 공격!"

슈슈슉! 슉! 슉!

"끄악! 컥!"

"커헉! 으윽!"

"적이다! 적의 기습이다!"

"적의 석궁 공격이다! 방패를 들고 바리케이드 뒤에 몸을 숨겨라!"

사방이 잘 보이게 곳곳에 횃불을 밝히고 남문을 지키고 있던 근위군단 천인대 병사들은 갑자기 날아오는 화살에 꽤 많은 숫자의 병사들이 쓰러졌지만 정예병들답게 금방 정신을 차리고는 미리 성문 주위에 쌓아둔 바리케이드 뒤에 몸을 숨기거나 들고 있던 방패로 화살을 막기 시작했고 그런 적들의 모습에 볼링 남작은 입술을 깨물면서 용병들을 앞으로 돌격시켰다.

"이익! 놈들을 쓸어버리자! 돌격!"

"와아아아! 가자!"

"놈들이 다가온다! 방어 대형을 만들어라!"

슈슈슉! 슉! 슉!

갑작스러운 기습에 잠시 당황했던 핌코 자작과 애플비 준남작은 노련한 기사답게 금방 상황을 파악하고는 병사들을 지휘해서 순식간에 방어 대형을 만들고 성벽 위에 배치되어 있는 궁수들에게 성문을 향해 돌격해 들어오는 용병들을 목표로 화살 공격을 명령했다.

"감히 겁없이 성문을 노리는 저놈들을 모조리 죽여라! 궁수들은 화살을 쏴라!"

쉭! 슈슉! 슉!

"끄아악! 흐걱!"

챙! 채챙! 챙!

"공격! 제일 먼저 성문에 도착하는 사람에게 큰 상금을 내리겠다! 돌격!"

"와아아! 이놈들, 죽어라!"

성벽 위에 배치되어 있던 천인대 궁수들이 화살을 쏘아대자 함성을 지르면서 달려오던 용병들의 상당수가 화살에 맞아 쓰러져 갔지만 계속 밀고 들어온 용병들은 성문 앞에 쌓인 바리케이드를 사이에 두고 천인대 병사들과 피와 살이 튀는 치열한 접전을 벌이기 시작했다.

한편 그동안 그란츠를 무고하고 비겁하게 전장에서 도망친 일로 자신의 야망에 큰 타격을 입은 퀘이크는 이번 기회에 자신의 존재를 다시 한 번 귀족파 인물들에게 부각시키기 위해서 무리하게 앞에 서서 전투를 치르고 있었고 그런 퀘이크를 지키기 위해서 옆에 따라붙은 배러닛도 덩달아 돌격 대형 제일 앞에 노출되어 고군분투하기 시작했다.

채챙! 챙! 챙!

"이놈들, 다 죽어라!"

"크악!"

"도련님, 너무 앞으로 나서지 마십시오! 위험합니다!"

슈각!

처음 기습적으로 펼쳐진 석궁 공격과 함께 기세 좋게 돌격해 들어온 귀족파 용병들은 막상 접근전이 시작되자 체계적으로 훈련받은 천인대 병사들의 공격과 바리케이드라는 방어막에 막혀서 순식간에 밀리기 시작했다.

특히 상당한 경지의 기사인 애플비 준남작이 천인대에 소속되어 있는 기사 10명을 이끌고 전투에 참가하자 귀족파 용병들은 눈에 띄게 뒤로 밀리기 시작했고 이런 상황에서 제대로 주변을 살피지도 않고 공명심에 눈이 멀어 무작정 주변에 있는 적병들을 베면서 앞으로 나가고 있는 퀘이크는 지휘관으로서 완전히 실격이었다.

"하하하! 이놈들, 어서 와라! 내가 다 죽여주마!"

"꾸에엑!"

채챙! 챙! 챙!

"이… 이런 괴물 같은!"

"으악! 어머니!"

돌격해 들어간 용병들이 천인대 병사들의 조직적인 공격에 밀리기 시작하자 볼링 남작이 직접 검을 들고 남아 있는 용병들을 이끌고 전투에 참가했지만 이미 기울기 시작한 전세를 역전시키지 못하고 계속해서 큰 피해를 내면서 뒤로 밀리기 시작했다.

"계속해서 공격해라!"

"뒤로 밀리지 마라! 크흑!"

챙! 채챙! 챙! 챙!

"이익! 공격해라! 물러서지 말고 공격하란 말이다!"

"도련님, 뒤로 물러서십시오! 잘못하면 포위되고 맙니다!"

"이런! 알았네, 배러닛 경!"

처음부터 무모한 공격을 펼쳤던 귀족파 용병들은 어느새 병력의 반 이상이 죽어나가면서 빠르게 전열이 붕괴되어 갔지만 볼링 남작과 퀘이크는 아직도 욕심을 버리지 못하고 계속해서 큰 소리로 공격 명령을 내리고 있었다.

이런 두 사람의 곁으로 여기저기 작은 부상을 입은 배러닛이 다급하게 다가와서 입을 열었다.

"도대체 성 밖에 있는 귀족 연합군들은 뭘 하고 있는 거야! 이 정도 소란이 일어나면 바로 성문을 공격해야 되는 것 아닌가?"

"남작님, 그것보다 어서 후퇴 명령을 내리셔야 합니다!"

"그게 무슨 말이냐? 후퇴라니? 용병들에게 계속 공격하라고 명령을 내리게!"

"남작님, 기대했던 귀족 연합군의 호응도 없고 용병들까지 승산이 없음을 알고 슬금슬금 몸을 뒤로 빼는 상황에서 더 이상 전투를 계속할 수가 없습니다! 어서 후퇴 명령을 내리셔야 그나마 병력을 유지할 수 있습니다."

배러닛의 말처럼 당장 후퇴 명령을 내려야 한다는 것을 알고 있었지만 여기서 패하게 되면 맥클라인 후작의 신임을 잃고 자칫 지금까지 쌓아왔던 모든 것이 한꺼번에 무너질 수도 있기 때문에 볼링 남작은 여기서 천한 용병들을 다 죽이는 한이 있더라도 절대 후퇴 명령을 내릴 수 없었다.

"안 되네! 이곳에서 용병들이 모두 전멸당하는 일이 있더라도 절대 후퇴할 수는 없네!"

"하… 하지만, 남작님!"

"맞습니다, 아버님! 절대 이곳에서 물러설 수 없습니다!"

"…알겠습니다, 남작님."

사방에서 귀족파 용병들이 천인대 병사들의 창칼에 속수무책으로 쓰러지고 있는 상황에서도 미련을 못 버리고 끝까지 전투를 고집하는 볼링 남작과 퀘이크의 답답한 모습에 배러닛은 더 이상 두 사람을 설득하는 것을 포기하고 큰 소리로 힘겹게 싸우고 있는 용병들을 독려하면서 한 명의 적이라도 더 죽이기 위해서 고군분투하기 시작했다.

"이얍! 물러서지 말라! 조금만 더 힘을 내서 싸우면 승리할 수 있다!"

채챙! 챙! 챙!

"으하하하! 놈들이 마지막 발악을 하고 있다! 더 강하게 밀어붙여라!"

"크헉… 으윽!"

스각!

"컥!"

갑작스러운 귀족파의 기습 공격에 긴장했던 핌코 자작은 믿음직스러운 자신의 병사들이 남문을 공격해 들어오던 적들을 격퇴하고 오히려 놈들을 전멸 직전의 상황까지 몰고 가자 얼굴 가득 미소를 지으면서 느긋하게 망루에서 전황을 관망하고 있었다.

그때 커다란 함성 소리와 함께 수많은 화살들이 성 밖에서 날아오기 시작했고 이런 갑작스러운 상황에 핌코 자작과 성벽 위에 있던 병사들은 크게 당황하기 시작했다.

슈슉! 쉬이익! 슉!

"와아아아! 성문을 함락시켜라!"

"적이다! 성 밖에서 적들이 쳐들어온다!"

"으아악!"

"뭐… 뭐냐? 도대체 이게 무슨 일이야!"

"자작님, 성 밖에서 엄청난 숫자의 적들이 몰려오고 있습니다!"

"이런 낭패가 있나! 성벽 위에 있는 병사들은 즉시 방어 대형을 갖추고 궁수들은 화살을 날려라!"

쉬이익! 슈슉! 슉!

"크아악!"

"어서 사다리를 걸치고 성벽을 넘어라!"

"공격! 성문을 함락시켜라!"

핌코 자작은 성 밖에서 공격해 오는 적들을 막기 위해서 급히 병사들을 독려하기 시작했지만 대충 봐도 5천 명이 넘는 대군이 성벽에 사다리를 걸치고 공성전을 펼치기 시작하자 볼링 남작의 용병들을 상대하느라고 성벽 위에는 불과 300명 정도의 병사뿐이던 근위군단 병사들은 금방 속수무책으로 밀리기 시작해서 순식간에 사다리를 타고 올라온 귀족 연합군 병사들과 성벽 위에서 치열한 백병전을 벌이기 시작했다.

"놈들이 성벽 위로 올라오지 못하게 사다리를 밀어라!"

챙! 채챙! 챙!

"크아악! 으악!"

상황이 이렇게 전개되자 볼링 남작이 이끌고 온 용병들을 전멸 일보 직전까지 몰아붙이고 있던 애플비 준남작은 귀족 연합군 병사들과 성벽 위에서 치열한 접전을 벌이고 있는 아군을 구원하기 위해서 어쩔 수 없이 병력을 뒤로 물릴 수밖에 없었고 배러닛은 근위군단 병사들이 뒤로 물러나고 성벽 위에서 치열한 백병전이 벌어지고 있는 것을 확인하자마자 볼링 남작에게 달려가서 바로 다시 성문을 공격할 것을 재촉했다.

"남작님, 성 밖에 있던 아군이 성문을 공격하고 있습니다. 어서 반격 명령을 내리시지요!"

하지만 무리하게 성문을 공격하다가 혼쭐이 난 볼링 남작은 공격 명령을 내리지 않고 일단 흩어진 용병들을 수습할 것을 명령하면서 전투를 회피했다.

"아니야! 용병들이 너무 큰 타격을 입었어! 일단 이곳에서 재편성을 하면서 상황을 지켜보세!"

"하… 하지만 지금 성문을 공격하면 적들에게 큰 타격을 줄 수 있습니다, 남작님."

"우리의 도움이 없어도 메코맥 자작이 데려온 귀족 연합군의 전력이라면 충분히 성문을 점령할 수 있을 거네! 그렇게 알고 우리는 현 지점에서 상황을 지켜보다가 패잔병들을 처리하도록 하세!"

"…알겠습니다, 남작님."

양쪽에서 동시에 공격해서 성문을 지키고 있는 천인대를 괴멸시킬 수 있는 절호의 기회인데도 기회를 살리지 않고 오히려 비겁하게 뒤에서 대기하고 있다가 지친 패잔병들을 처리하면서 전공을 가로채겠다는 볼링 남작의 말에 배러닛은 심한 배신감을 느꼈지만 자신이 충성을 맹세한 주군은 볼링 남작이었기에 어쩔 수 없이 남작의 생각대로 전투에 지친 용병들을 재정비하면서 성문을 사이에 두고 벌어지고 있는 치열한 공방전을 이를 악물고 지켜만 보았다.

"와아아! 성문을 점령해라!"

채챙! 챙! 챙!

"마… 막아라! 놈들이 성안으로 들어오게 하면 안 된다!"

"형님, 상황이 너무 절망적입니다. 우선 이곳을 내주고 어서 빨리 레인 백작님에게 이 사실을 알려야 합니다!"

"성문을 내주다니, 절대 그럴 수 없다!"

"하지만 계속 이러고 있다가는 전멸당하고 말 겁니다. 이미 성벽 대부분이 놈들에게 장악당했습니다. 더 이상 버티고 있어봐야 의미가 없어요!"

"크흑… 알았다! 병사들에게 후퇴 명령을 내려라! 레인 백작님의 본대와 합류한다!"

"예! 후퇴하라! 성문을 포기한다! 후퇴하라!"

치열한 공방전 끝에 결국 메코맥 자작이 이끄는 귀족 연합군 병사들이 남문을 장악할 수 있었지만 공격 측이 불리한 공성전을 치르는 바람에 5천 명의 병력 중 무려 1천 명에 달하는 병력 손실을 입었다.

한편 카미넬 백작가의 집사인 유그라스는 아침에 보인 카미넬 백작의 긴장한 모습에 무언가 불안한 느낌을 가지고 있다가 늦은 저녁부터 갑자기 왕성이 소란스러워지자 뭔가 큰일이 벌어지고 있다는 것을 직감적으로 느끼고는 서둘러 하인들을 밖으로 보내 무슨 일인지 알아보도록 하고는 바로 저택에 있는 기사들 중 최고참인 드팔린에게 현재 상황을 알렸다.

저택에 딸려 있는 연무장에서 수련을 하고 있다가 달려왔는지 간단한 가죽 갑옷만을 걸친 드팔린이 응접실로 찾아오자 유그라스 집사는 차분하게 현재 상황에 대해서 이야기했고 집사의 말이 다 끝나자 드팔린은 굳은 얼굴로 입을 열었다.

"집사님의 말처럼 확실히 심상치가 않군요. 일단 사병들을 집합시켜야겠습니다. 집사님은 상황을 보다 정확하게 알아봐 주십시오."

"알겠네, 드팔린 경. 무슨 일인지 상황을 파악하면 바로 알려주겠네!"

잠시 뒤에 저택 밖 상황을 알아보러 나갔던 하인들을 통해 왕성 안에서 귀족파와 국왕파의 대규모 무력 충돌이 일어났다는 것을 알게 된 유그라스 집사는 즉시 사람을 보내서 다급한 현재 상황을 사병들을 집합시켜서 저택 경계를 강화하고 있는 드팔린에게 알리도록 하고는 바로 저택 2층 침실에서 쉬고 있는 백작부인에게 현 상황을 보고했다.

근위군단 병사들을 이끌고 파티장을 포위해서 귀족파들을 한꺼번에 쓸어버리려고 했던 레인 백작은 선두 부대로 앞서 이동하던 미구엘 자작의 천인대가 기습 공격을 받고 뒤로 후퇴해 오자 뭔가 일이 잘못 돌아간다는 걸 느끼고는 일단 이동을 멈추고 상황을 파악하기 위해서 사방으로 척후병들을 보내고 각 천인대장들을 불러들였다.

"아무래도 뭔가 이상해. 기습이라니, 이게 말이나 되는 소린가?"

"그러게 말입니다. 아무래도 귀족파에서 저희들의 움직임을 미리 알고 있었던 것 같습니다."

"이런, 그러면 큰일이 아닌가? 잘못하면 내전으로 발전할 수도 있네!"

이미 귀족파에서 국왕파의 거사 계획을 알고 있는 것 같다는 더스 드 니미젤 자작의 말에 레인 백작은 심각한 얼굴로 내전 가능성이 이야기했고 그런 레인 백작의 말에 주변에 모인 모든 근위군단 지휘관들의 얼굴이 굳어졌다.

"지금 상황에서 가장 중요한 것은 어떻게 해서든 귀족파 핵심 귀족들을 확보하는 것이네! 전령을 보내 카브레라 공작님에게 현재 상황을 알리고 피해를 입더라도 놈들의 방어진을 뚫고 맥클라인 후작의 저택을 점령하도록 하게!"

"알겠습니다."

상황을 어떻게 해서든 해결해 보려는 레인 백작의 강행 돌파 명령에 천인대장들은 휘하 병사들을 독려해서 서둘러 맥클라인 후작의 저택을 향해 전진하기 시작했다.

한편 시가전에서 별 효용성이 없는 기병대의 특성상 귀족파 잔당 소탕에 투입된 카미넬 백작의 기병 천인대는 벌써 5번째로 귀족파의 저택을 공격했지만 목표였던 귀족들은 잡지 못하고 두려움에 떨고 있는 고용인들만 발견할 수 있었다.

"백작님, 이곳도 비어 있는 것 같습니다."

"벌써 5번째 저택인데 이곳도 비어 있다니, 이게 말이나 되는 일인가?"

"아무래도 귀족파들이 거사를 눈치 채고 미리 몸을 피한 것 같습니다."

"그렇다면 큰일이 아닌가? 우선 전령을 보내 레인 백작에게 이 사실을 알리고 병사들을 백인대별로 나누어서 남은 귀족들의 저택으로 보내게!"

"알겠습니다, 백작님!"

카미넬 백작의 지시에 따라 기병 천인대는 백인대별로 나누어져서 서둘러 흩어졌고 직속 백인대와 함께 그 모습을 지켜보던 카미넬 백작은 자신도 모르게 입술을 깨물었다.

"일이 이렇게 틀어지다니……."

한편 레인 백작이 이끄는 근위군단 병사들은 복잡한 시가지를 방패로 싸우는 귀족파 병사들에게 꾸준하게 피해를 입으면서도 맥클라인 후작 저택을 향해 강행 돌파를 계속하고 있었다.

하지만 이런 레인 백작의 노력도 남문을 통해 왕성으로 들어온 귀족 연합군 병사들과 오몬트 자작이 이끄는 치안대 병사들이 뒤에서 협공을 가해오자 산산이 부서지고 말았다.

"공격! 왕국을 혼란으로 이끄는 국왕파 놈들을 모조리 쓸어버려라!"

"와아아아! 공격하라!"

채챙! 챙! 챙!

"배… 백작님, 귀족파 놈들이 뒤에서 협공을 해오고 있습니다!"

"뭐라고!"

"끄아악! 내… 내 팔!"

"아군이 도착했다! 국왕파 놈들을 죽여라! 공격!"

서걱!

"커헉!"

귀족 연합군과 치안대 병력의 합류로 근위군단 병사들보다 병력이 더 많아진 귀족파 병사들의 합공에 근위군단 병사들은 정신없이 뒤로 밀리기 시작했고 결국 레인 백작은 병사들의 괴멸을 막기 위해서 퇴로를 열어서 뒤로 후퇴할 수밖에 없었다.

"백작님, 상황이 너무 안 좋습니다. 병사들을 뒤로 물리셔야 합니다!"

"끄응… 이런! 퇴로를 뚫어라! 후퇴한다!"

"퇴로를 뚫어라!"

"국왕파 놈들이 도망친다! 죽여라!"

채챙! 챙! 챙!

"대형을 유지하면서 차분히 후퇴해라! 그래야 한 명이라도 더 살 수 있다!"

레인 백작의 명령에 후퇴를 시작했지만 계속해서 몰아붙이는 귀족파 병사들의 공세에 근위군단 병사들은 제대로 대형을 유지하지 못하고 소규모 단위로 뿔뿔이 흩어지고 말았고 그나마 대형을 유지하면서 레인 백작을 따라 후퇴하는 병사들은 불과 1,500명 정도에 불과했다.

한편 거사날 저녁이 되자 왕성에 들어가서 하마스 국왕과 함께 귀족파를 소탕했다는 소식을 기다리고 있던 카브레라 공작과 국왕파 핵심 귀족들은 계속해서 들려오는 불길한 소식에 모두 굳은 표정으로 당황해하고 있었다.

"뭐라! 귀족파를 한 사람도 잡지 못하고 맥클라인 후작의 저택을 공격하러 갔던 레인 백작마저 놈들에게 패했다고?"

"예, 전하! 방금 레인 백작이 보낸 전령이 분명히 그렇게 이야기했사옵니다."

"이… 이런! 귀족파들이 갑자기 어디서 그렇게 많은 병사들을 동원할 수 있단 말인가? 도대체 이게 어떻게 된 일이오, 카브레라 공작!"

그동안 눈엣가시 같았던 귀족파를 제거하기는커녕 오히려 귀족파의 매복에 걸려 큰 피해만 입고 뒤로 밀리고 있다는 급보에 하마스 국왕은 크게 화가 나 소리를 쳤고 그런 국왕의 모습에 이번 거사를 주도적으로 계획한 카브레라 공작과 국왕파 핵심 귀족들은 제대로 얼굴을 들 수가 없었다.

"아니, 왜들 말이 없는 거요? 뭐라도 좋으니 어서 말을 해보시오!"

"송구스럽지만 아무래도 이번 거사 계획이 귀족파에게 사전에 노출된 것 같습니다."

"그게 무슨 소리요? 분명히 철저하게 비밀을 유지했다고 하지 않았소, 카브레라 공작?"

"신도 그렇게 생각했습니다만 지금 상황을 보면 귀족파들이 미리 알고 철저하게 준비를 한 것이 분명합니다."

"이런! 그렇다면 큰일이 아닌가? 귀족파들의 반격을 어떻게 막을 생각이오? 아니, 지금 당장 레인 백작을 패퇴시킨 귀족파 군대를 어떻게 막을 생각이오?"

"후우… 우선 레인 백작에게 전령을 보내 남은 병사들을 이끌고 왕궁을 지키라는 명령을 내렸습니다. 그리고 제 영지를 비롯한 왕성 근처에 있는 국왕파 귀족들에게도 급보를 전했으니 2~3일 안에 사병들을 이끌고 왕성에 도착할 것입니다."

국왕파 사병들을 왕성으로 급히 불렀다는 카브레라 공작의 말에 하마스 국왕은 자리에서 벌떡 일어나면서 큰 소리로 외쳤다.

"아니! 그 말은 귀족파와 내전을 시작하겠다는 말이 아닌가! 카브레라 공작, 지금 제정신으로 하는 말이오?"

"신도 내전 상황만은 어떻게 해서든 막고 싶지만 지금은 어쩔 수 없습니다. 이대로 앉아서 귀족파에게 죽기 싫으면 검을 빼 들고 싸울 수밖에 없지 않습니까?"

"뭐… 뭐라고……! 이런 어쩌다가 왕국이 이 지경이 되었는가…….."

강경한 카브레라 공작의 모습에 하마스 국왕은 이제 내전을 피할 수 없다는 것을 느끼고는 한때 성세를 누리던 라이오스 왕국이 자신의 대에서 무너지는 것을 느끼고는 그저 탄식만 흘러나왔다.

맥클라인 후작의 저택을 점거하려던 레인 백작의 부대를 격파하고 주도권을 가지게 된 귀족파였지만 쉽게 병사들을 몰아서 국왕파를 공격할 수가 없었는데 그 이유는 남문을 장악하면서 입은 병사들의 피해 때문이었다.

"아니, 도대체 볼링 남작은 일을 어떻게 처리했기에 일을 이 지경으로 만들었단 말인가?"

"백작님, 화가 많이 나시겠지만 그만 진정하십시오. 이렇게 공개적인 장소에서 볼링 남작을 계속 나무라시면 자칫 병사들의 사기가 떨어질 수도 있습니다."

남문을 공격하기 위해 이끌고 갔던 용병들을 거의 다 잃어버리고 남문 장악의 실패로 귀족 연합군 병사들마저 크게 피해를 입도록 만들고 돌아온 볼링 남작을 크게 추궁하던 션즈 백작은 치안대를 지휘하고 있는 오몬트 자작의 만류에 겨우 흥분을 진정시켰다.

"후우… 좋네! 그 일은 나중에 다시 이야기하기로 하고 남은 국왕파 놈들을 어떻게 처리했으면 좋겠나?"

"저희도 큰 피해를 입었지만 국왕파는 저희보다 더 큰 피해를 입은 상태입니다. 그냥 이대로 병사들을 몰고 가서 국왕파 귀족들이 왕성을 빠져나가기 전에 모조리 일망타진해야 합니다."

"맞습니다, 백작님. 국왕파가 정신을 차리기 전에 다소 무리가 되더라도 정신없이 계속 몰아붙여야 합니다."

"그렇습니다, 백작님."

자리에 모인 귀족들이 하나같이 공격을 주장하자 션즈 백작도 이번 기회에 왕성에 있는 국왕파 귀족들을 모조리 잡아들이기로 결심을 하고 병사들을 움직이려고 할 때 모츠 백작이 4명의 호위기사들과 함께 말을 타고 급히 션즈 백작에게 다가왔다.

"션즈 백작, 도대체 여기서 뭘 하고 있는 건가?"

"아니, 모츠 백작? 맥클라인 후작님과 같이 있지 않고 여기까지 무슨 일인가?"

"자네가 병사들을 움직이지 않고 가만히 있다는 소식에 이렇게 나왔네!"

"허허허! 그것 때문에 여기까지 나왔는가? 걱정하지 말게.

안 그래도 지금부터 병사들을 움직이려고 했네!"

다급한 표정의 모츠 백작과는 달리 션즈 백작이 뭘 그렇게 서두르냐는 표정으로 말을 하자 모츠 백작은 답답하다는 얼굴로 입을 열었다.

"션즈 백작, 지금 그렇게 여유를 부리고 있을 상황이 아니네! 어서 빨리 국왕파를 제압하지 못하면 일이 크게 잘못될 수도 있네!"

"일이 잘못되다니, 그게 무슨 말인가?"

"오늘 왕성에서 국왕파 귀족들을 놓친다면 국왕파와 내전이 벌어질 수도 있다는 말이네!"

내전이 벌어질 수도 있다는 모츠 백작의 말에 션즈 백작은 정신이 번쩍 들었다.

"내… 내전이라고?"

"그러니 어서 빨리 국왕파 귀족들이 왕성을 빠져나가기 전에 모조리 잡아들이게!"

"알았네! 뭣들 하는가? 어서 빨리 병사들을 움직이지 않고!"

션즈 백작은 오몬트 자작에게 치안대 병력을 이끌고 왕성을 수색해서 국왕파 귀족들을 모조리 잡아들이게 하고 자신은 나머지 병사들을 모두 데리고 가장 큰 목표인 하마스 국왕과 왕실 가족들을 확보하기 위해서 서둘러 왕성으로 이동하기 시작했다.

이렇게 서둘러 움직이기 시작한 병사들의 뒷모습을 쳐다보면서 모츠 백작은 불안한 표정을 지으며 한숨을 내쉬었다.

"후우… 이미 때를 놓친 건 아닌지 모르겠군……."

왕성 안 상황이 점점 최악으로 달려가자 유그라스 집사와 드팔린은 지금이 그란츠가 말한 최악의 상황이라고 판단을 하고는 그동안 소중히 가지고 있던 구슬을 바닥에 던져서 깨버렸다.

"이 구슬이 자작님의 말처럼 효과가 있어야 하는데……."

"자작님이 자신있게 말씀하셨으니 분명히 효과가 있을 겁니다. 그건 그렇고 만약의 사태에 대비해서 왕성을 빠져나갈 준비를 해야겠습니다."

"그건 걱정하지 마시게. 이미 마차 두 대에 필요한 물건을 싣고 언제든지 왕성을 빠져나갈 준비를 해두었네!"

"잘하셨습니다. 그럼 저택은 집사님에게 맡기고 전 백작님께 가보겠습니다."

"알겠네! 몸조심하게!"

"집사님도 몸조심하십시오."

오랫동안 백작가에게 봉사한 공으로 카미넬 백작에게 '므'라는 중간 성을 하사받고 준귀족이 된 유그라스 집사답게 이미 모든 탈출 준비를 끝내놓은 것에 드팔린은 안심하고 저택 일을 집사에게 맡기고는 사병 5명과 함께 백작을 찾으러 저택을 나섰다.

한편 예전부터 계획하고 있던 영지 수군 문제를 마무리 짓고 영주성으로 돌아와 있던 그란츠는 유그라스 집사에게 준 구슬이 깨진 것을 느끼고는 다급한 표정으로 가신들을 소집했다.

밤늦은 시각 갑작스럽게 떨어진 그란츠의 소집령에 영주성에 있던 가신들은 불안한 얼굴로 회의장에 모여들었다.

"크레인 총관, 갑자기 무슨 일로 회의가 소집됐는지 아는가?"

"글쎄, 저도 잘 모르겠습니다."

"허어… 도대체 무슨 일이지? 드래곤 산맥에 남아 있는 오크들이라도 영지로 내려왔나?"

"에이, 사병들을 동원해서 산맥에 있는 오크들의 씨를 말려 버렸는데 영지에 침입할 오크들이 있겠습니까? 그리고 오크들이 남아 있다고 해도 영지 경계를 따라 설치된 요새에 걸려서 영지에 들어올 수도 없을 겁니다."

"그렇지… 그럼 도대체 무슨 일이지……?"

이렇게 회의장에 모인 가신들이 무슨 일인지 궁금해하고 있을 때 그란츠의 입장을 알리는 소리와 함께 프레이트 갑옷을 입고 완전 무장한 그란츠가 굳은 얼굴로 회의장 안으로 들어왔고 이런 그란츠의 모습에 가신들은 뭔가 큰일이 벌어진 것을 느낄 수 있었다.

"자작님께서 들어오십니다!"

"충! 자작님을 뵙습니다."

"밤늦은 시간에 갑자기 회의를 소집해서 많이 놀랐을 것이오. 일단 급한 상황이니 필요한 말만 하겠소!"

다급하게 말을 이어가는 모습에 불안감을 느끼던 가신들은 이어진 그란츠의 이야기에 큰 충격을 받았다.

"아무래도 왕성에서 국왕파와 귀족파가 심각한 무력 충돌을 일으킨 것 같소! 잘못하면 내전으로 번질 수 있는 상황이니 즉시 영지군에 비상대기령을 내리고 전쟁 준비를 하도록 하시오! 그리고 마이어스는 정예 기병 50명을 추려서 나와 같이 왕성을 탈출해서 영지로 오고 있을 가족들을 데리러 갈 준비를 하게!"

"알겠습니다, 자작님!"

"상황이 어려운 만큼 모두들 자신의 자리에서 맡은 일을 성실히 수행해 주시오. 그리고 마이어스는 30분 안에 영주성을 출발할 수 있게 서둘러 준비를 하게!"

"예! 자작님!"

갑작스러운 그란츠의 말에 가신들은 다들 충격을 받고 많이 당황스러웠지만 금방 정신을 추스르고는 일사불란하게 그란츠의 명령을 수행하기 시작했다. 그런 가신들의 모습에 그란츠는 만족스러운 미소를 지으면서 회의장 밖으로 나갔다.

잠시 후 그란츠는 마이어스와 완전 무장한 기병 50명을 이끌고 서둘러 영주성을 출발했고 영지에 남은 가신들은 그란츠의 명령대로 전쟁 물자를 비축하고 영지군의 군기를 점검하면서 내전에 대비하기 시작했다.

이렇게 카미넬 영지가 전시 체제로 바뀌고 있을 때 아르미스 왕성 안의 상황은 더욱더 악화되고 있었는데 션즈 백작이 귀족파 병사들을 이끌고 국왕이 있는 왕궁을 장악하기 위해서 군대를 이끌고 오자 레인 백작도 남은 근위군단 병사들을 총동원해서 방어전을 펼치기 시작했고 이 때문에 왕궁 주변은 두 세력이 펼치는 전투로 한 폭의 지옥도가 펼쳐지고 있었다.

"크악! 국왕파 놈들을 모조리 죽여라!"

채챙! 챙! 챙!

"막아라! 귀족파들이 왕궁에 접근하지 못하게 목숨을 걸고 막아라!"

"아악! 사… 살려줘!"

"다 죽어라! 크헉!"

왕궁 주변 시가지 곳곳에서 근위군단과 귀족파 병사들은 검과 창으로 서로를 찔러 죽이면서 치열한 접전을 벌이고 있었는데 어느 순간부터 병사들은 왜 이렇게 싸워야 하는지도 잊고 피의 광기에 젖어 무의식적으로 서로를 죽이고 있었고 이 과정에서 무고한 왕국민들까지 억울하게 희생되고 있었다.

"내… 내 다리… 으악!"

서걱!

"어… 어머니……!"

"와아아! 공격!"

"정의는 우리와 함께한다! 나 미구엘을 따르라!"

"와! 반역자들을 처단하자!"

병사들의 비명과 병장기 부딪치는 소리가 담을 넘어 왕궁 안까지 들리기 시작하자 카브레라 공작은 더 이상 지원군이 올 때까지 왕궁을 지킬 수 없다고 판단을 내리고는 서둘러 하마스 국왕과 왕실 가족들을 피신시키도록 명령을 내렸다.

　"서둘러라! 아군이 성문을 장악하고 있을 때 왕성을 빠져나가야 한다!"

　"알겠습니다, 공작님! 꼭 필요한 물건들만 챙겨라!"

　피난 명령이 떨어지자 황급히 피난 보따리를 싸는 시녀와 시종들을 지나 대전으로 들어간 카브레라 공작은 왕좌에 앉아 두려움에 떨고 있는 하마스 국왕과 왕실 가족들에게 예를 올리면서 단호한 어투로 입을 열었다.

　"국왕 전하, 송구스럽지만 저 무도한 역적들이 왕궁 담을 넘기 전에 다른 안전한 곳으로 피난을 가셔야 될 것 같습니다."

　"공작, 그… 그렇게 상황이 안 좋단 말인가?"

　"레인 백작과 근위군단 병사들이 목숨을 걸고 왕궁을 지키고 있지만 얼마 못 버틸 것 같습니다. 저 불한당 같은 귀족파에 붙들리기 전에 서둘러 왕궁을 빠져나가셔야 합니다."

　"끄응… 알겠네! 그런데 어디로 피난을 가자는 말인가?"

　왕궁을 지키기 힘들 것 같다는 카브레라 공작의 말에 하마스 국왕은 모든 것을 체념한 듯한 표정으로 왕좌에서 몸을 일으키며 공작에게 어디로 피난을 갈 것인지 물었고 그런 처량한 국왕의 모습에 카브레라 공작은 비통한 심정으로 대답을 했다.

"일단 왕성에서 가깝고 가장 안전한 신의 영지로 전하를 모실 것입니다."

"하긴 지금 상황에서는 공작의 영지가 그래도 제일 안전하겠지. 왕궁을 떠나기로 결정을 했으니 더 험한 모습을 보기 전에 서둘러 피난을 가세!"

"알겠습니다, 전하! 뭣들 하느냐! 서둘러 전하와 왕실 가족 분들을 모셔라!"

"예! 공작님!"

어서 왕궁을 떠나자는 하마스 국왕의 말에 카브레라 공작은 왕궁을 지키는 500명의 로얄 가드들과 100명의 근위기사들의 호위를 받으면서 국왕과 핵심 귀족들과 함께 국왕과 왕실 가족들을 모시고 왕궁을 빠져나가기 시작했다.

이런 탈출 러시는 왕궁뿐만 아니라 귀족들이 모여 살고 있는 왕성 동부 지역에서도 일어나고 있었는데 귀족파와 국왕파와의 유혈 충돌이 점점 격화되자 뒤늦게 상황이 심상치 않은 것을 알아차린 수많은 귀족들이 황급히 짐을 싸서 왕성을 빠져나가느라고 대혼란이 일어나고 있었다.

"이랴! 더 빨리 마차를 몰아라! 서둘러 왕성을 빠져나가야 된다!"

"알겠습니다, 남작님! 이랴! 이랴!"

"빨리 마차에 타! 귀족파 놈들에게 잡히면 우리는 죽은 목숨이란 말이야!"

"아… 알았어요!"

이렇게 동부 지역이 왕성을 빠져나가는 귀족들로 혼란스러울 때 동부 지역에 살고 있는 귀족파 귀족들을 사로잡는 데 실패한 카미넬 백작은 때 마침 국왕파를 잡으려고 몰려온 오몬트 자작의 치안대와 정면으로 부딪쳐서 일전을 벌이고 있었다.

  "절대 물러서지 마라! 나라를 좀먹는 저 귀족파 놈들에게 정의의 심판을 내리자!"

  "와아아! 공격!"

  "비겁한 국왕파 놈들을 죽여라!"

  "이얍!"

  채챙! 챙! 챙!

  여러모로 시가전에 불리한 기병대였지만 지휘관인 카미넬 백작이 직접 검을 뽑아 들고 선두에서 적들의 목을 베기 시작하자 기병 천인대 병사들은 기세를 올리면서 치안대 병사들을 공격하기 시작했고 그런 기병대의 모습에 오몬트 자작은 우세한 병력을 믿고 계속해서 인해전술로 밀어붙였다.

  "병력은 우리가 더 많다! 계속해서 밀어붙여라!"

  채챙! 챙! 챙! 서걱!

  "으아악!"

  "놈들을 말에서 끌어내려라!"

  이히히잉!

  병사들의 질이나 전투력에서는 카미넬 백작이 지휘하는 기병 천인대가 훨씬 우위에 있었지만 시가전이라는 독특한 전장

환경과 상대보다 많은 병력을 적절히 이용해서 치안대 병사들이 기병 한 명당 두세 명의 병사들이 달라붙어서 멈춰 있는 말을 창으로 찔러 죽이고 기병들을 땅으로 끌어 내리기 시작하자 초반의 기세를 살리지 못하고 조금씩 뒤로 밀리기 시작했다.

이렇게 상대가 약점을 보이기 시작하자 오몬트 자작은 더욱 기세가 올라서 병사들을 독려하기 시작했다.

"아하하하! 아무리 용맹이 자자한 근위군단 기병대라도 말에서 끌려 내려오면 아무것도 아니다! 기병들이 타고 있는 말을 집중 공격해라!"

"이익! 이놈들!"

퍼걱!

"끄으윽!"

아끼는 부하들이 말에서 끌어 내려져 허무하게 창에 찔려 죽어가는 것을 보면서 카미넬 백작의 눈에서는 분노의 피눈물이 흘러나왔지만 지휘관인 자신이 이성을 잃어버리면 어떤 결과가 벌어지는지 너무나 잘 알고 있었기 때문에 분노를 참으면서 더욱더 매섭게 검을 휘둘렀다.

"모두 힘을 내라! 정의는 우리와 함께한다! 이야압!"

채챙! 챙! 챙!

"끄으윽……!"

카미넬 백작이 입고 있는 플레이트 갑옷이 온통 피로 흠뻑 젖을 정도로 격전을 치르고 있을 때 드팔린이 기병 5명을 이끌고 백작에게 다가왔다.

"백작님! 카미넬 백작님!"

"아니, 드팔린 경! 자네가 여기는 웬일인가? 혹시 저택에 무슨 일이 생긴 것인가?"

저택을 지키고 있어야 할 드팔린이 전장에 나타나자 혹시 사랑하는 가족들이 있는 저택에 무슨 일이 생겼나 싶어서 카미넬 백작이 놀란 얼굴로 말을 하자 드팔린은 재빨리 안심시켰다.

"아직 저택에는 아무 일도 없습니다. 안심하십시오, 백작님."

"휴우… 다행이구만! 그런데 저택을 지키지 않고 여기는 무슨 일인가?"

"난을 피해 영지로 피난을 가기 위해서 백작님을 모시러 왔습니다."

"잘 생각했네! 왕성 상황이 안 좋으니 서둘러 왕성을 떠나도록 하게!"

"백작님도 가셔야지요!"

그러나 드팔린의 말에 카미넬 백작은 결연한 표정으로 계속해서 밀고 들어오는 치안대 병사들을 노려보면서 입을 열었다.

"난 떠날 수 없네! 내가 있어야 할 곳은 이곳이야! 그러니 자네는 어서 저택 식구들을 데리고 왕성을 떠나게!"

"하… 하지만 백작님!"

"어허! 어서 떠나래도! 더 이상 날 힘들게 하지 말고 어서 떠나게!"

평상시에는 목에 힘을 주면서 온갖 특혜를 다 누리다가 막상 위험한 순간이 오면 서로 먼저 살겠다고 앞을 다투며 도망치는 귀족들과 달리 목숨을 걸고 자신이 맡은 일을 끝까지 해내려는 카미넬 백작의 모습에 드팔린은 더 이상 피난을 가자는 말을 꺼내지 못하고 백작에게 마음속 깊은 곳에서 우러나오는 예를 올리면서 서둘러 자리를 떠났다.

"알겠습니다, 백작님. 부디 옥체 보존하시고 나중에 다시 뵙겠습니다!"

"그래, 자네도 몸조심하고 나중에 다시 보세!"

드팔린이 서둘러 저택으로 돌아가자 카미넬 백작은 가족들이 왕성을 떠날 시간을 벌기 위해서라도 더 힘을 내어 귀족들의 저택이 밀집해 있는 동부 지역으로 들어오려는 치안대 병사들을 베기 시작했다.

"이놈들! 내가 있는 한 절대 이곳을 지나갈 수 없다!"

챙!

"크헉!"

"끝까지 자리를 사수해라! 으윽!"

"끄으윽… 컥!"

한편 귀족과 주력 부대를 이끌고 왕성을 공격하고 있는 선즈 백작은 상대보다 훨씬 많은 병력으로 왕궁을 파상 공격하고 있지만 좀처럼 왕궁을 점령하지 못하자 얼굴을 잔뜩 찌푸리면서 직접 귀족과 귀족들에게서 끌어 모은 기사들을 이끌고 전면에 나서 왕궁을 공격하기 시작했다.

"이런, 아직까지 왕궁을 함락 못 시키다니… 안 되겠군! 기사단을 나를 따르라! 왕국을 좀먹는 놈들에게서 국왕 전하를 구해내자!"

"와아아! 돌격!"

"크흑! 마… 막아라!"

왕궁을 둘러싸고 있는 낮은 성벽을 방패막 삼아 겨우겨우 귀족파를 막고 있던 근위군단 병사들은 션즈 백작이 직접 기사들을 이끌고 돌격해 들어오자 속수무책으로 뒤로 밀리기 시작했고 그런 병사들의 모습에 레인 백작은 드디어 한계점에 도달했다는 것을 느끼고는 미련없이 하마스 국왕 일가가 피난을 떠나 텅 비어 있는 왕궁을 버리기로 결심을 하고는 부하들에게 후퇴 명령을 내렸다.

"후우… 여기까지가 한계인 것 같군. 요세프 자작, 병사들에게 후퇴 명령을 내리게!"

"알겠습니다, 백작님!"

레인 백작의 후퇴 명령이 떨어지자 힘들게 왕궁을 지키고 있던 근위군단 병사들은 계속해서 밀리고 있는 병사들답지 않게 질서 정연하게 왕궁을 빠져나가기 시작했고 뒤를 이어서 왕궁으로 밀고 들어온 귀족파 병사들과 션즈 백작은 내전을 막을 수 있는 가장 중요한 인물인 하마스 국왕을 찾기 위해서 왕궁을 구석구석 뒤지고 다니기 시작했다.

"놈들이 도망치기 시작했다! 한 놈도 놓치지 말고 모조리 잡아 죽여라!"

"왕궁 문이 열렸다! 돌격!"

"국왕 전하를 찾아라!"

그러나 왕궁을 아무리 샅샅이 뒤져도 하마스 국왕을 찾을 수 없고 국왕을 근거리에서 호위하는 근위기사들까지 보이지 않았다.

"백작님, 왕궁을 아무리 뒤져 봐도 국왕 전하를 찾을 수 없습니다."

"왕실 가족 분들도 안 보입니다!"

"뭐라고! 이런! 어쩐지 왕궁이 너무 쉽게 무너진다고 했더니… 국왕파 놈들에게 완전히 당했구나! 뭣들 하느냐! 어서 병사들을 모아라! 왕궁을 빠져나간 국왕파 놈들을 추적한다!"

"알겠습니다, 백작님."

뒤늦게 상황을 파악한 션즈 백작이 병사들을 이끌고 무섭게 추적을 시작했다.

하마스 국왕과 왕실 가족들을 모시고 가느라 국왕의 피난 행렬은 제대로 속도를 내지 못하고 있었고 이렇게 느리게 움직이는 피난 행렬에 언제 귀족파 병사들이 쫓아와서 뒤를 따라잡힐지 모른다는 생각에 카브레라 공작의 마음은 새까맣게 타 들어가고 있었다.

"후우… 너무 느려. 왕궁을 공격한 귀족파 놈들이 언제 추적을 시작할지 모르는데 아직 왕성도 못 벗어나고 있다니⋯⋯."

"맞습니다, 아버님. 이렇게 움직이다가는 금방 추적대에게 잡히고 말 겁니다."

굼벵이처럼 느리게 움직이는 피난 행렬을 바라보며 카브레라 공작이 한숨을 쉬며 답답해하자 공작 옆에서 말을 타고 있던 공작의 장남 홀린스 드 카브레라도 뭔가 특단의 결정이 필요하다는 투로 공작에게 말했다. 홀린스의 말에 공작의 표정이 한층 더 어두워지고 있을 때 피난 행렬 뒤쪽에서 한 기의 기마가 공작을 향해 급하게 달려왔다.

"공작님! 급보입니다!"

"급보라니, 도대체 무슨 일인가?"

이제 겨우 500명 정도로 줄어버린 병사들을 이끌고 피난 행렬 후위를 지키고 있는 레인 백작이 보낸 것이 분명한 전령이 다급한 표정으로 급보라고 외치면서 말을 타고 달려오자 카브레라 공작은 드디어 올 것이 왔다는 표정을 지었다.

"귀족파 병사들이 피난 행렬 근처까지 따라붙었습니다!"

"후우⋯ 우려하던 일이 결국 벌어졌군. 홀린스!"

"말씀하십시오, 아버님!"

추격대가 따라붙었다는 전령의 말에 카브레라 공작은 굳은 표정으로 옆에 있는 홀린스를 불렀다. 그리고 이어지는 충격적인 명령.

"홀린스, 지금 바로 행렬 후미에 있는 레인 백작에게 가서 추격대가 따라붙지 못하도록 시가지에 불을 지르라고 해라!"

"예? 시가지에 불을 지르라니요? 아버님, 그게 도대체 무슨 말씀입니까?"

"우리를 추격하지 못하도록 왕성 전체에 불을 지르란 말이다!"

"……!"

"고… 공작님, 지금 같이 혼란스러운 상황에서 방화를 한다면 왕성이 모두 불에 타서 잿더미로 변해 버릴 겁니다!"

"그렇습니다, 공작님! 다시 한 번 명령을 재고해 주십시오!"

어렵게 결심한 명령을 철회해 달라는 귀족들의 모습에 카브레라 공작은 얼굴까지 벌게지면서 큰 소리로 호통을 쳤다.

"누가 그걸 몰라서 하는 소리요! 그럼 이대로 귀족파에게 잡혀서 왕국을 놈들에게 통째로 넘겨줄 것인가! 어차피 왕성은 불에 타더라도 다시 세우면 되지만 여기서 우리가 귀족파에게 잡힌다면 앞으로 라이오스 왕국은 저 썩은 귀족들의 세상이 될 것이네! 더 이상 답답한 말은 하지 말게! 홀린스, 뭘 하고 있느냐? 어서 레인 백작에게 가서 명령을 전달하거라!"

"알겠습니다, 아버님!"

단호한 카브레라 공작의 모습에 주위에 있는 귀족들도 더 이상 반대를 하지 못했고 홀린스도 타고 있는 말에 박차를 가하면서 공작의 명령을 전달하기 위해서 행렬 후미로 달려갔다.

빠른 속도로 뒤를 쫓아오는 귀족파에 대항하기 위해서 부하들에게 전투 준비를 시키며 목숨을 버릴 각오를 하고 있던 레인 백작은 홀린스가 가져온 카브레라 공작의 전언에 너무 놀라 아무 말도 할 수 없었다.

"홀린스 경, 그게 무슨 말인가? 방화를 하라니! 아르미스 왕성을 모조리 불태워 버리란 말인가?"

"예! 아버님께서 분명히 그렇게 전하라고 하셨습니다, 백작님!"

비록 탈출을 위해서는 이것보다 더 좋은 방법이 없겠지만 방화로 인해 발생할 엄청난 재난에 레인 백작은 일순 눈빛이 흔들리면서 공작의 명령을 거부하고 싶었다. 하지만 지금 이 순간에 가장 중요한 것은 하마스 국왕과 국왕파 핵심 인물들의 안전한 탈출이라는 것을 알기 때문에 이내 평정심을 되찾고는 굳은 얼굴로 카브레라 공작의 명령을 실행하기 시작했다.

"귀족파 놈들이 더 이상 추격을 못하도록 시가지에 불을 질러라!"

"기름을 가져와라! 불을 질러라!"

화르르륵!

"부… 불이야!"

레인 백작의 명령에 병사들이 주변에 있는 집에 무차별적으로 불을 지르기 시작하자 집 안에 있던 왕국민들이 놀라 집 밖으로 뛰어나오면서 급히 집에 붙은 불을 끄려고 했지만 병사들은 그런 사람들을 때리거나 위협하면서 불을 끄지 못하게 막았다.

"으아앙! 엄마!"

"불이야! 어서 물을 길러와!"

"막아라! 사람들이 불을 끄지 못하도록 막아라!"

"우리 집이! 으아악!"

"어서 뒤로 물러나라!"

화르륵!

"끄아악! 이놈들아! 우리는 어떻게 살라고 불을 지르는 것이냐!"

"기름을 더 가져와라!"

마침 국왕 일행이 지나가던 곳이 허름한 오두막들이 다닥다닥 붙어 있는 아르미스 왕성의 빈민가였기 때문에 레인 백작과 병사들이 방화를 하자 불은 순식간에 주변 지역으로 넓게 번지기 시작했다.

이렇게 불이 순식간에 빈민가 전체를 뒤덮어 버리자 레인 백작은 침울한 얼굴로 잠시 하늘 높이 타오르는 불길을 쳐다보다가 바로 병사들을 이끌고 서둘러 앞서 가는 국왕 일행을 뒤쫓아갔다.

"내 손으로 아르미스 왕성을 불태우다니… 오늘 이 죄를 어떻게 용서받아야 할지……. 후우! 미구엘 자작, 병사들을 모으게. 어서 국왕 전하 일행과 합류해야 하네!"

"알겠습니다, 백작님!"

한편 왕성을 빠져나가려는 국왕 일행을 맹렬하게 추격하던 션즈 백작은 갑자기 눈앞에 펼쳐진 거대한 불바다에 급히 추격을 멈추면서 경악성을 터뜨렸다.

"배… 백작님, 앞이 온통 불바다여서 도저히 움직일 수가 없습니다!"

"이런! 이게 도대체 어떻게 된 일이냐?"

"아무래도 국왕파 놈들이 도망치면서 저희들이 쫓아오지 못하게 시가지에 불을 지른 것 같습니다."

"그런 바보 같은……! 뭣들 하느냐! 불이 왕성 전체로 번지기 전에 병사들을 동원해서 어서 불을 꺼라!"

점점 더 크게 번져 가는 불길을 노려보며 션즈 백작이 병사들에게 서둘러 불을 끄라는 명령을 내리자 주변에 있던 귀족들이 그런 백작의 명령을 만류하고 나섰다.

"백작님, 안 됩니다. 지금은 불을 끄는 것보다 국왕 전하를 모시고 왕성을 빠져나가려는 국왕파 놈들을 추적하는 것이 우선입니다!"

"그렇습니다, 백작님! 여기서 국왕파 놈들을 놓친다면 내전이 벌어지게 됩니다!"

"하지만 지금 불길을 잡지 않으면 왕성이 모두 잿더미가 될 것이네!"

"대를 위해서는 소를 희생해야 합니다, 백작님!"

"그렇습니다. 국왕파 놈들이 더 멀리 도망치기 전에 어서 다시 추격을 시작해야 합니다!"

왕성을 모두 불태우더라도 도망치고 있는 하마스 국왕과 국왕파 핵심 귀족들을 잡아야 한다는 귀족들의 재촉에 결국 션즈 백작은 빈민가를 맹렬하게 태우고 있는 불길을 피해 다시 추격을 시작하기로 했다.

"후우… 알겠네! 그럼 불길을 피해 다시 추격을 시작하게!"

"잘 생각하셨습니다, 백작님! 불길을 돌아서 다시 국왕파 놈들을 추격한다!"

"서둘러라! 불길을 돌아간다!"

"가자! 다시 추격을 시작한다!"

이렇게 귀족과 병사들이 불길을 피해 빈민가를 빠져나가자 뜨거운 불길 앞에 무방비로 내던져진 빈민가 주민들만 자신들의 소중한 보금자리를 화마로부터 지키기 위해서 발버둥을 쳤다. 하지만 이런 주민들의 노력과는 달리 불길은 점점 더 사방으로 번져만 갔다.

순식간에 사방이 불바다로 변해 버리자 불을 꺼보려던 주민들도 살기 위해서 자신의 모든 것을 다 버리고 불길을 피해 사방으로 도망치기 시작했고 이렇게 왕성 안은 공포와 혼란이 전염병처럼 빠르게 퍼지기 시작했다.

"부… 불이야!"

"어서 밖으로 나와! 불길이 다가온다!"

"어… 엄마! 아앙!"

"여보! 어서 밖으로 나와!"

션즈 백작과 귀족파 병사들은 뜨거운 불길을 피해 빈민가를 크게 빙 돌아서 추격을 계속하려고 했지만 병사들의 이동 속도보다 불이 더 빨리 번져 버리자 더 이상 국왕 일행을 추격하지 못하고 계속해서 빠른 속도로 사방으로 번져 가는 불길을 피해 반대쪽으로 후퇴를 할 수밖에 없었다.

"백작님, 더 이상은 앞으로 갈 수 없습니다. 불길이 번지는 속도가 너무 빠릅니다!"

"병사들을 뒤로 물려야 합니다! 잘못하면 불길에 갇혀 다 타 죽을 수도 있습니다!"

"끄으응! 어쩔 수 없지. 어서 병사들을 뒤로 물려라! 여기를 빠져나간다!"

"후퇴! 서둘러라!"

상황이 이렇게 점점 더 악화되고 있을 때 유그라스 집사와 드팔린은 그란츠의 어머니와 여동생 사프란을 포함한 저택 식구들을 데리고 만약의 사태에 대비해서 미리 계획해 두었던 탈출로를 따라서 황급히 마차를 몰아가고 있었는데 왕성을 빠져나오면서 소규모의 귀족과 병사들과 충돌이 있었기 때문에 두 사람은 조금이라도 위험한 왕성에서 멀리 벗어나기 위해서 일행을 계속 재촉하고 있었다.

"이랴! 이랴!"

두두두두!

"조금이라도 왕성에서 멀리 벗어나야 한다! 마차를 더 빨리 몰아라!"

갑작스럽게 벌어진 유혈사태에 다른 귀족들은 겨우 마차 한

대에 들고 다니기 간편한 보석류들만 겨우 챙겨서 왕성을 빠져나왔지만 그란츠의 지시로 미리 최악의 상황을 대비하고 있던 카미넬 백작 가문 사람들은 백작부인과 영애가 타고 있는 마차 외에 10대의 짐마차에 저택의 고용인들과 그들의 가족까지 같이 태우고는 사병 100명의 호위를 받으면서 비교적 침착하게 이동을 하고 있었다.

"흑흑! 엄마! 아빠만 내버려 두고 이렇게 우리들만 영지로 내려가면 어떻게 해요?"

"사프란, 진정하거라! 아마 아버지도 안전한 곳으로 몸을 피하셨을 거야!"

"흑흑… 정말이요?"

"그럼, 분명히 그럴 거야!"

빠르게 움직이고 있는 마차 안에서는 사프란이 온통 눈물범벅이 되어 있었고 그런 사프란을 백작부인이 포근하게 안아주면서 달래고 있었는데 사실은 위험한 왕성에 혼자 남은 카미넬 백작 걱정에 백작부인의 마음도 새까맣게 타 들어가고 있었다.

하지만 지금 자신이 나약한 모습을 보이면 품속에서 떨고 있는 사프란을 비롯해 일행 전체가 불안해할 것을 잘 알기에 때문에 애써 의연한 모습을 유지하고 있는 것이었다.

한편 오몬트 자작의 치안대와 치열한 접전을 벌이던 카미넬 백작은 시가전이라는 특성 때문에 기병대의 뛰어난 전투력을 제대로 발휘하지 못하고 거의 대부분의 병력을 잃고 뒤로 후퇴할 수밖에 없었다.

"백작님, 더 이상 버틸 수가 없습니다! 어서 후퇴를 해야 합니다!"

채챙! 챙! 챙!

"끄응… 어느 정도 예상은 하고 있었지만 결국 이렇게 됐군. 이 정도 시간을 끌었으면 동부 지역에 있는 귀족들이 거의 다 왕성을 빠져나갔을 것이네. 어서 병사들에게 후퇴 명령을 내리게!"

"알겠습니다, 백작님! 후퇴하라! 모두 뒤로 후퇴하라!"

"후퇴 명령이다! 모두 말 머리를 돌려라!"

"커어억!"

"이놈들! 어딜 도망가느냐!"

"국왕파 놈들이 도망간다! 놈들을 잡아라!"

"하하하하! 놈들이 도망간다! 한 놈도 놓치지 말고 모조리 죽여 버려라!"

"와아아아! 우리가 이겼다!"

카미넬 백작의 후퇴 명령에 기병 천인대원들이 크게 무기를 휘둘러서 바짝 붙어서 싸우고 있는 치안대 병사들을 떨어뜨리고는 바로 말 머리를 돌려서 뒤로 물러나기 시작하자 오몬트 자작은 계속해서 기병 천인대를 추격해서 전멸시켜 버리라는 명령을 내렸고 그런 자작의 명령에 막 앞으로 달려나가려던 치안대 병사들은 갑자기 뒤쪽에서 뜨거운 열기와 함께 번져

오는 엄청난 불길에 당황하기 시작했다.

"으아악! 부… 불이야!"

"자작님, 뒤쪽이 온통 불바다입니다!"

"아니, 이게 도대체 무슨 일이야?"

"자작님, 불이 번지는 속도가 너무 빠릅니다. 이러다가 잘못하면 불길에 갇혀 버리겠습니다!"

하늘을 온통 붉게 물들이면서 빠른 속도로 번져 오는 불길에 병사들은 큰 혼란에 빠져 버렸고 가장 침착성을 유지해야할 오몬트 자작마저 공포에 빠져서 카미넬 백작의 기병 천인대 일은 모두 잊어버리고 서둘러 불길을 피해 병사들을 대피시켰다.

"어… 어서 불길을 피해 병사들을 이동시키게!"

"예! 자작님!"

"이곳을 벗어난다! 서둘러라!"

이렇게 왕성이 완전히 불길에 휩싸여 버리자 성문 앞에서는 불길이 다가오기 전에 빨리 왕성을 빠져나가려는 사람들로 대혼란이 일어났고 이런 북새통 속에 많은 사람들이 허무하게 죽어나갔다.

"미… 밀지 마!"

"어서 빨리 앞으로 가란 말이야! 이러다가 다 죽겠어!"

"비켜! 난 살고 싶단 말이야!"

"으아악!"

"불이 벌써 여기까지 왔어!"

"밀지 마요! 이러다가 낄려 죽겠어요!"

　이런 난리통 속에 뒤늦게 왕성을 빠져나가기 위해 길을 나선 부폰 남작 가족은 성문 앞을 가득 메우고 있는 사람들에게 막혀 왕성을 빠져나가지 못하고 발만 동동 구르고 있었다.
　"아버님, 앞이 완전히 꽉 막혀서 꼼짝할 수가 없습니다."
　"큰일이구나! 불길이 여기까지 오기 전에 서둘러서 왕성을 벗어나야 하는데……."
　"아무래도 여기서 마차를 버려야 될 것 같습니다."
　"마차를?"
　"네, 아버님! 저렇게 사람들이 잔뜩 몰려 있는 성문을 빨리 빠져나가려면 부피가 큰 마차를 버리고 말을 타고 가는 것이 더 빠르지 않겠습니까?"
　죠슬린의 오빠이자 하나뿐인 아들인 레벨스의 말에 고개를 들어 불길을 피해 왕성을 빠져나가려는 사람들로 인산인해를 이루고 있는 성문을 쳐다본 부폰 남작은 질렸다는 표정으로 고개를 좌우로 흔들면서 입을 열었다.
　"그래, 네 말대로 마차를 끌고는 왕성을 빠져나가기 힘들겠구나! 앞으로 여정이 힘들겠지만 여기서 마차를 버리고 어서 왕성을 빠져나가자!"
　"알겠습니다, 아버님."
　부폰 남작의 허락이 떨어지자 도망쳐 버린 마부 대신에 마부석에 앉아 마차를 몰고 있던 레벨스는 재빨리 마차 안에 있던 어머니와 여동생 죠슬린을 내리게 하고는 마차를 끌던 말에 태웠다.

"어머니, 불편하시겠지만 왕성을 빠져나갈 때까지 조금만 참으세요!"

"아… 알았다, 레벨스."

"오빠, 너무 무서워!"

"걱정하지 마, 죠슬린! 이렇게 오빠랑 아버지가 옆에 있잖아!"

"알았어, 오빠!"

점점 가까이 다가오는 뜨거운 불길과 성문 앞을 가득 메우고 서로 먼저 나가겠다고 싸우고 있는 사람들의 모습에 죠슬린이 불안해하자 여동생을 부드럽게 다독이면서 레벨스는 죠슬린을 자신이 타고 있는 말에 태웠다.

이렇게 각각 부인과 여동생을 자신이 타고 있는 말에 태운 부폰 남작과 레벨스는 사람들이 움직이는 속도에 맞춰 천천히 말을 몰아서 불에 타 잿더미로 변하고 있는 왕성을 빠져나가기 시작했다.

한편 왕성에서 본격적인 유혈사태가 벌어지기 전에 미리 맥클라인 후작의 저택을 빠져나와 왕성 근처 귀족파 귀족의 별장에서 선즈 백작이 보내올 낭보를 느긋하게 기다리며 미리 축배를 마시고 있던 맥클라인 후작과 귀족파 핵심 귀족들은 하마스 국왕이 국왕과 잔당들과 함께 왕성을 빠져나갔다는 충격적인 소식과 함께 어두운 하늘을 붉게 물들이면서 타오르는 왕성의 모습에 모두들 할 말을 잃고 멍하니 불바다가 되어버린 왕성만을 쳐다봤다.

"이럴 수가!"

"와… 왕성이, 아르미스 왕성이 불에 타고 있다니!"

"오! 주신 루시여! 어떻게 이런 일이……!"

충격에 빠진 귀족들 사이에서 그나마 정신을 차리고 현재 상황을 냉철하게 파악한 모츠 백작은 다급한 목소리로 맥클라인 후작에게 말을 했다.

"후작님, 국왕 전하가 국왕파 놈들과 카브레라 공작의 영지로 들어가기 전에 어서 사병들을 풀어서 추격을 시작해야 합니다!"

"…모츠 백작, 도대체 뭘로 국왕파를 추격한단 말인가? 왕성 주변에 있는 우리의 모든 무력은 이미 션즈 백작이 이끌고 간 상태야! 국왕파를 잡기 위해 여기 모인 귀족들이라도 이끌고 갈까?"

"하… 하지만!"

"이제 그만 하게! 나도 지금 하마스 국왕을 놓치면 어떤 일이 벌어질지 잘 알지만 지금은 아무런 방법이 없어! 그저 여기서 불바다가 되어버린 왕성을 구경하면서 션즈 백작이 일을 잘 처리하기를 기다리는 수밖에!"

"…후우! 알겠습니다, 후작님."

모츠 백작은 션즈 백작을 믿고 기다릴 수밖에 없다는 맥클라인 후작의 말에 입을 다물 수밖에 없었다.

"션즈 백작, 자네만 믿네!"

이런 모츠 백작의 믿음에 보답이라도 하듯이 불바다가 되어
버린 왕성을 빠져나온 션즈 백작은 뜨거운 불길에 그을리고
지친 병사들을 추슬러서 다시 하마스 국왕 일행을 추격하기
시작했다.

"국왕파 놈들을 이대로 카브레라 공작 영지로 들어가게 내
버려 두면 안 된다! 즉시 병사들을 재정비해서 다시 추격을 재
개한다!"

"예! 다시 추격을 시작한다!"

하지만 다시 추격을 시작한 션즈 백작의 부대는 너무나 지
쳐 있는 병사들 때문에 제대로 속도를 낼 수 없었고, 추격 도중
왕성 외곽 성문을 지키고 있다가 레인 백작이 보낸 전령에게
소식을 듣고 급히 국왕 일행과 합류하기 위해서 이동하던 근
위군단 천인대들과 연속적으로 마주치게 되면서 완전히 발목
이 잡혀 주저앉아 버렸다.

"으아악!"

채챙! 챙! 챙!

"막아라! 귀족파 놈들이 국왕 전하를 따라가지 못하도록 목
숨을 걸고 막아라!"

"와아아! 공격!"

"커헉! 사… 살려줘!"

왕성 근처에 있는 평야 지대에서 근위군단 잔존 병력들과 마

주친 선즈 백작은 다소 무리라는 것을 알면서도 하마스 국왕과 국왕파 핵심 인물들을 잡아야 된다는 생각에 강행 돌파를 시도 했지만 벤젠 드 아몬라 자작이 지휘하는 근위군단 병사들의 강 력한 반격에 막혀 오히려 점점 뒤로 밀리기 시작했다.

"물러서지 말고 계속 공격해라!"

"아이얍! 끄아악!"

서걱!

왕성 안과는 달리 넓은 평야 지대에서 전투가 벌어지자 양 쪽 병사들 간의 실력 차이를 여실히 보여주며 귀족파 병사들 이 계속해서 뒤로 밀리자 선즈 백작이 직접 기사단을 이끌고 전투에 뛰어들었지만 왕성 안에서 유혈 충돌이 벌어지는 동안 계속 성문을 지키고 있어서 전력을 그대로 유지하고 지금까지 한번도 전투를 치르지 않아서 피로감도 전혀 없는 부대였기 때문에 조직적으로 귀족파 기사단을 상대하면서 계속 귀족파 군대를 몰아붙였다.

"기사단 돌격!"

"와아아! 돌격!"

"창병 앞으로! 적 기사단을 막아라!"

두두두두!

퍼걱!

"끄아악!"

계속해서 열세를 보이는 전세를 반전시키기 위해서 선즈 백 작과 함께 적진으로 용감하게 돌격해 들어간 귀족파 기사들은 근위군단 장창병들이 능숙하게 만든 대기병 방어진에 막혀서 달려오는 속도 그대로 장창에 꿰뚫려 죽어나가기 시작했고 방어진에 막혀 그 앞에 말을 멈춘 기사들은 순식간에 벌 떼처럼 몰려드는 근위군단 병사들의 합공에 허무하게 죽어나가기 시작했다.

이런 기사들의 모습에 션즈 백작은 검을 날카롭게 휘둘러서 자신이 타고 있는 말 주위로 몰려드는 적병들을 가차없이 베면서 분노를 폭발시켰다. 하지만 이런 션즈 백작의 활약에도 전세를 역전시키지 못하고 계속해서 뒤로 밀렸고 시간이 지나자 귀족들의 사병 일부가 무단으로 전장에서 이탈하는 일까지 발생했다.

"이놈들! 다 죽여 버리겠다!"

서걱!

"끄아악!"

"기사들을 말에서 끌어 내려라!"

채챙! 챙!

"끄윽!"

"백작님! 더 이상 전투를 계속하는 것은 무리입니다! 이쯤에서 병사들을 후퇴시켜야 합니다!"

"그게 무슨 말도 안 되는 말인가? 메코맥 자작! 조금만 더 힘을 내면 이놈들을 쳐부수고 도망친 국왕파 놈들을 잡을 수 있단 말이네!"

기사 몇 명과 함께 다급하게 다가와서 후퇴를 하자는 메코맥 자작의 말에 션즈 백작은 앞에 서 있는 적병을 검으로 베어 죽이면서 말도 안 되는 소리라며 일축했다. 그런 백작의 모습에 메코맥 자작은 너무 흥분해서 전장 상황을 제대로 파악하지 못하고 있는 션즈 백작의 앞을 가로막았다.

"백작님! 앞을 막고 있는 근위군단 병사들을 쳐부수기는커녕 오히려 저희들이 계속 뒤로 밀리고 있는 상황입니다! 이러다가는 병사들이 완전히 와해될 수도 있습니다!"

"끄으응… 하지만 조금만 더 놈들을 밀어붙이면 국왕과 놈들을 모조리 다 잡아들일 수 있단 말이네!"

"백작님의 마음은 잘 알지만 지금은 뒤로 물러설 때입니다!"

계속해서 미련이 남는 션즈 백작이었지만 강경한 메코맥 자작과 계속 이어진 전투에 지쳐서 제대로 힘 한번 못 써보고 허무하게 적병의 창칼에 찔려서 죽어가는 부하들의 모습에 결국 백작도 후퇴를 결정할 수밖에 없었다.

"후우… 알겠네! 추격을 포기하고 후작님이 계신 곳으로 병사들을 후퇴시키게!"

"잘 생각하셨습니다, 백작님! 후퇴! 후퇴하라!"

션즈 백작의 후퇴 명령이 떨어지자 힘겹게 공격을 계속하고 있던 귀족파 병사들은 무질서하게 뒤로 물러서기 시작했고 그런 적들의 모습에 근위군단 병사들도 전과를 확대시킬 수 있는 추격전을 벌이지 않고 재빨리 병사들을 추슬러서 서둘러 카브레라 공작 영지로 이동하고 있는 국왕 일행을 따라 움직였다.

이렇게 아르미스 왕성에서 발생한 국왕파와 귀족파의 대규모 유혈 충돌은 양쪽 다 엄청난 사상자만을 내고 아르미스 왕성이 완전히 불타 버리는 최악의 결말을 내면서 끝나 버렸다.

이런 상태에서 안전한 카브레라 공작 영지로 들어간 하마스 국왕과 국왕파 핵심 귀족들은 카브레라 공작 영지의 주성인 돈 성을 임시 왕성으로 정하고 이미 돌이킬 수 없는 강을 건너 버린 맥클라인 후작과 귀족파를 제거하기 위해서 재빨리 반란 세력으로 선포하고 대대적으로 토벌군을 모으기 시작했다. 맥클라인 후작이 이끄는 귀족파도 아르미스 왕성에서 하마스 국왕을 놓치고 국왕파 세력을 제거하는 것에 실패하자 국왕파를 왕국을 파탄으로 이끈 원흉으로 지목하면서 국왕파에 억류되어 있는 하마스 국왕을 구출하고 썩은 국왕파 귀족들을 처단하겠다는 명분을 내걸고 사병들을 끌어 모으기 시작하면서 이제 겨우 지밀 왕국과의 전쟁이 끝나고 안정을 찾아가는 라이오스 왕국 전체에 엄청난 먹구름이 몰려들기 시작했다.

한편 마이어스와 기병 50명을 이끌고 밤낮을 가리지 않고 말을 달린 그란츠는 다행히 아르미스 왕성 근처에 있는 스카디노 자작 영지에서 가족들과 만날 수 있었지만 유그라스 집사로부터 사랑하는 죠슬린 가족들과 아버지인 카미넬 백작이 행방불명이라는 소식을 전해 듣고는 유그라스 집사와 드팔린에게 추가로 기병 30명을 내주며 서둘러 영지로 돌아가도록 명령을 내리고 자신은 마이어스와 기병 20명을 이끌고 폐허로 변해 버린 아르미스 왕성을 향해 말을 달렸다.

"후우… 유그라스 집사에게 대충 이야기는 들었지만 그 화려하던 아르미스 왕성이 한순간에 이렇게 잿더미로 변해 버리다니……."

"그러게 말입니다, 자작님. 돌로 지어진 성곽을 빼고는 모조리 다 불에 타버렸습니다."

왕성 근처에 있는 언덕에서 새까만 재만 남은 아르미스 왕성을 바라보며 그란츠가 허무하다는 표정으로 말을 하자 아르미스 왕성 토박이였던 마이어스도 어두운 표정으로 왕성을 바라보며 대답을 했다.

그때 언덕 아래에서 왕성 상황을 알아보기 위해서 보냈던 병사 한 명이 서둘러 말을 타고 달려와 그란츠에게 정찰 결과를 보고했다.

"다녀왔습니다, 자작님!"

"그래, 왕성 안 사정은 어땠느냐?"

"왕성 안은 근위군단이 왕성을 떠나면서 지른 화재로 거의 대부분의 가옥이 불에 타 잿더미로 변해 버렸고 근위군단에 이어서 귀족파 병사들까지 폐허가 되어버린 왕성을 버리고 맥클라인 후작 영지로 떠나 버려서 지금은 완전히 무법천지로 변해 있었습니다."

병사의 보고에 그란츠는 표정이 급격하게 어두워지면서 계속 이어지는 병사의 말을 들었다.

"다행히 정찰 도중 부상을 입고 왕성에 남아 있던 근위군단 병사를 만나서 영주님은 근위군단 잔존 병력들과 함께 국왕 전하가 계시는 돈 성으로 가셨다는 소식을 들을 수 있었습니다. 하지만 죠슬린 아가씨의 소식은 들을 수 없었습니다. 다만 죠슬린 아가씨의 가족들로 보이는 사람들이 국왕과 귀족들을 무작위로 잡아들이는 귀족파 병사들을 피해 중립파인 바이사흐 후작님의 영지 쪽으로 떠나는 것을 본 사람이 있다고 합니다."

"바이사흐 후작 영지라……. 좋아! 마이어스, 즉시 병사들을 집합시키게!"

"알겠습니다, 자작님."

정확한 정보는 아니지만 죠슬린 가족들이 바이사흐 후작 영지 쪽으로 간 것 같다는 병사의 말에 그란츠는 바로 병사들을 소집해서 바이사흐 후작 영지 쪽으로 서둘러 달려갔다.

이렇게 그란츠가 자신을 애타게 찾고 있는 줄도 모르고 죠슬린은 가족들과 함께 힘든 피난길을 가고 있었는데 그동안 온실 속에서 곱게만 지내온 남작부인과 죠슬린은 말을 타고 움직이는 계속된 강행군과 거친 음식에 많이 지치고 힘들어하고 있었다.

특히 남작부인은 며칠 전부터 약간의 감기 증세까지 보이면서 몸을 심하게 떨기 시작했고 그런 남작부인 때문에 부폰 남작 가족들은 바이사흐 후작 영지와 국왕 직영지 경계선 근처에 있는 다 허물어진 오두막에서 움직이지 못하고 있었다.

"부인, 힘을 내시오."

"여보, 죄송해요. 저 때문에 움직이지 못하고 며칠째 이러고 있으니……."

"그게 무슨 소리요. 그런 걱정 하지 말고 부인은 어서 몸이나 회복하시오."

"맞아요, 어머니. 어서 건강을 회복하셔야지요."

아픈 상황에서도 가족들을 걱정하는 남작부인의 모습에 부폰 남작과 가족들은 도피 중이라 아픈 남작부인이 편안하게 몸조리를 할 수 있는 장소 하나 마련할 수 없는 현실이 너무 가슴 아팠다.

이날 밤 죠슬린 가족들은 힘들어하는 남작부인을 제대로 치료하기 위해 다소 무리를 해서라도 서둘러 안전한 바이사흐 후작 영지로 들어가기로 결정을 내리고는 다음날 아침 일찍 오두막을 나섰다.

"어머니, 이 언덕만 넘어가면 바이사흐 후작님의 영지예요. 힘드시더라도 조금만 더 참으세요."

"콜록! 콜록! 그래, 알았다. 얘야, 내 걱정은 하지 말고 어서 언덕을 넘어가자꾸나!"

창백한 얼굴로 계속 기침을 하며 부폰 남작에게 안겨 힘겹게 말을 타고 있는 남작부인이 안쓰러웠는지 장남인 레벨스가 가까이 다가와서 목적지가 얼마 남지 않았다면서 위로를 했고 그런 아들의 말에 남작부인은 힘들지만 살포시 미소를 지어주었다.

이렇게 죠슬린 가족들이 힘들게 언덕을 넘어가고 있을 때 근처에 있는 숲 속에서 함성 소리와 함께 일단의 병사들이 쏟아져 나왔고 그 모습에 죠슬린 가족은 크게 당황하기 시작했다.

"와아아! 이랴!"

"아, 아버님 귀족파 놈들입니다!"

"이런! 바이사흐 후작 영지가 바로 코앞인데 이곳에서 귀족파 놈들과 마주치게 되다니! 애야! 내가 이곳을 막고 있을 테니 넌 여동생과 어머니를 데리고 어서 이곳을 벗어나거라!"

대충 봐도 30명은 넘을 것 같은 병사들이 맥클라인 후작 가문의 깃발이자 이제 귀족파의 상징 깃발이 되어버린 하얀 백합 깃발을 흔들면서 자신들을 잡기 위해서 달려오자 부폰 남작은 굳은 얼굴로 입술을 깨물면서 자신의 말에 태우고 있던 남작부인을 옆에 있는 아들 레벨스에게 조심스럽게 넘겨주면서 허리에 차고 있던 검을 뽑아 들며 어서 바이사흐 후작 영지로 도망치라고 말했다. 그런 부폰 남작의 행동에 가족들은 눈물을 흘리면서 남작을 말리기 시작했다.

"아빠, 무슨 소리예요! 빨리 저희랑 같이 도망쳐요!"

"콜록! 죠슬린 말이 맞아요! 어서 같이 가요!"

"절대 아버님만 혼자 두고 갈 수 없습니다!"

"같이 움직이다가는 모두 잡히고 말 거야! 먼저 도망치면 나도 놈들과 적당히 싸우다가 몸을 뺄 테니까! 어서 빨리 가!"

"…알겠습니다. 하지만 아버지, 꼭 살아 돌아오셔야 합니다!"

자신과 함께 가겠다는 가족들의 말에 가슴이 벅차올랐지만 부폰 남작은 애써 침착한 표정을 유지하면서 어서 빨리 이곳을 벗어나라는 말을 계속했고 그런 부폰 남작의 모습에 레벨스는 가족들을 위해 자신을 희생하려는 아버지의 생각을 눈치 채고는 흘러나오려는 눈물을 꾸욱 눌러 참으며 죠슬린과 어머니를 데리고 쉽게 떨어지지 않는 발걸음을 옮기려 했다.

　바로 그때 반대편 숲에서 한 무리의 기병들이 나타나서 부폰 남작 가족을 공격하려던 귀족파 병사들을 덮쳤다. 그동안 영지 경계선에서 아르미스 왕성에서 피난을 나와서 귀족파의 영향력이 미치지 않는 비교적 안전한 바이사흐 후작 영지로 가는 국왕파 귀족들을 손쉽게 잡아들이고 있던 귀족파 병사들은 완전 무장을 하고 잘 훈련된 기병대의 기습에 순식간에 대열이 무너지기 시작했다.

　특히 붉은색 플레이트 갑옷을 입고 현란하게 검을 휘두르는 그란츠에 의해 귀족파 병사들은 제대로 저항 한번 못해보고 추풍낙엽처럼 쓰러지고 있었고 마이어스도 기병창으로 귀족파 병사들을 마구 찔러 죽이고 있었다.

　"돌격! 한 놈도 남기지 말고 모조리 쓸어버려라!"

　두두두두!

　"크아악!"

　"으악!"

　"가… 갑자기 어디서 튀어나온 놈들이야?"

서걱!

"끄으윽… 사… 살려줘!"

채챙! 챙! 챙!

푸욱!

"으으윽… 꺼억!"

그란츠가 지휘하는 20명의 기병들이 기병창을 들고 한차례 돌격을 한 뒤에 바로 반전을 해서 허리에 차고 있던 검을 뽑아 들고 혼란에 빠진 귀족파 병사들을 학살하기 시작했고 무서운 기세로 살육전을 펼치는 카미넬 영지 사병들의 모습에 귀족파 병사들은 공포에 질린 얼굴로 뿔뿔이 흩어져 도망치기 시작했다.

"으, 으악! 사… 살인귀들이다!"

채챙! 챙! 챙!

"인정사정 볼 것 없다! 철저하게 쓸어버려라!"

"우아악! 살려줘!"

"놈들이 도망친다! 한 놈도 살려 보내지 마라!"

서걱!

"으흐윽!"

"제… 제발… 커헉!"

"끝까지 추격해라!"

귀족파 병사들이 도망치기 시작하자 그란츠는 만약을 대비해서 귀족파 병사들을 끝까지 추격해서 척살하도록 명령을 내렸고 이런 그란츠의 명령에 기병들은 도망치는 귀족파 병사들을 말을 타고 끝까지 쫓아가서 모두 다 죽여 버렸다.

"이… 이게 도대체 어떻게 된 일이지?"

가족들을 먼저 보내고 귀족파 병사들과 목숨을 걸고 일전을 벌이려던 부폰 남작은 위기의 순간에 갑자기 나타나 귀족파 병사들을 순식간에 쓸어버린 그란츠와 기병들의 활약에 너무 놀라 멍하니 바라만 보고 있었다. 귀족파 병사들을 전멸시켜 버리고 재빨리 전장 정리를 하고 있는 기병들 사이에서 그란츠가 마이어스의 호위를 받으면서 환하게 미소를 지으며 죠슬린 가족들에게 다가왔다.

"장인어른, 그동안 고생 많으셨습니다. 어디 다치신 곳은 없습니까?"

"난 괜찮네! 하지만 부인이 감기 몸살로 많이 고생을 하고 있다네."

그란츠는 부인이 아프다는 부폰 남작의 말에 아들인 레벨스의 부축을 받으면서 연신 기침을 하며 힘겹게 서 있는 남작부인을 발견하고는 마이어스에게 인근 마을에 급히 병사들을 보내 아픈 남작부인과 죠슬린이 타고 갈 수 있는 마차를 구해오도록 명령을 내렸다.

얼마 후에 마을로 갔던 기병 두 명이 허름하지만 튼튼해 보이는 마차 한 대를 끌고 오자 죠슬린과 남작부인을 마차에 태우고는 영지 경계를 넘어서 바이사흐 후작 영지로 들어갔고 저녁이 되자 부폰 남작 가족들은 병사들이 능숙하게 만든 야영지에서 오랜만에 마음 편히 휴식을 가질 수 있었다.

왕성을 떠난 후 지금까지 무척 많이 힘들었던 죠슬린은 꼭 필요한 순간에 나타나 큰 힘이 되어주고 있는 그란츠의 품에 안겨 행복해했다.

"그란츠, 오늘 너무 고마웠어요."

"그게 무슨 소리야, 죠슬린? 당연히 해야 할 일을 했을 뿐이야!"

"그래도 너무 고맙고 행복해요."

"죠슬린이 있는 곳이라면 그곳이 지옥 한가운데라고 해도 난 웃으면서 달려갈 거야!"

"사랑해요, 그란츠."

"죠슬린, 나도 사랑해."

자신을 위해서라면 지옥이라도 갈 수 있다는 그란츠의 말에 죠슬린은 크게 감동했고 그날 밤 두 사람은 밤하늘을 밝히는 환한 달빛 아래에서 뜨거운 키스를 나누었다.

다음날 바이사흐 후작 영지의 주성인 칼카자가 성에 도착한 일행은 서둘러 아픈 남작부인을 신관에게 데려가서 치료를 받고는 성안에 있는 여관 하나를 통째로 빌려서 휴식을 취했다.

한편 왕성이 불타 버리고 하마스 국왕과 국왕파 핵심 귀족들을 사로잡는 데 실패한 맥클라인 후작은 자신의 영지 주성인 실란 성에 귀족파 핵심 귀족들을 불러모으고는 앞으로 어떻게 움직일 것인지 회의를 하고 있었다.

"돈 성에 임시 행궁을 꾸민 하마스 국왕이 공개적으로 후작

님과 저희 귀족파들을 역적으로 규정하고 처단을 명령했다고
합니다."

"끄응… 일이 점점 더 꼬여가는군."

하마스 국왕이 공개적으로 자신들을 역적으로 규정했다는
모츠 백작의 말에 맥클라인 후작과 회의실에 모인 귀족들은
침음성을 흘리면서 탄식을 했고 왕성에서 병사들을 총지휘했
지만 하마스 국왕과 국왕파 핵심 귀족들을 놓친 션즈 백작은
부끄러움에 얼굴을 들지 못하고 있었다.

"당장 이번 일이 대세에 큰 영향을 끼치지는 않겠지만 저희
보다 국왕파가 대의명분에서는 앞서게 된 것이 사실입니다."

"그렇지… 확실히 국왕을 전면에 내세운 국왕파가 대의명
분에서 앞서는 것은 어쩔 수 없을 거야."

"맞습니다, 후작님. 지금은 그렇게 큰 효과가 없더라도 시간
이 흐르다 보면 대의명분이 없다는 것이 우리에게 큰 약점으
로 작용할 수도 있습니다."

"하지만 지금 당장 대의명분을 우리 쪽으로 가져올 수 있는
방법이 없지 않나?"

어쩔 수 없다는 표정으로 맥클라인 후작이 말을 하자 모츠
백작이 비장한 얼굴로 조심스럽게 자신의 생각을 이야기했다.

"이렇게 되면 아예 판을 완전히 뒤집어 버리고 처음부터 다
시 짜는 것이 최선의 방법입니다!"

"판을 뒤집다니… 그게 무슨 말인가?"

모츠 백작의 말에 회의실에 모인 귀족들은 너무 놀라 입만

벌리고 있었다.

"그동안 왕국을 파탄으로 몰고 간 책임을 물어 라이오스 왕
가를 폐하고 새로운 왕조를 여는 겁니다!"

"그… 그게 무슨!"

"새로운 왕가를 열다니, 그건 반역일세!"

"이미 하마스 국왕에게 반역 무리로 지목을 당한 상태입니
다. 어차피 반역자라는 오명을 쓸 수밖에 없는 상황이라면 새
로운 왕조를 선포하고 맥클라인 후작님을 중심으로 결집력을
다지는 것이 더 좋을 수도 있습니다!"

다들 국왕파를 제거한 뒤에 하마스 국왕을 밀어내고 맥클라
인 후작을 국왕으로 추대하는 것에 암묵적으로 동의는 하고
있었지만 자연스러운 왕권 이양이 아닌 반역에 가까운 새로운
왕조를 만들어서 라이오스 왕국 자체를 뒤집어 버리자는 모츠
백작의 말에 다들 크게 놀랐다.

하지만 맥클라인 후작은 모츠 백작의 말을 곰곰이 생각해
보더니 이내 무언가 결심을 했는지 자리에서 일어나 입을 열
었다.

"모츠 백작의 말이 맞네! 어차피 반역자라는 오명을 뒤집어
쓸 수밖에 없다면 이번 기회에 당당하게 쇠약해진 라이오스
왕조를 밀어내고 나 맥클라인과 그대들을 위한 왕국을 만들겠
네!"

맥클라인 후작의 발언에 회의실에 모인 귀족들은 크게 놀라
고 당황스러웠지만 금방 대세의 흐름을 깨닫고는 일제히 자리

에서 일어나 박수를 치며 후작의 결정을 지지했다.

　짝짝짝!

　"큰 결심을 하셨습니다!"

　"맥클라인 전하 만세!"

　맥클라인 후작의 결심으로 상황이 새로운 전환점을 맞이하고 있을 때, 그란츠는 부폰 남작 가족들을 데리고 무사히 영지로 돌아왔다.

『그란츠전기』 4권에서 계속…

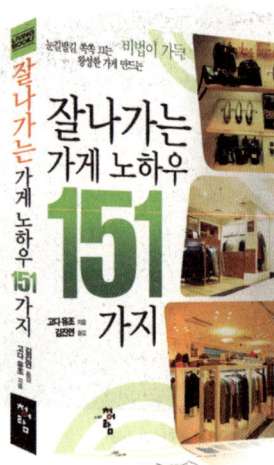

초등학생이 반드시 읽어야 할 좋은 책 49권

각 학년별로 초등학생이 반드시 읽어야할 좋은 책을
선정하여 통합논술의 기본이 되는 '올바른 독서법'을
일깨워 줍니다.

교과서와
함께하는
초등학교 통합논술

초등1학년 | 값 12,000원 / 초등2학년 | 값 9,500원 / 초등3학년 | 값 11,000원 / 초등4학년 | 값 9,500원 / 초등5학년 | 값 9,500원 / 초등6학년 | 값 11,000원

♣ 혼자 할 수 있어요.

엄마가 책 읽는 방법을 가르쳐 주어도 좋아요.
독서지도하는 선생님이 가르쳐 주어도 좋답니다.
"초등 교과서와 함께하는 **통합논술 시리즈**"는
아이 스스로 독서할 수 있도록 꾸며진 책이에요.
엄마와 선생님은 요령만 가르쳐 주시면 된답니다.

♣ 교과서의 중요한 내용이 총정리되어 있어요.

각 학년별로 중요한 교과 내용이 함께 수록되어 있어요.
초등학생은 교과서 내용을 충실하게 공부해야 합니다.
아울러 그와 병행한 독서가 대단히 중요하지요.
"초등 교과서와 함께하는 **통합논술 시리즈**"는
두가지 방법 모두 알려준답니다.

♣ 이 책은 훌륭하신 선생님들이 함께 쓰신 책이랍니다.

동화작가 선생님들이 쓰셨어요. 소설가 선생님도 쓰셨답니다.
국어 논술독서지도 선생님들도 함께 쓰셨지요.
"초등 교과서와 함께하는 **통합논술 시리즈**"는
엄마의 마음으로 모든 선생님들이 함께 꾸민 책이랍니다.

입소문을 통해 아는 분은 다 알고 계십니다!
올 한해 공인중개사 최고의 화제작!

1~2권 합본 | 이용훈 지음
3~4권 합본 | 이용훈 지음
5~6권 합본 | 이용훈 지음
용어해설 | 이용훈 지음

수험생 기본 필독서
만화 공인중개사

제목 : 만화공인중개사 쓰신 분에게 감사드립니다.

학원을 두 달 다녔어요 근데 과연 그 숫자 외우기 그런 게 몇 문제나 나올까 생각을 했어요
아니라는 생각이 드네요. 학원강의를 뒤로하고 서점을 갔어요 내 머리에 가장 이해될수있는
책이 없나 하구요 거기서 만화를 발견했어요 무조건 세 번 봤어요 3개월 걸렸어요 문제집을 보라고
했는데 그건 시행을 못했어요 근데 합격을 했네요.
어떻게 감사의 말을 해야 될지······.
도서관에서 만화책 들고 다니니까 사람들이 비웃더라구요 만화책으로 공인중개사를 공부한다고
미친 사람처럼 보더라구요 근데 그거 다 감수하고 했던 내가 자랑스럽습니다.
어떻게 감사의 말을 해야 할지··· 정말 감사합니다.
부디 행복하세요 제 나이 41살에 좋은 스승을 만난 것 같습니다.
엎드려 감사드립니다.

−본사 홈페이지에 독자분이 올린 메일 中에서 발췌−